DER STREIT MIT KALUNGA

MÄRCHEN AUS ANGOLA

1988
GUSTAV KIEPENHEUER VERLAG
LEIPZIG UND WEIMAR

Herausgeber
der ›Märchen afrikanischer Völker‹:
Rainer Arnold
Herausgeberin dieses Bandes, Nachwort
und Worterklärungen: Christa Serauky
Übersetzer: Christa Serauky und Gotthard Schön

ISBN 3-378-00020-1

MÄRCHEN DER BAKONGO

Warum es Schwarze und Weiße gibt

Es ist schon lange her, da hatte der Maniputa zwei Söhne. Der eine hieß Manikongo, der andere Songa. Eines Morgens, gleich nach dem ersten Hahnenschrei, gebot ihnen ihr Vater, im nahegelegenen See zu baden.

Songa ging als erster ins Wasser und bemerkte mit Erstaunen, daß seine Haut, während er hineintauchte, weiß wurde. Manikongo holte seinen Bruder bald ein, badete ebenfalls, aber seine Haut blieb dunkel.

Nun kehrten sie zur Hütte ihres Vaters zurück, der auf dem Fußboden verschiedene Gegenstände ausgebreitet hatte und sie aufforderte, jeder möge das auswählen, was ihm am besten gefalle. Songa nahm Papier, Schreibfedern, ein Fernrohr, Gewehr und Schießpulver. Manikongo dagegen bevorzugte Kupferarmbänder, Eisensäbel, Bogen und Pfeile.

Nachdem sie ihre Wahl getroffen hatten, konnten sie nicht mehr zusammen im Innern Afrikas leben, und so beschloß Maniputa, nachdem einige Zeit vergangen war, daß die Brüder sich trennen sollten.

Sie gingen fort und wanderten lange, lange Zeit. Eines Tages erreichten sie das Meer. Songa überquerte den Ozean. Er wurde der Vater der Weißen. Manikongo blieb und wurde Vater der Menschen mit dunkler Haut.

Brüder

Es war einmal ein Huhn, das hatte die Angewohnheit, jeden Tag zum Ufer eines Flüßchens zu kommen, um Nahrungsreste zu sammeln. Eines Tages näherte sich ihm ein Krokodil und drohte, das Huhn zu fressen. Da schrie es: »Oh, Bruder, tu das nicht!«

Von dem Schrei war das Krokodil so überrascht und verwirrt, daß es schnell weiterging und dabei überlegte, warum das Huhn wohl sein Bruder sein könnte. Eines Tages kam das Krokodil wieder zum Fluß, diesmal fest entschlossen, das Huhn zu verzehren. Doch das Huhn rief wieder: »Oh, Bruder, tu das nicht!«

»Verflucht sei das Huhn«, brummte das Krokodil, während es davonschritt. »Warum sollte ich wohl sein Bruder sein? Schließlich lebt es auf dem Land, ich dagegen lebe im Wasser.« Da beschloß es, Nzambi aufzusuchen und ihn zu befragen, um diese Angelegenheit zu klären. So machte es sich auf den Weg. Das Krokodil war noch nicht weit gekommen, da begegnete ihm sein Freund Mbambi, die Eidechse.

»Ach, Mbambi«, jammerte es, »ich bin ganz durcheinander. Stell dir vor, jeden Tag kommt ein hübsches fettes Huhn zum Fluß, um seine Nahrung dort zu suchen. Als ich es nun eines Tages schnappen und fressen wollte, erschreckte es mich, denn es nannte mich Bruder. Ich kann nicht länger bleiben, ich will Nzambi aufsuchen und ihn um Rat fragen.« – »Dummkopf«, erwiderte Mbambi, »tu das bloß nicht, du wirst deine Worte verschwenden und nur deine Unwissenheit bekunden! Weißt du denn nicht, mein liebes Krokodil, daß die Enten, die im Wasser leben, Eier legen, die Schildkröten legen Eier, und auch ich. Das Huhn tut das natürlich ebenfalls, und auch ihr Krokodile, mein dummer Freund, legt Eier. So gesehen sind wir doch alle Brüder, nicht wahr?« Seitdem das Krokodil das weiß, frißt es keine Hühner mehr.

Das Zauberkind

Vor langer Zeit lebte ein Ehepaar, das sich ein Kind wünschte. Bald fühlte die Frau, daß sie schwanger war. In der Nacht nach ihrer Empfängnis erschien die Großmutter des Jungen, der geboren werden sollte. Während die Eltern fest schliefen, begann sie leise zu singen: »Eh, Mbele, komm heraus, wir wollen miteinander tanzen!«

Der Junge schlüpfte aus dem Bauch der Mutter und stand als Jüngling vor der Großmutter. Dann ging er einige Schritte ganz dicht an sie heran, umarmte sie und machte mit ihr Liebesspiele. Anschließend tanzten sie die ganze Nacht durch das Dorf. Nur hüteten sie sich, in die Nähe des Häuptlingshauses zu gelangen, denn der Häuptling besaß wirksame Fetische, Geisteridole, die ihn schützten. Als der Hahn am frühen Morgen krähte, brachte die Großmutter ihren Geliebten zurück zum Bett seiner Eltern und beobachtete, wie er wieder in den Leib seiner Mutter schlüpfte. Das wiederholte sich nun jede Nacht, bis der ungeborene Knabe kundig genug geworden war, um mit eigener magischer Kraft aus dem Leib seiner Mutter herauszukommen. In dieser Nacht stand in der Hütte ein Topf mit Schweinefleisch, denn der Vater hatte am Tag ein Schwein geschlachtet. Der Knabe aß alles auf und kehrte zufrieden zurück in den Leib seiner Mutter.

Am nächsten Morgen entdeckten die Eltern, daß der Fleischtopf völlig leer war. Sie befragten ihre Nachbarn und Verwandten, doch keiner konnte ihnen etwas über den Verbleib des Fleisches berichten. So nahm man an, die Geister der Ahnen seien hungrig gewesen, denn Geister stehlen nachts oft Nahrungsmittel. In der darauffolgenden Nacht geschah etwas Ähnliches. Der Vater hatte eine Ziege geschlachtet, eingesalzen und stückweise in einen Topf gelegt. Am nächsten Morgen war der Topf leer. Daraufhin beschlossen die Eltern, in der kommenden Nacht wach zu bleiben. Am Tage tötete der Vater drei Küken, aß eins auf und legte die beiden anderen in einen Topf. Abends begaben sie sich zur Ruhe, schliefen jedoch nicht ein. Um Mitternacht fühlte die Mutter, daß der Knabe aus ihrem Bauch schlüpfte. Als er auf dem Fußboden stand, wuchs er sofort zu einem Jüngling heran. Aber der Vater verhinderte das, schnell sprang er aus dem Bett, faßte seinen Sohn zum Zeitpunkt des Mannwerdens an den Schultern und hielt ihn fest. Der Zaubermann verwandelte sich wieder in ein kleines Kind, das weder sprechen, gehen, tanzen oder lieben konnte. Nun wußten die Eltern, daß ihr eigener Sohn ein mächtiger Geist und großer Zauberer werden würde, und fürchteten sich vor ihm. Sie beschlossen, heimlich das Dorf zu verlassen, weil ihnen klar war, daß ein mächtiger Zauberer hinter allem stand, der den Sohn schon vor seiner Geburt unterwiesen hatte. Am allerwenigsten vermuteten sie natürlich, daß die eigene Großmutter dem Knaben Lehrer in der Kunst der Magie und in der Liebe gewesen war. Noch bevor die Sonne am Himmel stand, nahmen sie ihren mit magischen Kräften begabten Sohn und nur soviel Habe, wie sie tragen konnten, und gingen fort. Sobald sie den Rand des Urwaldes erreicht hatten, legten sie ihr Kind nieder. Sie ließen es dort, in der Hoffnung, daß es von Hyänen gefressen würde. Sie selbst gingen weiter und reisten lange, lange Zeit, bis sie in einem fremden Land ankamen. Dort ließen sie sich nieder und begannen ein neues Leben. Das Kind aber blieb am Leben, die Hyänen fraßen es nicht auf, wohl auch deshalb nicht, weil sie den Zauberer in ihm erkannten. Der Junge wurde schnell groß, obwohl die Geschichte nicht davon berichtet, was ihn eigentlich am Leben erhalten hatte. Zum Jüngling herangewachsen, kehrte er in sein Geburtsdorf zurück. Als der Häuptling den hübschen jungen Mann erblickte, beschloß er sofort, ihn seiner Tochter zum Mann zu geben. Bald darauf heiratete der Findling. Seine Frau gebar ihm Zwilllinge und noch viele andere Kinder. Nach dem Tod des Häuptlings wurde Mbele Häuptling; man nannte ihn Mfumu Basoluto, ›Findlingsprinz‹. Seinen Eltern dagegen erging es nicht gut. Elend und Hungersnot trieben sie in ihr altes Land zurück. Als sie in dem Dorf ankamen, erkannten sie niemanden mehr, denn alle Alten waren im Laufe der Zeit verstorben, und die Mehrheit der Dorfbewohner stammte inzwischen von ihrem Sohn ab. Sie wurden vom Häuptling Basoluto persönlich empfangen und wandten

sich ihm mit tiefem Respekt zu. Sie erzählten ihm, sie hätten jahrelang unter Hunger gelitten und in Armut gelebt. Schließlich baten sie ihn, sich in seinem fruchtbaren Land niederlassen zu dürfen. Allerdings wußten sie nicht, daß sie mit ihrem eigenen Sohn sprachen. Aber der erkannte sie wieder, denn er wußte mehr als gewöhnliche Menschen. Aus diesem Grunde fragte er sie auch, ob sie jemals Kinder gehabt hätten. Vielleicht einen Sohn? Beide begriffen, daß vor ihnen ein Mensch mit überdurchschnittlichem Wissen stand, und deshalb gestanden sie ihm, daß sie vor langer Zeit einen Sohn gehabt hätten, der aber gestorben sei. Der Häuptling erkundigte sich jedoch weiter, ob ihr Sohn an einer Krankheit gestorben oder ob er vielleicht von Hyänen gefressen worden sei? Hatten sie sich gut um ihn gekümmert oder hatten sie ihn möglicherweise gar vernachlässigt? Und wiederum gestanden sie ein, daß sie ihr Kind im Urwald ausgesetzt hatten, weil sie es loswerden wollten. »Und was war eigentlich der Grund für dieses völlig elternfremde Benehmen?« fragte der Häuptling weiter.
Schließlich gestanden die Eltern, daß sie sich vor dem Kind gefürchtet hatten, weil sie wußten, daß ihr Sohn magische Kräfte besaß, und sie damals der Ansicht waren, daß seine Magie Böses über alle Menschen bringen würde.
»Darin eben habt ihr euch geirrt«, sagte der Häuptling Basoluto, »meine Magie dient den Menschen. Seht ihr nicht, wie reich wir sind? Aber ich werde euch vergeben. Ihr dürft bei uns bleiben.«

Die Kröte und der Milan

Die Kröte hatte dem Milan Geld geliehen, aber der Milan wollte es nicht zurückzahlen. Stets flog er fort, und niemals traf man ihn in seinem Dorf an. Wenn die Kröte sein Haus betrat, ließ er sich entweder verleugnen oder vertröstete sie auf den nächsten Tag: »Morgen, morgen.«
Allmählich wurde die Kröte es müde und dachte sich eine List aus, wie sie eine Zusammenkunft mit dem Milan herbeiführen

könnte. Am Eingang des Dorfes, in dem die Kröte wohnte, direkt an der Flußseite, lag ein verlassenes Feld. Es war gerade Trockenzeit, und alle Blätter und Halme waren ausgedörrt. Da zündete die Kröte auf dem Feld ein Feuer an. Nachdem es wieder gelöscht war, legte sie sich auf einen Erdklumpen und ließ ihre weiße Brust zum Himmel strahlen. Der Milan sah den Rauch, erhob sich in die Lüfte, um nachzusehen, ob auf dem Feld Mäuse zu holen wären, die vor dem Feuer davonrannten. Als er nun über dem Feld seine Kreise zog, entdeckte er auf einem Erdklumpen etwas Helles und fing vor Freude an, heftig mit seinen Flügeln zu schlagen. Er sagte sich: ›Da ist doch eine Maus!‹, stieß herab, packte das, was da glänzte, und steckte es in seine Reisetasche, dann flog er davon. Daß es die Kröte war, hatte er nicht bemerkt.

Als es Abend wurde, kehrte der Milan in sein Dorf zurück, betrat mit den erjagten Mäusen sein Haus und begann, seine Beute zu zählen. Als nun eine Maus nach der anderen herauskam, da sprang plötzlich auch die Kröte aus der Tasche und sprach: »Milan, da bin ich. Ich komme, um mir mein Geld zu holen.« Der Milan war verblüfft und schämte sich. Er holte aus einem Geheimfach das Geld und zählte es der Kröte vor. Dabei sagte er: »Mein Freund, nimm dein Geld. Es gehört dir. Aber wie willst du in dein Dorf zurückkehren? Ich – ich werde dich nicht umsonst zurücktragen.«

Die Kröte erwiderte: »Ich habe mein Geld. Hätte ich diese List nicht angewandt, wäre ich wohl nie dazu gekommen. Ich kenne auch Wege, die mich nach Hause führen.«

Der Milan unterschätzte die Klugheit der Kröte. Am späten Abend hängte er, bevor er sich schlafen legte, seine Reisetasche an die Haustür, und zwar so, daß sie beinahe den Fußboden berührte. Als die Kröte das sah, schlüpfte sie schnell hinein. Am frühen Morgen des nächsten Tages, als es gerade hell geworden war, nahm der Milan seine Reisetasche und machte sich auf den Weg. Es war furchtbar heiß, die Hitze war drückend. Daher suchte er einen Fluß, legte seine Tasche ans Ufer und ging baden. Die Kröte sprang schnell heraus und rief ihm zu:

»He, mein Freund, ich bin umsonst hier wieder angekommen!« Wer klein ist, muß noch lange nicht dumm sein.

Die Geschichte vom Rebhuhn und vom Chamäleon

Eines Tages sprach das Rebhuhn: »He, Chamäleon, mein Freund, laß uns in den Buschwald gehen. Vielleicht finden wir etwas Eßbares; uns wird bald der Hunger plagen.« – »Ein großartiger Einfall, Verehrtester«, antwortete das Chamäleon, »komm, gehen wir! Aber unterlaß jeden Streit, solange wir unterwegs sind, und – es wird gemacht, was ich sage!« – »Einverstanden«, sagte das Rebhuhn. Sie machten sich auf den Weg und erreichten bald den Wald. Dort blickten sie sich um und entdeckten eine Maus, die in einer Falle gefangen war. Das Rebhuhn überlegte nicht lange und sprach: »Eh, mein Freund Chamäleon, streck doch deine Pfote aus und nimm die Maus, dann können wir sie essen!«

Das Chamäleon erwiderte: »Verehrtester, ich habe keine Zähne. Lassen wir die Maus, bis sie verwest ist; wenn sie voller Maden ist, fressen wir sie. Jetzt kehren wir um.«

Das Rebhuhn aber weigerte sich: »Mein Schnabel ist scharf, ich muß heute essen!« Es packte die Maus, zog sie aus der Falle und fraß sie mit Haut und Haaren. Nicht ein einziges Häppchen ließ es übrig. Das Chamäleon sagte nur: »Na, wenn schon, das macht mir nichts aus.« Sie kehrten zum Dorf zurück. Als sie aus dem Wald heraus waren, bemerkte das Chamäleon eine Maniokpflanze, die von Mäusen angenagt war, und schlug dem Rebhuhn vor: »Komm her, iß Maniok!« Es rollte seinen Schwanz um das Loch, das die Mäuse in die Pflanze genagt hatten, und als das Rebhuhn seinen Kopf hineinsteckte, schlang es den Schwanz um die Kehle des Rebhuhns. Es konnte nur noch mit den Flügeln schlagen, aber niemand kam ihm zu Hilfe, niemand. Und so starb das Rebhuhn. Als es in Verwesung übergegangen war, fraß das Chamäleon es auf und kehrte danach ins Dorf zurück.

Der Streit zwischen Leopard und Krokodil

Eines Tages begegnete der Leopard dem Krokodil und sprach: »Krokodil, du raubst Menschen, und ich stehle Ziegen. Wen von uns beiden wird man wohl zuerst töten?« Das Krokodil meinte: »Dich, Leopard!« Der Leopard entgegnete: »Du wirst es sein!« – »Wir werden's ja sehen!« sagte das Krokodil.
Aus dem Dorf kam ein Mann und sagte: »Ich will mir ein paar Fische angeln.« Er ging zum Fluß, warf seine Angel mehrere Male aus, aber er fing nichts. Da sprach er zu sich: »Ich werde es mal in dieser Lache probieren, da habe ich sicher mehr Glück.« Während der Mann ganz und gar mit dem Angeln beschäftigt war, erblickte ihn das Krokodil. Es machte sich sofort daran, die Fische dorthin zu jagen, wo sich der Angler befand. Der Mann warf die Angel aus und fing einen Fisch, er warf sie noch einmal und fing wieder einen. Unterdessen kletterte das Krokodil behutsam ans Ufer. Als es sich hinter seinem Opfer befand, erhob sich ein heftiger Sturm, und das Krokodil fiel den Mann an.
Die anderen, die ihn begleitet hatten, wollten das Krokodil töten, aber es tauchte schnell im Wasser unter.
Der Abend näherte sich, und die Leute begaben sich zur Ruhe. Da erschien der Leopard, ging in den Stall und packte eine Ziege. Aber die Leute hörten ihn, nahmen ein Gewehr, schossen ihn nieder, und der Leopard war tot.

Der Leopard und die Gazelle

Der Leopard und die Gazelle hatten jeder eine Ziege gekauft, der Leopard eine Geiß, die Gazelle einen Ziegenbock. Bald bekam die Geiß des Leoparden zwei Zicklein. Als die Gazelle

bemerkte, daß die Geiß des Leoparden zwei Junge geworfen hatte, wurde sie eifersüchtig.
Im Laufe der nächsten Nacht schlich sie sich in den Stall des Leoparden, holte die Zicklein heraus und brachte sie zu ihrem Bock. Am nächsten Morgen verkündete sie im Dorf des Leoparden die Neuigkeit: »Leopard«, rief sie, »mein Bock hat auch zwei Junge, ein Böckchen und ein Geißlein!«
Sofort machte sich der Leopard auf, um zu prüfen, ob seine Geiß mit ihren Jungen noch im Stall war. Und siehe da, die Jungen waren verschwunden. Nun schrie er die Gazelle an: »Eh, Gazelle, das sind meine Zicklein! Du hast doch einen Bock, nicht wahr? Oh, kann der vielleicht Junge gebären?«
Die Gazelle antwortete: »Ja, selbstverständlich!« – Der Leopard sprach: »Wir berufen den Ältestenrat ein und fragen ihn, ob ein Bock Junge bekommen kann.«
»Einverstanden«, erwiderte die Gazelle.
Sie riefen alle zu einer Versammlung, und die Ältesten kamen. Nun dachte sich die Gazelle eine List aus. Sie begab sich zur Ratte und erklärte ihr: »Ratte, wenn wir dabei sind, den Streit zu schlichten, dann mußt du vorbeikommen. Ich werde dich begrüßen und dich fragen: ›Eh, Ratte, wohin gehst du?‹ Du mußt mir dann antworten: ›Ins Tal gehe ich, um von den Palmen große Blätter abzuschneiden, damit ich einen Stall bauen kann. Mein Bock hat zwei Junge bekommen, ein Männchen und ein Weibchen.‹«
Danach kehrte sie in das Dorf des Leoparden zurück. Dort waren bereits alle Ältesten versammelt, um den Streit zu schlichten. Endlich näherte sich die Ratte. Sie trug ein Messer und eine Machete, um die Palmwedel abzuschneiden.
Der Leopard und die Gazelle waren gerade dabei, den Ältesten die Ursache ihres Zerwürfnisses auseinanderzusetzen. Die Ältesten wollten bereits dem Leoparden recht geben, aber sieh da, sie erblickten am Dorfeingang die Ratte, die näher kam. Als erste grüßte die Gazelle und erkundigte sich: »Wohin gehst du denn, Ratte?« Die Ratte antwortete: »Ins Tal gehe ich, um von den Palmen große Blätter abzuschneiden, damit ich einen Stall bauen kann. Mein Bock hat zwei Junge bekommen, ein Männchen und ein Weibchen.« Als die Gazelle das

vernommen hatte, schrie sie laut: »Habt ihr gehört? Wenn der Bock der Ratte zwei Junge zur Welt bringen kann, konnte mein Bock auch Junge bekommen!«
Die Gazelle schnalzte laut mit der Zunge, und man gab ihr recht. Aber die Gazelle hatte ihren Sieg nur mit einer Lüge errungen.

Der dumme Ehemann

In Matuku, einem Dorf, beobachtete einmal ein Mann, wie seine Frau das Maisbrot vorbereitete, und sah, daß sie keine Beilage dazu hatten. Da dachte er bei sich: ›Ich werde mein Gewehr nehmen und an den Fluß gehen. Vielleicht gelingt es mir, Mäuse zu fangen, dann haben meine Frau und ich am Abend etwas zu unserem Maisbrot.‹ Er nahm sein Gewehr, stieg zum Fluß hinunter und schlug den Weg zum nahegelegenen Buschwald ein. Dort schaute er umher und bemerkte eine schlafende Antilope. Kopfschüttelnd murmelte er vor sich hin: »Wie weit die Ziegen laufen, um sich auszuruhen!« Seit seiner Kindheit hatte er kein Tier mehr gesehen. Als er die vermeintliche Ziege jagen wollte, raste sie davon. Nun mußte er weitersuchen. Bald entdeckte er ein brütendes Rebhuhn, das auf seinen Eiern eingeschlafen war, und wunderte sich auch hier: »Daß sich die Hühner so weit vom Dorf entfernen, um Eier zu legen und zu brüten!« Auch die Jagd nach dem Rebhuhn blieb erfolglos. Inzwischen war es spät geworden, und so kehrte er unverrichteterdinge in sein Dorf zurück. Dort erzählte er die Neuigkeit: »Die Ziegen und Hühner gehen bis in den Buschwald, um sich Nahrung zu suchen!« Aber in Matuku gab es weder Ziegen noch Hühner. Die Nachbarn fragten ihn: »Du willst Ziegen und Hühner im Wald gesehen haben? Du mußt doch wissen, daß wir keine haben! Was du gesehen hast, waren nur in deiner Einbildung Ziegen und Hühner!« Dann lachten ihn alle Frauen und Männer aus, und beschämt zog er sich in seine Hütte zurück.

Die Geschichte von Mpala

Eine Mutter hatte zwei Töchter zur Welt gebracht, die eine nannte man Nsamba und die andere Nkenge. Beide Töchter verheiratete man. Nsamba bekam bald viele Kinder und wurde von allen sehr geschätzt. Nkenge dagegen war, wohin sie auch ging, immer in Begleitung von Mpala, ihrem Mann. Man liebte sie nicht, zumal sie sich mit den Frauen nur stritt.

Eines Tages führte Mpala Nkenge hinters Licht: Er sprach: »Wir wollen Maniokblätter vom Feld holen.« Sie verließen das Dorf und sammelten Blätter, soviel sie brauchten. Da sagte Nkenge: »Ich möchte noch schnell das Maniokfeld meiner Schwester säubern. Dann kehren wir ins Dorf zurück.« Mpala willigte ein und meinte: »Ich hole inzwischen auf dem Hügel Brennholz, warte hier auf mich.« Er ging zum Hügel, verwandelte sich dort aber in eine Boa, kehrte zum Maniokfeld zurück, packte Nkenge und verschlang sie. Anschließend hob er ihren kleinen Korb auf, band das Brennholz zusammen, lud es sich auf den Rücken und ging nach Hause.

Im Dorf fragte man ihn sofort: »Wo ist denn Nkenge geblieben, sie ist doch mit dir fortgegangen?« – »Sie ist noch am Fluß«, gab er ihnen zur Antwort. Der Abend kam, aber Nkenge war noch nicht heimgekehrt, man ging sie suchen, fand sie aber nirgends.

Nachdem Mpala sein Haus betreten hatte, grub er ein Loch in den Boden der Veranda, nahm Brennholz und legte es darüber, holte noch Matten und Blätter, die er auch noch ausbreitete. Dann spuckte er Nkenge wieder aus, stieß sie in die Grube, bedeckte alles mit Erde und pflanzte zur Tarnung noch eine Distel.

Als es Nacht geworden war, stimmte Nkenge in ihrem Versteck einen Gesang an:

»Eh, Nsamba, meine Schwester, eh, Nsamba! Es ist Mpala, er ist der Schuldige. Auf dem Feld täuschte er mich, verwandelte sich in eine Boa und verschlang mich. Ich bin es, Nkenge, ich spreche aus dem Loch in der Veranda, in das er mich gespien hat!«

Als Nsamba den Gesang vernommen hatte, rief sie all ihre Verwandten und die von Mpala herbei. Als alle beisammen waren, erklärte sie ihnen: »Schlaft heute nacht auf der Veranda und lauscht dem Gesang. Wenn ihr verstanden habt, was sie singt, hackt den Boden der Veranda auf!« Bald vernahmen auch die Verwandten den Gesang, der aus der Tiefe heraufdrang. Bei Anbruch der Morgenröte befahlen sie Mpala: »Geh zum Fluß und schöpfe Wasser.« Während Mpala sich am Fluß aufhielt, hackten Nsambas Verwandte den Boden auf. Dabei hörten sie immer wieder rufen: »Hackt vorsichtig, verletzt mich nicht!« Bald stießen sie zu Nkenge vor und hoben sie aus der Grube heraus. Sie war sehr abgemagert.
Als Mpala zurückkam, versammelte man alle Alten des Dorfes und stellte ihn zur Rede: »Warum hast du das getan?« Aber Mpala konnte darauf keine Antwort geben, er schämte sich. Da tötete man Mpala und auch all seine Verwandten. Nkenge pflegten sie gesund, und dann kehrte sie zur Familie ihrer Mutter zurück.

MÄRCHEN DER TSCHOKWE UND LUNDA

Dankbarkeit

Eines Tages erkrankte der Sohn der Biene, und weil die Biene nicht wußte, wie ihm zu helfen war, ging sie zum Wahrsager. Er sollte ihr sagen, was sie unternehmen müßte, damit ihr Sohn wieder gesund würde.
Nachdem der Wahrsager seine Amulette um Rat befragt hatte, erwiderte er: »Die Heilung deines Sohnes liegt ganz und gar in den Händen des Honigvogels. Such ihn unverzüglich auf und bitte ihn um eine Feder aus einem seiner Flügel. Mit der Feder kehre nach Hause zurück, koch sie in reichlich Wasser und wasch deinen Sohn mit der Flüssigkeit, bis es ihm wieder gut geht. Es wird nicht lange dauern.«
Kaum hatte die Biene das vernommen, so eilte sie zum Haus des Honigvogels und bat ihn, er möchte ihr doch eine Feder aus einem seiner Flügel geben, weil ihr Sohn sonst sterben müsse.
Ohne den geringsten Einwand zu erheben, zog der Honigvogel eine Feder aus seinem rechten Flügel und übergab sie der Biene mit folgenden Worten: »Hier, nimm die Feder und eile, deinen Sohn zu heilen, der viel zu leiden hat, während du den Schmerz einer Mutter erdulden mußt.«
Der Honigvogel hatte kaum zu Ende gesprochen, da war die Biene schon auf und davon. Zu Hause handelte sie, wie der Wahrsager ihr empfohlen hatte. Nach der ersten Behandlung fühlte der Kranke sich schon viel besser, und es verstrichen nicht mehr als acht Tage, da war der Sohn der Biene wieder gesund.
Nachdem einige Monate vergangen waren, geschah es nun,

daß der Sohn des Honigvogels erkrankte. Der Honigvogel suchte gleichfalls den Wahrsager auf, um von ihm zu erfahren, was er für die Heilung seines Sohnes unternehmen müsse. Lange befragte der Wahrsager seine Amulette. Dann sprach er zum Honigvogel: »Die Heilung deines Sohnes liegt einzig und allein in den Händen der Biene. Also geh zu ihr und bitte sie um einen ihrer Flügel. Wenn du ihn erhalten hast, lege ihn in einen Topf mit Wasser und koche ihn tüchtig. Mit der abgekühlten Flüssigkeit wasche deinen Sohn, und zwar so oft, bis er wieder gesund ist.«
Ohne Zeit zu verlieren, eilte der Honigvogel zur Biene, fest davon überzeugt, daß sie ihm das Mittel, das seinen Sohn vom Tode erretten konnte, nicht verwehren würde. Aber er irrte sich sehr. Denn nachdem er der Biene gesagt hatte, was er von ihr verlangte, antwortete sie ihm mit großem Erschrecken: »Woher nimmst du den Mut, von mir einen Flügel zu verlangen, um deinem Sohn zu helfen. Ich müßte ja mein eigenes Leben opfern!« – »Damals«, erinnerte der Honigvogel die Biene, »als dein Sohn todkrank war und du mich batest, eine Feder zu opfern, um ihn zu heilen, habe ich sie dir da etwa verwehrt? Welchen Grund hast du, mir nicht auf die gleiche Weise zu helfen?«
»Für den großen Dienst, den du mir damals erwiesen hast, bin ich dir sehr dankbar, und es tut mir wirklich leid, daß ich dir nicht helfen kann. Aber, glaube mir bitte, was du da von mir forderst, kann ich dir leider nicht geben. Ich finde es übrigens auch nicht gerecht, daß ich, um deinem Sohn zu helfen, sterben soll. Die Meinen blieben doch dann als Waisen zurück. Du konntest mir eine Feder geben, weil du viele davon hast, gäbe ich dir aber einen meiner Flügel, könnte ich nicht mehr fliegen. Hättest du mir einen deiner Flügel gegeben, wenn ich ihn gefordert hätte? Ganz gewiß nicht! Und ich hätte es auch nicht gewagt, dich darum zu bitten. Wir dürfen von anderen nur das verlangen, was wir selbst zu tun bereit sind.« – »Ach ja«, wandte der Honigvogel ein, » ich gab dir damals das Mittel, mit dem dein Sohn geheilt werden konnte, du aber willst mir nicht helfen, mein Kind zu retten. Im Gegenteil, du bist beinahe noch beleidigt, daß ich dich gefragt habe. Aber eins sollst du

wissen: Stirbt mein Sohn, wirst du niemals in Frieden leben! Wohin du auch gingest, stets schickte ich den Menschen dorthin, daß er deinen Bienenstock zerstöre und deinen Honig nähme!«
Unglücklicherweise starb der Sohn des Honigvogels. Bis zum heutigen Tag legt der Honigvogel daher viele Kilometer zurück, um den Menschen aufzusuchen und ihm zu zeigen, wo es Bienenstöcke gibt. Dann entfernt der Mensch die köstlichen Waben und zerstört den Stock. So wird der Schwur vollstreckt, den der Honigvogel geleistet hatte.

Mukongwa-Ndumba

Ein Mann zeugte einen Sohn, den man Mukongwa-Ndumba nannte. Das war ein ganz ungewöhnlicher Mensch, denn er konnte essen und essen, was er auch wollte, niemals wurde er satt. Weder Brei noch andere Speisen vermochten ihn zu sättigen. Als er schließlich zum Jüngling herangewachsen war, heiratete er drei Frauen. Täglich kochten sie ihm Speisen, aber niemals wurde er völlig satt, deshalb verließen ihn alle drei Frauen wieder. Und der Hunger plagte Mukongwa-Ndumba weiter.
Nun trug es sich zu, daß der Herrscher des Gebietes, Mwanangana, seinen Leuten den Befehl gab, sehr viel Bier zu brauen. Alle folgten seinen Anweisungen. Am nächsten Tag ließ er Mukongwa-Ndumba rufen, und von überall erschienen die Leute, um zu beobachten, was sich wohl ereignen würde. Der Herrscher ließ einen Ochsen schlachten und befahl gleichzeitig, man möge sehr viel Brei zubereiten. Auf einem großen Festplatz, den man vorher gründlich gesäubert hatte, türmte man Unmengen von Brei und Fleisch auf und stellte das Bier dazu. »Nun wollen wir sehen, was Mukongwa-Ndumba macht«, sagte Mwanangana.
Mukongwa-Ndumba begann zu essen und trank auch das Bier. Als er den letzten Tropfen Bier getrunken hatte und die Speisen verzehrt, fragte ihn der Herrscher: »Bist du jetzt satt?«

Aber Mukongwa-Ndumba gab ihm zur Antwort: »Heute habe ich größeren Hunger als je zuvor.«
Als die umstehenden Leute diese Worte vernahmen, wunderten sie sich sehr. Der König aber war sehr erzürnt und befahl: »Leute, sagt ihm, er soll verschwinden!« Mukongwa-Ndumba ging in den Wald, um sich von Früchten zu ernähren. Aber plötzlich stand ein weibliches Wesen vor ihm. Mukongwa-Ndumba wollte fliehen, aber sie beruhigte ihn und sprach ihn mit freundlichen Worten an: »Hab keine Angst! Mein Vater, Kalunga, schickt mich, er wünscht dich, der du doch ein Nimmersatt bist, zu sehen!« Sie trug ein sehr schönes Kleid, das in der Sonne wie Eisen glänzte. Beide kehrten in den Ort zurück. Als die anderen Leute das Leuchten wahrnahmen, schrien sie auf und wollten fliehen. Doch die junge Frau besänftigte sie, und alle betrachteten ihre seltsame Erscheinung.
Am nächsten Tag schlachtete Mukongwa-Ndumba eine Ziege, überreichte das Fleisch der jungen Frau, und sie bereitete eine Mahlzeit. Als ein paar Tage verstrichen waren, äußerte die junge Frau den Wunsch: »Heute will ich meinem Vater und meiner Mutter einen Besuch abstatten. Am Nachmittag bin ich zurück.« Von ihrem Besuch brachte sie nur wenige Geschenke mit – etwas Maniokmehl und nur eine Kunde-Bohne. Am darauffolgenden Tag befahl sie den Bewohnern des Ortes: »Kommt alle und bringt ein Gefäß mit!« Nachdem jeder Bewohner mit seinem Topf erschienen war, hob sie die eine Bohne auf und verteilte sie so, daß alle Gefäße bis zum Rand gefüllt waren. »Bringt auch eure Mörser«, rief sie den Leuten zu. Und mit der geringen Menge Maniok füllte sie auch alle Mörser. Anschließend kochte man Brei, und alle Menschen wurden von dem Brei satt. Den Rest Brei, den man Mukongwa-Ndumba anbot, lehnte er ab, denn auch er war satt geworden.
Einige Zeit lebte er glücklich mit seiner jungen Frau zusammen, und bald bekamen sie einen Sohn. Seine Frau ermahnte ihn: »Berühre den Knaben nie, das Kind wird sonst sterben!« Wieder einmal besuchte die junge Frau ihren Vater, Kalunga, und ließ Mukongwa-Ndumba mit dem Jungen allein. Als sich nun die Fliegen auf dem Kleinen niederließen, schlug er mit

der Hand danach, um sie zu verjagen, berührte aber sein Kind, und es starb. Die Mutter eilte schnell herbei. Nach ihrer Ankunft erkundigte sie sich: »Warum hast du das Kind geschlagen?« Aber Mukongwa-Ndumba brachte kein Wort zu seiner Verteidigung über seine Lippen. »Wir nehmen unser Kind und gehen zu Kalunga, vielleicht kann er den Kleinen noch retten«, meinte sie. Während sie ihn auf den Arm nahm, wandte sie sich an ihren Mann und erklärte ihm: »Unterwegs werden wir auf einen sehr kalten See stoßen, so kalt wie Eis. Den müssen wir durchwaten. Kurz darauf treffen wir auf einen See mit kochendheißem Wasser. Aber niemals darfst du schreien!« So machten sie sich auf. Auf halbem Wege kamen sie an den kalten See. Noch einmal ermahnte ihn die junge Frau: »Bleib ganz ruhig!« Dann wateten sie durch den See, dessen Wasser so kalt wie Eis war, und bald danach stießen sie auf den See, dessen Wasser kochendheiß war. Auch ihn durchschritten sie. Die junge Frau erteilte ihrem Mann noch folgende Ratschläge: »Wenn wir in die Tshota treten, setz dich nicht auf den schönen Stuhl, den man dir anbieten wird, sondern auf den unansehnlichen. Auch werden wir auf unserem Weg ein Tor durchschreiten, das von Flammen umgeben ist, schrei dann nicht!« Sie gelangten zum Feuertor und kamen gut hindurch. Schließlich erreichten sie das Dorf, wo man sie herzlich begrüßte. Der junge Mann betrat die Tshota, und man bot ihm einen sehr schön geschnitzten und verzierten Stuhl an. Er lehnte ab und setzte sich auf einen ganz einfachen Holzstuhl. Nach kurzer Zeit erschien ein Mann, dessen Augen wie die Blitze bei einem sehr starken Gewitter funkelten. Mukongwa-Ndumba blieb ganz ruhig, denn er wußte, daß Kalunga, sein Schwiegervater, vor ihm stand. Kalunga rief sie beide zu sich, und die Tochter klagte ihm ihr Leid. Er versprach ihnen zu helfen und zeigte ihnen vier Bäume, von denen sie Blätter pflücken sollten. Mukongwa-Ndumba kletterte auf den ersten Baum, pflückte Blätter, steckte sie in den Mund, zerkaute sie und pustete sie auf das Kind. Bald darauf begann es wieder zu atmen. Sofort kletterte er auf den zweiten Baum, pflückte auch dort ein paar Blätter, kaute sie und pustete das Kind wieder an. Da öffnete es die Augen. Schließlich pflückte er die Blätter des dritten

Baumes. Nachdem Mukongwa-Ndumba das Kind wieder angepustet hatte, setzte es sich schon allein auf. Die Blätter des vierten Baumes gaben dem Kind die Fähigkeit zurück, wieder zu sprechen. »Das sind die Mittel, mit denen wir alle Menschen auf Erden und im Himmel heilen können«, meinten die Eltern und waren darüber sehr glücklich.

Nachdem ein paar Tage vergangen waren, hatten sie den Wunsch, in ihr Dorf zurückzukehren. Als sie sich von Kalunga verabschiedeten, sagte er zu Mukongwa-Ndumba: »Nun bist du mein Schwiegersohn! Merk dir die Heilmittel gut.« Dann machten sie sich auf den Rückweg.

Bald gelangten sie zu ihrem Lager, in dem sie die Nacht verbringen wollten. In diesem Lager trafen sie viele Träger, die sie begleiten sollten, und sie fanden alles, was sie benötigten. Es fehlte ihnen nichts. Die Frau gab Mukongwa-Ndumba den Rat, in der Nacht kein Feuer anzuzünden. Auch wenn er irgend etwas Seltsames hören oder beobachten würde, sollte er sich ruhig verhalten. Aber Mukongwa-Ndumba war ungehorsam und folgte dem Rat seiner Frau nicht. Als alle schliefen, entfachte er ein Feuer. Kurz darauf schien es ihm, daß seine Frau gestorben sei. Er begann jammervoll zu weinen und zu klagen. »Träger, kommt her, meine Frau ist gestorben«, winselte er. Aber die Träger waren sehr verärgert und blieben, wo sie waren. Da erhob sich die Frau noch einmal und sprach: »Es ist wirklich wahr, dieser Mann hat keinen Verstand. Er ist ein Mukongwa-Ndumba. Ich gehe jetzt zu meinem Vater Kalunga zurück. Du aber geh auf die Erde mit deinem Wissen über die Heilkraft der vier Bäume!«

Kurze Zeit danach sah Mukongwa-Ndumba seine Frau und die Träger nicht mehr. Er war allein zurückgeblieben und machte sich nun auf den Weg in sein Heimatdorf. Hier angekommen, erfuhr er, daß ein Mensch im Sterben lag. »Bringt ihn zu mir«, befahl er den Leuten. Nachdem sie ihn gebracht hatten, begann er die Blätter vom ersten Baum zu pflücken, zu kauen und den Sterbenden anzupusten. Da begann der Mann wieder zu atmen. Nachdem er ihn mit den Blättern des zweiten Baumes versorgt hatte, öffnete der Mann seine Augen, und die Blätter des dritten Baumes verhalfen ihm, sich wieder im

Bett aufzurichten. Aber da er den Namen des vierten Baumes vergessen hatte, sagten die Leute: »Mukongwa-Ndumba ist ein Mensch, der keine Ohren hat.«

Unbedachte Liebe

Es war einmal ein Jäger. Nach einer langen Wanderung durch den Urwald hatte er sich am Rand einer Quelle im Schatten eines dichtbelaubten Baumes niedergelassen, um sich ein wenig zu erfrischen und sich auszuruhen. Er beugte sich über die Quelle und trank ein paar Schlucke. Aber als er sich wieder setzen wollte, bemerkte er zu seiner großen Überraschung unter dem Baum gegenüber ein wunderschönes Mädchen. Sie war von mittelgroßer, vollendeter Gestalt, und ihre Haut schimmerte wie Bronze. Der Jäger war wie verzaubert.
Rasch nahm er seine Waffe auf und näherte sich der unbekannten Schönen. Nachdem er sie begrüßt hatte, sprach er: »Du bist wunderschön. – Willst du mich heiraten?« – »Du bist ein starker Mann, Jäger, du gefällst mir«, erwiderte das Mädchen. »Dann laß uns heiraten und in meinem Dorf zusammen leben. Ich habe ein Haus, in dem ist für uns beide Platz«, bat der Jäger. »Ich kann nicht sofort mit dir kommen«, antwortete das Mädchen, »du mußt erst meine Eltern um Erlaubnis bitten. Wenn du mich heiraten willst, begleite mich in mein Dorf, damit ich dich meinen Eltern vorstellen kann.« Der Jäger antwortete: »Gefällt einem Mann eine Frau, folgt er ihr wie ein Blinder seinem Führer.« – »Nun, dann folge mir«, fuhr das Mädchen fort, »aber da ist noch etwas, das ich dir mitteilen muß. Wenn ein Fremder unser Dorf betritt, verwandeln wir uns alle in Schlangen. Hab also keine Angst, wenn mein Vater, das Oberhaupt unseres Dorfes, meine Mutter und ich dir in dieser Gestalt entgegentreten. Zeigtest du Angst, hieße mein Vater eine Verbindung zwischen uns niemals gut.« – »Sei beruhigt«, antwortete der Jäger, »ich bin es gewohnt, mit Raubtieren, auch mit Schlangen, zu kämpfen. Außerdem bin ich ein Edler, ich werde keine Angst haben, wenn ihr mir als Schlan-

gen erscheint, weiß ich doch, daß ihr im Grunde Menschen seid wie alle anderen.« – »Es ist gut. Wenn du so tapfer und kühn bist, darfst du mir folgen«, erwiderte das Mädchen.
Auf einem engen Waldweg erreichten sie bald ihr Ziel, das Dorf der Schlangen. Der Jäger begab sich in die Tshota und setzte sich. Inzwischen lief das Mädchen zum Haus ihrer Eltern, um ihnen mitzuteilen, was sich ereignet hatte. Während der Jäger voller Ungeduld und dennoch angstvoll wartete, stopfte er sich eine Pfeife, zündete sie mit einem brennenden Holzscheit an, das er aus dem Feuer in der Tshota holte, und nahm ein paar Züge. Nicht wenig erschrocken sah er drei riesige Schlangen näherkommen. Sie rollten sich ihm gegenüber zusammen und verharrten mit erhobenen Köpfen, den Blick unverwandt auf ihn geheftet. Mit klopfendem Herzen, aber doch bemüht, die Angst, die ihn gepackt hatte, zu überwinden, klatschte der Jäger in die Hände und sprach in respektvoller Haltung: »Seid gegrüßt, edle Herrschaften!« – »Danke, und sei auch du gegrüßt!« antwortete die Schlange auf der rechten Seite. Es war der Vater des jungen Mädchens.
»Du willst also meine Tochter heiraten?« – »Ja, das will ich, deshalb bin ich ja hierher gekommen«, antwortete der Jäger.
»Nun, wenn ihr einander so gern habt, freue ich mich, dich von jetzt an als meinen Schwiegersohn betrachten zu können. Aber vergiß nicht, meine Frau, ich und meine Tochter sind Schlangen. Für den Fall, daß du dich eines Tages mit meiner Tochter streiten solltest, erteile ich dir schon heute den guten Rat: Mißhandle oder quäle sie nicht und, vor allem, erinnere sie niemals an ihre Herkunft! Richtest du dich nicht danach, wird meine Tochter in deinem Hause sterben, aber hier bei uns wird sie auferstehen, und du wirst mich gemäß unseren Vorschriften entschädigen müssen, als wäre sie wirklich gestorben; denn wir sind ernsthafte Menschen und lassen mit unserer Würde nicht spaßen! Überlege gut, was du tust. Auf jeden Fall solltest du erst mit deiner Familie sprechen. Wenn du ihre Ratschläge und Meinungen gehört hast, solltest du entscheiden. Es könnte sein, daß deine Reue sonst zu spät kommt!«
»Wie dem auch sei«, antwortete der Jäger, »ich liebe das Mädchen so sehr, daß ich alles gäbe, um sie zu besitzen. Ich möchte

sie sofort heiraten.« – »Wenn das dein Wille ist, kannst du sie mit dir nehmen. Aber denke daran, daß du sie gut behandeln mußt, und vergiß nicht, daß sie der Familie der Schlangen angehört!«
Ohne weiter über die Worte nachzudenken, nahm der verliebte Jäger die Schönheit mit sich und stellte sie noch am selben Tag seiner Familie und den anderen Dorfbewohnern vor. Alle bewunderten die große Schönheit des Mädchens. Aber kaum trafen die Eltern und Verwandten des Jägers ihn allein, sprachen sie ihm ihre Mißbilligung über seine voreilige Handlungsweise aus, daß er aus unbedachter Liebe eine Unbekannte, deren Abstammung zweifelhaft sei, in den Schoß der Familie gebracht habe, zumal ihm eine seiner Cousinen versprochen war, die dem höheren Adel angehörte. Sein Onkel mütterlicherseits forderte sogar, daß der Jäger die Fremde zu ihren Eltern zurückschicken solle. Er hatte eine Vorahnung, daß das Mädchen dem Dorf großes Unglück bringen werde. Aber der Jäger hörte das alles nicht, und so fanden an den drei folgenden Tagen die Hochzeitszeremonien statt.
Anfangs verstand sich das junge Paar gut. Aber kaum war ein Jahr verstrichen, setzten Meinungsverschiedenheiten ein. Die junge Frau war sehr eigenwillig, einem Ärgernis folgte das nächste, kurz, sie wurde eine schlechte Ehefrau: sie verbrachte den Tag mit Klatscherei, nie war das Essen zur festgesetzten Zeit fertig, und sie ärgerte ihren Mann, wo sie nur konnte. Zunächst ertrug der Jäger das mit Ruhe und maß dem keine große Bedeutung bei. Doch wie alles seine Grenzen hat, eines Tages gelang es ihm nicht, sich zu beherrschen. Er vergaß die Ermahnungen und verprügelte seine Frau nicht nur, sondern beschimpfte sie auch noch als häßliche Schlange. Doch kaum war dieses Wort gefallen, sank die Frau leblos zu seinen Füßen. Der Jäger versuchte alles mögliche, um ihr wieder zum Leben zu verhelfen – es war vergebens. Da setzte er sich dicht zu der Verstorbenen und weinte bitterlich. Er beklagte nicht so sehr den Tod seiner Frau, sondern er weinte aus Reue darüber, daß er die Ratschläge seiner Eltern und seiner Verwandten in den Wind geschlagen hatte. An sie mußte er sich jetzt wenden, um das Bußgeld zu beschaffen, das sein Schwiegervater verlangen würde.

Nach einer Weile rief er seine Familie zusammen, um ihr sein Mißgeschick zu berichten, und schickte dann seinen Bruder zum Dorf der Schwiegereltern, damit er ihnen die traurige Nachricht überbringe.
Der Bruder des Jägers langte am späten Nachmittag im Dorf der Schlangen an. Er achtete nicht weiter auf die Umgebung, da erblickte er auf einmal eine junge Frau, die Mais stampfte – und es war niemand anders als seine Schwägerin, die er doch vor gar nicht langer Zeit noch tot auf der Matte seines Bruders hatte liegen sehen. Etwas verwirrt wollte er sich schon an sie wenden, ließ es aber dann und ging zur Tshota. Dort hatte sich das Oberhaupt der Schlangen – diesmal in menschlicher Gestalt – niedergelassen, rauchte Pfeife und unterhielt sich mit den Männern des Dorfes. Nach der üblichen Begrüßung fragte er den jungen Mann voller Hohn: »Also, was führt dich hierher?« – Nicht weniger höhnisch entgegnete der Fremde: »Besuchen will ich euch!« – »Na, dann danken wir für die große Liebenswürdigkeit. Ich lasse dir auch ein Haus vorbereiten, damit du hier übernachten kannst, spät ist es ja geworden! Und wenn es dir genehm ist, speise mit mir zu Abend.« – »Ich danke Euch vielmals, mein Herr, für die Güte, die Ihr mir erweist, für die gute Aufnahme und die Gastfreundschaft!«
Nach dem Abendessen begab sich der Bruder des Jägers sogleich in die Hütte, die man ihm angewiesen hatte, legte sich auf das Bett und sann darüber nach, ob die junge Frau, die er kurz nach seiner Ankunft bemerkt hatte, seine Schwägerin gewesen sein könnte oder nicht. Er überlegte hin und her und war am Ende so verwirrt, daß er am liebsten gleich aufgebrochen wäre, denn er meinte nicht anders, als daß dieses Dorf verflucht und ganz gewiß vom Iphupu bewohnt sei. Der Gedanke, daß er hier übernachten mußte, erfüllte ihn mit Angst und Schrecken. Aber weil die Iphupu in dunklen Nächten angreifen, konnte er auch nicht fliehen, und so legte er sich nieder. Kaum hatten die Hähne aber zum drittenmal gekräht, lief er, ohne sich noch einmal umzublicken, auf und davon. Haben die Hähne nämlich dreimal gekräht, besitzen die Iphupu keine Macht mehr, Böses zu tun.
Ohne recht zu wissen, wie er das, was er erlebt hatte, erklären

sollte, lief er zu seinem Bruder und erzählte ihm mit allen Einzelheiten, was ihm im Dorf der Schlangen begegnet war. Er versicherte ihm, das sei die Wahrheit, er sei nicht etwa verzaubert worden. Aber niemand, weder die Nachbarn noch der Jäger, glaubten ihm. »Das gibt es doch nicht, daß eine Frau, die hier gestorben ist, im Dorf ihres Vaters Mais stampft!« meinten die Leute. »Du lügst, Schurke!« sagte auch der Jäger, obwohl er es eigentlich besser wissen mußte. Er hatte die Worte seines Schwiegervaters seinerzeit für leere Drohungen gehalten und seiner Familie nichts davon erzählt, weil er fürchtete, sich lächerlich zu machen. Jetzt beschimpfte er seinen Bruder: »Du bist verrückt, und ich soll es wohl auch werden! Verschwinde, sonst verprügle ich dich!« Dann sandte er seinen Neffen ins Dorf der Schlangen, damit er überprüfe, was der Bruder erzählt hatte und dem Schwiegervater des Jägers ausrichte, die Tote werde noch am gleichen Tage beerdigt.
Als der Neffe im Dorf der Schlangen seine Tante, die er doch tot in seinem Heimatdorf wußte, beim Maisstampfen sah, machte er sofort kehrt und rannte davon. Er hatte solche Angst bekommen, daß er gar nicht erst in die Tshota ging, um seinen Auftrag zu erfüllen. Erschöpft traf er wieder in seinem Heimatdorf ein und teilte dem Jäger mit, was er gesehen hatte. Der Jäger war so bestürzt, daß er in der Nacht keinen Schlaf finden konnte. Am nächsten Morgen machte er sich unverzüglich auf den Weg ins Dorf seines Schwiegervaters, damit er nun mit eigenen Augen sähe, was Bruder und Neffe berichtet hatten, denn ihren Worten konnte er einfach keinen Glauben schenken, so ungeheuerlich war der Vorfall. Tief in Gedanken über das Geschehene, begegnete er plötzlich dem Blick einer jungen Frau, die auf dem Dorfplatz Mais stampfte. Ein Zweifel war nun nicht mehr möglich – es war seine eigene Frau, die, kaum hatte sie ihn bemerkt, ins Haus ihrer Eltern flüchtete. Der Jäger verlor beinahe den Verstand. Sein Bruder und auch sein Neffe hatten die Wahrheit gesprochen, und er erinnerte sich jetzt auch der Warnungen seines Schwiegervaters. Ihm blieb nun nichts weiter übrig, als mit seinem Schwiegervater zu sprechen und zu zahlen, was er verlangen würde. Der Jäger verfluchte sein Schicksal und ging in die Tshota. Er begrüßte

das Oberhaupt der Schlangen, und nachdem dieses mit den üblichen Worten den Gruß erwidert hatte, sagte er mit gespielter Höflichkeit: »Nun, was führt dich hierher?« – »Ich komme«, antwortete der Jäger, »um dir mitzuteilen, daß meine Frau vor vier Tagen gestorben ist.« – »Hatte ich dich nicht rechtzeitig gewarnt? Aber du hast meinem Rat keine Bedeutung beigemessen. Folglich bleibt dir nun nichts übrig, als mich zu bezahlen – nach unseren Gesetzen. Meine Tochter lebt wieder, hier bei uns. Sie wird nie mehr in dein Haus zurückkehren, wo sie durch deine Schuld gestorben ist. Nun gut, du schuldest mir zehn Ziegen, fünf Stücke Stoff und ein Gewehr!«
Der Jäger erhob Einwände gegen einen so unangemessenen hohen Preis. Aber das half ihm nichts, er mußte bezahlen, was man von ihm forderte. Als die Schuld beglichen war, rief der Schwiegervater seine Tochter und sprach zu dem Jäger: »Wie du siehst, lebte meine Tochter. Insofern bezahlst du eigentlich zu Unrecht, aber du hast es ja nicht besser gewollt. Ich hatte dich gewarnt, doch du hast nur die Schönheit des Mädchens gesehen und nicht bedacht, daß auch Schwierigkeiten für dich daraus erwachsen könnten. Jetzt verschwinde aus meinen Augen. Solltest du den Boden meines Herrschaftsbereiches noch einmal zu betreten wagen, wirst du sterben!«
Wütend, weil er Spott erdulden mußte, ohne sich verteidigen zu können, und voller Reue über seinen Leichtsinn kehrte der Jäger in sein Heimatdorf zurück. Er schwor sich, niemals wieder einer anderen zu verfallen. Zu Hause mußte er den Spott der Leute über sich ergehen lassen und hörte die Nachbarn sagen: »So ein Kindskopf! Er zahlt seine Frau aus, obgleich sie noch gar nicht gestorben ist! Er hat bezahlt, was die Schlange verzehrt hat!«
Zutiefst gekränkt, flüchtete der Jäger in sein Haus. Er hatte sich so sehr geärgert, daß er wenig später starb.

Die singende Trommel

In einem kleinen Lunda-Dorf lebte einmal ein Ehepaar mit seiner Tochter Hantshika. Die Eltern, die ihr Kind sehr gern

hatten, sprachen zu ihr: »Geh nicht so weit weg vom Dorf, ein Fremder könnte dich mitnehmen und als Sklavin verkaufen!« Hantshika achtete aber kaum auf den gutgemeinten Rat ihrer Eltern. Sie spielte, tobte und sang mit den anderen Kindern.
Eines Tages wanderte sie mit drei gleichaltrigen Mädchen zum Bach, der in einiger Entfernung vom Dorf vorüberfloß, um Larven zu sammeln. Jedes Mädchen suchte sich eine Stelle, und es dauerte gar nicht lange, da hatten sie ihre aus Lianen geflochtenen Körbe bis zum Rand gefüllt. Sie hoben die Körbe auf den Kopf und kehrten nach Hause zurück; es war um die Mittagszeit. In der Eile hatte Hantshika aber ihren Trinkbecher vergessen. Sie waren schon beinahe wieder zu Hause, da fiel ihr ein, daß sie den Becher am Bach liegengelassen hatte. »Nehmt bitte meinen Korb mit«, bat sie ihre Freundinnen, »ich muß noch einmal zurück und meinen Becher suchen.« – »Geh nicht!« warnten ihre Begleiterinnen. Doch Hantshika sagte: »Ich muß den Becher suchen, sonst schlägt mich meine Mutter.« Da nahmen ihre Gefährtinnen ihr den Korb ab, übergaben ihn Hantshikas Eltern und erzählten, was vorgefallen war.
Den ganzen Tag warteten die Eltern auf die Rückkehr ihrer Tochter, aber umsonst. Besorgt suchten sie am Bach nach ihr. Aber dort fanden sie nur den Becher. Traurig kehrten sie nach Hause zurück, überzeugt davon, daß Hantshika nie mehr wiederkehren werde. Entweder war sie einem wilden Tier zum Opfer gefallen oder von einem Fremden entführt worden, der sie dann als Sklavin in eine entfernte Gegend verkaufen würde. So etwas war schon öfter geschehen.
Nachdem Hantshika sich von den anderen getrennt hatte, war sie gleich zum Bach zurückgekehrt. Aber bevor sie ihren Becher an sich nehmen konnte, erschrak sie furchtbar, denn ein Mann versperrte ihr den Weg. Er trug eine große Trommel auf dem Rücken und erkundigte sich, was sie hier zu suchen habe. »Gemeinsam mit meinen drei Freundinnen habe ich hier Larven gesammelt, habe aber meinen Becher liegengelassen und will ihn jetzt holen«, erklärte die Kleine verwirrt. Kaum hatte sie ausgesprochen, da nahm der Unbekannte seine Trommel vom Rücken, teilte dem Mädchen mit, daß er Mbalu heiße,

und steckte sie ohne ein erklärendes Wort und ohne die geringste Rücksicht in die Trommel. »Wenn du dich mit deinem Schicksal abfindest, statt Lärm zu schlagen, geschieht dir nichts. Wenn nicht, töte ich dich oder werfe dich den Krokodilen zum Fraß vor!« Als Mbalu sah, daß er erreicht hatte, was er wollte, sagte er: »Ich werde mit dir von Dorf zu Dorf ziehen, und immer, wenn ich auf die Trommel schlage, singst du ein Lied, das deine Geschichte erzählt, alle Leute sollen es hören. Wenn du das machst, bringe ich dich in einigen Tagen zu deinen Eltern zurück.«

Hantshika, traurig, in der Trommel eingeschlossen zu sein, glaubte den falschen Versprechungen. Mbalu rieb sich die Hände. Er dachte nicht daran, sein Wort zu halten, hatte sich auch nicht einmal nach dem Ort erkundigt, aus dem seine kleine Gefangene stammte. Er zog das Fell über die Trommel, hob sie auf den Rücken und schlug die entgegengesetzte Richtung von Hantshikas Heimatdorf ein. Das Mädchen richtete sich, so gut es ging, in der engen Trommel ein.

Zufrieden, weil ein Geschäft zu erwarten war, lief Mbalu den ganzen Tag, und als der Abend nahte, gelangte er in ein Dorf, das einige Kilometer von Hantshikas Heimat entfernt war. Er begab sich zur Tshota. Die dort Versammelten brachen ihre Gespräche ab, schauten ihn fragend an und erwarteten seinen Gruß. Als Mbalu den Häuptling und die anderen alle begrüßt hatte, setzte er sich und nahm ein paar Züge aus der Pfeife, die seine Gastgeber ihm angeboten hatten. Dann sprach er: »Ich bin Trommler, ich habe eine besondere Trommel – sie kann singen. Wenn ihr wollt, könnt ihr sie hören!« Die Anwesenden brachen in schallendes Gelächter aus. »Lacht nicht!« unterbrach er sie, »ich mache euch einen Vorschlag: Wenn ich gelogen habe, schenke ich euch die Trommel. Beginnt sie aber zu singen, müßt ihr mir drei Ziegen und drei Stück Stoff als Lohn geben. Einverstanden?« Der Häuptling und die anderen stimmten zu.

Mbalu ergriff seine Trommel, erwärmte das Fell am Herd der Tshota, um ihr einen besseren Klang zu verleihen. Dann schlug er ein paarmal ohne Rhythmus auf das Trommelfell und sprach ganz leise, so daß es nur seine Gefangene hörte: »Du, in der Trommel, sing jetzt! Du, in der Trommel, sing jetzt!«

Während Mbalu den Rhythmus auf der Trommel schlug und siegesgewiß sein Publikum betrachtete, sang das Mädchen das folgende Lied:

»Du, in der Trommel, singe!
He! He! He!
Du, in der Trommel, singe!
He! He! He!
Wir Mädchen, wir suchten Larven,
da vergaß ich den Becher,
den Becher von meiner Mutter.
Da kam Mbalu
und sperrte mich in diese Trommel.
Hört mich, ihr Leute!
ich bin hier,
hier in der Trommel,
und ich muß singen. He!«

Als Hantshika aufhörte zu singen, stoppte auch Mbalu seinen Trommelschlag und erkundigte sich triumphierend: »Na, hat es euch gefallen?« – »O ja, es hat uns sehr gefallen!« antworteten die Leute. Zum Häuptling gewandt, forderte er: »Zahlt mir den vereinbarten Preis, ich habe gewonnen!« – »Du bekommst, was dir zusteht«, sagte der Häuptling, »aber spiel noch etwas, deine singende Trommel hat uns gar zu gut gefallen. Du kannst auch noch ein oder zwei Tage bleiben und uns mit deinem Spiel erfreuen. Wenn du noch bleibst, zahlen wir dir für jeden Tag drei Ziegen, drei Stück Stoff und anderes mehr.« – »Wenn es dir recht ist, bleibe ich noch drei Tage«, erwiderte Mbalu. »Wieviel möchtest du für deine singende Trommel?« erkundigte sich der Häuptling. Als Mbalu merkte, daß der Häuptling an der Trommel interessiert war, beschloß er, ihm Angst einzujagen, weil er fürchtete, daß man ihn sonst töten würde, um sich der Trommel zu bemächtigen. Er nahm eine feierliche Haltung ein und gab sich beleidigt: »Für nichts auf der Welt ist sie zu verkaufen! Du mußt schon entschuldigen, Häuptling. Doch erstens singt sie nur, wenn ich darauf spiele, und zweitens würde der Geist, der in der Trommel wohnt, nicht nur mich töten, sondern auch jeden, der die Trommel berührt.« Diese Worte entsetzten nicht nur den

Häuptling, sondern auch alle anderen Zuhörer. Unverzüglich befahl der Häuptling, daß man Mbalu drei Ziegen, drei Stück Stoff, Schießpulver und eine Waffe übergeben möge, damit er am folgenden Tag das Dorf wieder verließe und der Geist der singenden Trommel keinem Angehörigen seines Volkes etwas Böses antue.
Zufrieden mit dem, was er erreicht hatte, wandte sich Mbalu noch einmal an den Häuptling: »Wenn du erlaubst, möchte ich noch um einen Gefallen bitten.« – »Was möchtest du?« fragte der Häuptling. »Gewähre mir ein Abendessen und Unterkunft für die Nacht. Ich habe nichts zu essen und kann die Nacht auch nicht im Freien verbringen, es ist zu feucht.« – »Es ist gut, du sollst ein Nachtmahl haben und bekommst auch ein Haus, in dem du schlafen kannst. Aber am nächsten Morgen will ich dich nicht mehr im Dorf sehen, sonst schließe ich dich in den Stock!« – Etwas in Angst ob der Drohung, die in den Worten des Häuptlings mitschwang, beeilte sich Mbalu zu antworten: »Ich verspreche es, bei Sonnenaufgang bin ich nicht mehr hier!« Sogleich ordnete der Häuptling an, Mbalu ins Gästehaus zu geleiten. Dort stellte man ihm eine Schüssel Brei und Fleisch hin. Mbalu verabschiedete sich von allen und dankte dem Häuptling für seine Gastfreundschaft und die große Güte. Dann verriegelte er die Tür, stellte die Trommel ab, streckte sich auf der Matte aus und wartete. Da erklang aus der Trommel ein schwaches Stimmchen. Seine Gefangene flehte ihn um Wasser und etwas zu essen an. »Sei still, sei still, du bekommst schon noch etwas!« wehrte Mbalu ab, noch immer etwas beunruhigt von der Drohung des Häuptlings. In Gedanken versunken, bemerkte Mbalu den Gehilfen des Häuptlings erst, als dieser klopfte und ihn, während er die drei Ziegen und die drei Stücke Stoff übergab, noch einmal mahnte: »Hier hast du, was der Häuptling zu übergeben befahl, und vergiß nicht, bei Sonnenaufgang wollen wir dich hier nicht mehr sehen. Verstanden?« – »Ich hab schon verstanden!« antwortete Mbalu. Der Gehilfe grüßte und ging dann. Mbalu brachte die Ziegen in die Hütte, verstaute den Stoff, schloß die Tür und aß, bis er satt war. Den kläglichen Rest der Mahlzeit überließ er Hantshika, die nicht weniger hungrig war als er. Kaum hatte das Mädchen

aufgegessen, verschloß er die Trommel wieder und legte sich nieder. Aber aus Angst, daß man ihm die Trommel und all die anderen Dinge rauben oder ihn gar töten würde, konnte er nicht schlafen. Und als die Hähne zum dritten Mal krähten, packte er die Trommel, die Ziegen und all das, was ihm sonst noch gehörte, zusammen und machte sich auf den Weg. Als die Sonne unterging, hatte er das nächste Dorf erreicht. Wie am Tag zuvor wurde er auch hier zuerst mit großer Begeisterung empfangen, beklatscht und schließlich bedroht. Auch diesmal belohnte man seine Vorführung mit Ziegen, Stoff, einem Gewehr, Pulver und überließ ihm auch noch einen Sklaven, der alle Geschenke tragen mußte.
Am dritten Abend machte er – ohne es zu wissen – in Hantshikas Heimatdorf halt. Gleich nach der Ankunft begab er sich zur Tshota und fragte, nachdem er den Häuptling und alle Anwesenden begrüßt hatte, ob man seine singende Trommel hören wollte. Natürlich, es konnte gar nicht anders sein, alle waren neugierig darauf. Da stellte Mbalu seine Trommel auf den Boden, und wie an den zwei Abenden zuvor begann er zu trommeln und befahl seiner Gefangenen zu singen. Wie überrascht waren die Zuhörer, als sie aus der Trommel die schwache und zarte Stimme von Hantshika vernahmen, die von ihrem Unglück sang:

»Du, in der Trommel, singe!
He! He! He!
Du, in der Trommel, singe!
He! He! He!
Wir Mädchen, wir suchten Larven,
da vergaß ich den Becher,
den Becher von meiner Mutter.
Da kam Mbalu
und sperrte mich in diese Trommel.
Hört mich, ihr Leute!
Ich bin hier,
hier in der Trommel,
und ich muß singen. He!«

Als Hantshika mit ihrem Gesang geendet hatte, stürzten sich die Anwesenden auf Mbalu, schlugen mit den Fäusten auf ihn

ein und schrien durcheinander: »Du bist ein Entführer!« – »Vor drei Tagen hast du unsere kleine Hantshika geraubt!« – »Schlagt ihn!« – Von allen Seiten wurde er gestoßen oder geschlagen. Als er sich entdeckt sah, bekam er Angst, daß man ihn töten oder als Sklaven verkaufen könnte. Und so nutzte er die Verwirrung und die Dunkelheit, um so schnell wie möglich zu verschwinden. Er lief ohne Pause, aber obwohl er sich von der Menge, die ihn suchte, befreit hatte, kam Mbalu nicht weit, denn Nzambi läßt keine Schuld ungestraft. In der Finsternis und weil er den Weg nicht kannte, stürzte er außerhalb des Dorfes in eine Fallgrube, die von den Bewohnern zum Schutz vor Löwen und Leoparden gebaut worden war. In der Grube waren auch viele Schlangen. Eine Boa schlang sich um seinen Körper und zermalmte ihn, während Giftschlangen ihn bissen. So erlitt er einen entsetzlichen Tod.
Inzwischen öffnete Hantshikas Vater die Trommel und befreite seine kleine Tochter. Hantshika glich sich selbst nicht mehr. Sie war abgemagert und sah krank aus, denn sie hatte in den letzten drei Tagen nur wenig gegessen und kaum geschlafen. Nachdem man die Kleine versorgt hatte, versprach sie ihren Eltern, sich nie mehr allein vom Haus und aus dem Dorf zu entfernen.
Ohne Erfolg suchten die Dorfbewohner Mbalu in der ganzen Umgebung. Eine junge Frau kam mit der Nachricht, daß in der Nähe der Löwenfallgrube entsetzliche Schreie zu hören gewesen wären. Schnell liefen alle dorthin. Als sie in die Grube blickten, packte sie Entsetzen. Gemeinsam kehrten sie in die Tshota zurück und murmelten vor sich hin: »Das ist die Strafe Nzambis! Nzambi ist es, der befiehlt!«

Die beiden Yihelami

Vor sehr langer Zeit waren die Yihelami, die zwei Seiten, Lebewesen. Jahrelang lebten sie glücklich zusammen, denn sie hatten das Gebiet untereinander aufgeteilt. Der eine Yihelami regierte in den westlichen Teilen des großen Landes, und der

andere beherrschte den gesamten Osten. Nachdem nun beide Pfeil und Bogen erfunden hatten, überlegten sie, was sie damit tun könnten. Unabhängig voneinander begaben sie sich auf die Wanderschaft. Der westliche Yihelami verschwand als erster und begegnete unterwegs vielen Menschen. Da sie seine Sprache nicht verstanden und er sich mit ihnen nicht verständigen konnte, tötete er sie alle. Auch der östliche Yihelami vernichtete mit seinem Pfeil und Bogen viele Menschen. Nach einer gewissen Zeit stellten beide fest, daß die gesamte Umgebung beinahe entvölkert war.
»Wie kann so etwas passieren, wo sind die Menschen geblieben? Vielleicht hat sie der östliche Yihelami getötet. Ich muß ihn sogleich aufsuchen«, meinte der westliche Yihelami. Sie begegneten einander und gerieten in einen heftigen Streit, denn jeder warf dem anderen vor, die vielen Menschen getötet zu haben und an der Entvölkerung die Schuld zu tragen. Nun griff der westliche Yihelami zu einer List.
»Sag mal, mein Freund, wie hoch wächst in deinem Gebiet die Perlhirse?« fragte er. Er hoffte, sein Gegner würde Pfeil und Bogen aus der Hand legen, um ihm die Höhe anzuzeigen. Aber der östliche Yihelami durchschaute ihn, hob nur sein Bein ein kleines Stückchen und erwiderte: »Bis hierher, bis hierher.«
Nun konnte der westliche Yihelami ihn nicht töten. Sofort erkundigte sich der Mann der östlichen Seite, wie hoch die Hirse in Luanda wachsen würde. Der westliche Yihelami handelte wie sein Gegner, er hob sein Bein bis zu einer gewissen Höhe und gab ihm zur Antwort: »Sieh, bis hierher, bis hierher!«
Da nun beide ihre Waffen nicht aus der Hand gelegt hatten, konnten sie einander nicht töten und trennten sich wieder. Der eine zog in seinen westlichen – und der andere Yihelami kehrte in seinen östlichen Regierungsbereich zurück.

Der König und sein Untertan

Auf einer Reise durch sein Land erblickte der König eine wunderschöne junge Frau. Er erkundigte sich nach ihr, und man teilte ihm mit, daß sie einem seiner Untertanen angehöre. Jede Nacht träumte er von ihren vollen Brüsten und ihrem kräftigen Hinterteil. Ihr reizender Anblick ließ den Wunsch, einmal mit ihr eine Nacht zu verbringen, immer stärker werden. Er überlegte, wie ihm das gelingen könnte. Auch wenn er der König war, konnte er ja nicht so ohne weiteres mit ihr schlafen. So ersann er eine List.

Eines Tages ließ er ihren Ehemann zu sich rufen und gab ihm, seinem Untertanen, den Befehl, eine achttägige Reise in den Süden des Landes zu unternehmen. Nun war der König glücklich, weil er endlich sein Begehren zu stillen hoffte. Am Tag der Abreise schlich er heimlich zum Haus des jungen Paares und versteckte sich dort. Als die Dunkelheit hereinbrach, stürmte er in den Raum der jungen Frau und warf sie gewaltsam auf das Bett.

Der junge Mann hatte jedoch die gierigen Blicke bemerkt, mit denen der König seine Frau bei der ersten Begegnung betrachtet hatte, und von einem unguten Gefühl geplagt, ging er nicht sehr weit, sondern kehrte bald wieder um. Leise betrat er sein Haus und vernahm bereits die Geräusche eines Liebesspiels. Als der junge Mann sah, was in seinem Haus vorging, zog er sein Messer aus der Tasche und erstach den König. Nun bekam die junge Frau fürchterliche Angst und jammerte: »Was soll denn jetzt geschehen?« Der junge Mann beachtete sie jedoch nicht weiter, nahm eine Decke und wickelte den König darin ein. Draußen war es stockfinster, doch mit seinem Bündel auf dem Rücken schritt er rasch aus. Noch vor der nächsten Morgendämmerung wollte er ein anderes Dorf erreicht haben. Es regnete sehr stark, als er dort ankam. Tropfnaß betrat er die Tshota und bat die Anwesenden: »Leute, nehmt mir das Bündel ab, es ist mir, vom Regen durchnäßt, zu schwer geworden.« Höflich nahm man ihm das Deckenbündel ab und legte

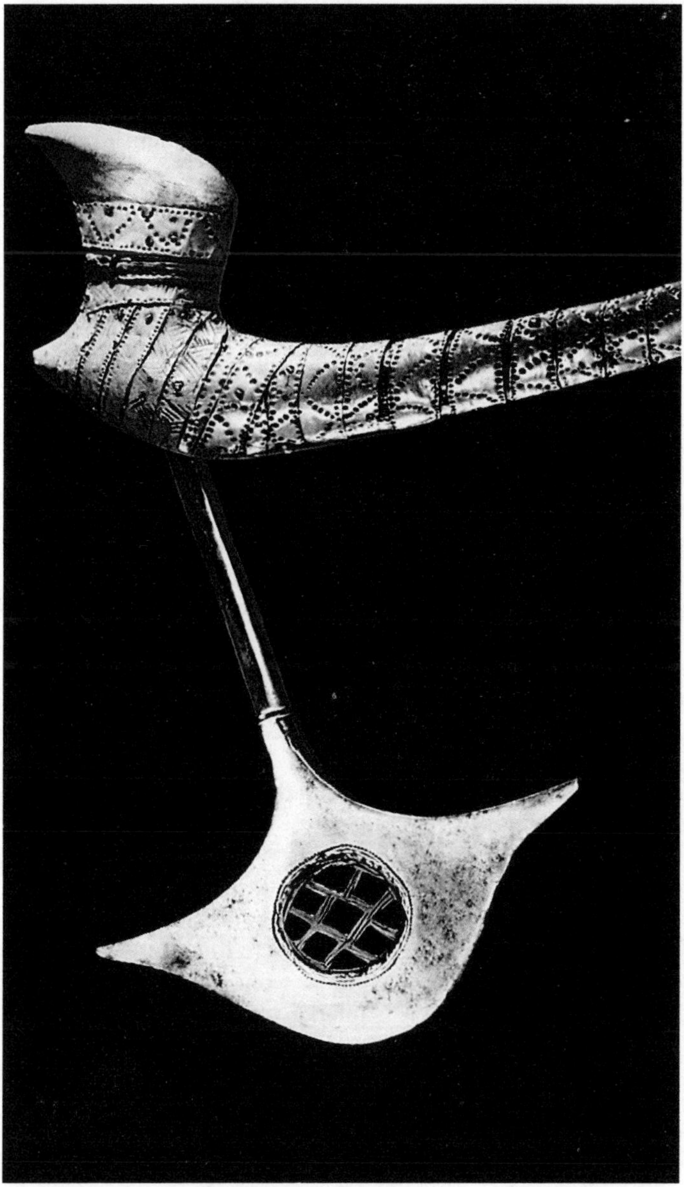

es in eine Ecke zum Trocknen. In der Zwischenzeit entfloh der junge Mann und kehrte zu seiner Frau zurück.
Am anderen Tag vermißten die Leute ihren König. Man erkundigte sich bei seinen dreißig Frauen, ob sie vielleicht etwas über den Aufenthalt ihres Gemahls wüßten, aber sie erwiderten nur:
»Unser Herr liebt bei den Frauen die Abwechslung, vielleicht hält er sich bei einer anderen auf.« Man stritt heftig über die Angelegenheit, aber trotzdem blieb der König verschollen. Der Ältestenrat entschied, Männer auszuschicken, um ihn in den umliegenden Ortschaften zu suchen. Man kam von Ort zu Ort, und überall stellte man die gleiche Frage: »Unser König ist verschwunden. Hält er sich vielleicht bei einer eurer Frauen auf?«
Alle Einwohner verneinten das. Auch jener junge Ehemann beteiligte sich an der Suche und begab sich in das Dorf, in das er den toten König getragen hatte. Er fand ihn, nahm ihn auf seinen Rücken und kehrte auf einem den anderen Bewohnern unbekannten Weg heim, um die Kunde mitzuteilen. Man verprügelte die Menschen des Dorfes, in dem man den König gefunden hatte, und begann dann die Totenfeierlichkeiten für den verstorbenen König. Dem jungen Mann überreichte man vier Rinder zur Belohnung, weil er den König gefunden hatte.

Der undankbare Mensch

Vor vielen Jahren herrschte König Kalunga über die ganze Welt. Zuerst schuf er drei Lebewesen, die Sonne, den Mond und den Menschen. Nach ihrer Erschaffung lebten die drei noch einen ganzen Tag zusammen. König Kalunga besaß auch einen Sohn, dem er den Namen Kongo gab. Nachdem sich Sonne, Mond und Mensch voneinander getrennt hatten, schickte Kalunga seinen Sohn zu ihnen. »Geh und besuche die Lebenden«, trug er ihm auf.
Der Sohn ging zuerst zur Sonne. Sie begrüßte ihn herzlich und bewirtete ihn mit herrlichen Speisen und Getränken. Er war so

glücklich, daß er eigentlich gar nicht weiterziehen wollte, aber er mußte noch den Mond und den Menschen besuchen. Nach einigen Tagen nahm er schweren Herzens Abschied von der lieben Sonne und trat in das Reich des Mondes ein. Auch der Mond empfing ihn überaus freundlich und setzte ihm ein reichliches Mahl vor.

Verwöhnt von Sonne und Mond, glaubte er, daß ihn der Mensch nicht anders empfangen würde. Aber als der Mensch den Kongo erblickte, schrie er: »Da ist ein großes Tier, das kann man erlegen und essen!« Kongo versuchte ihn zu beschwichtigen: »Ich bin kein Tier, sondern der Sohn von Kalunga.« Der Mensch betrachtete ihn mißtrauisch von allen Seiten und glaubte ihm nicht. Schließlich rief er: »Du lügst, ich werde dich fangen und töten!«

Lange wartete Kalunga auf die Rückkehr seines Sohnes. Monate vergingen, aber Kongo kam nicht wieder. So entschloß er sich, einem Träger den Befehl zu erteilen, den Weg Kongos noch einmal zu gehen. Der Träger besuchte zuerst die Sonne, die ihm erzählte, wie gut es Kongo bei ihr gefallen hatte. Auch der Mond versicherte ihm, daß Kalungas Sohn von ihm reichlich bewirtet worden sei. Anschließend hätte er seinen Weg zum Menschen fortgesetzt. Schließlich traf der Träger beim Menschen ein und erkundigte sich nach Kongos Verbleib. Der Mensch aber vermochte ihm keine gute Auskunft zu geben.

Zu seinem Herrn zurückgekehrt, berichtete der Träger alles. »Der Mensch hat meinen Sohn getötet, nun muß auch er sterben!« schrie Kalunga vor Schmerz über den Verlust seines Sohnes. Seitdem müssen die Menschen sterben. Bis heute hat sich daran nichts geändert. Und wenn sie Mahamba ein Opfer darbringen, sagen sie: »Wir sterben wegen Kongo.«

Der Mond und die Sonne

Viele Jahre waren der Mond und die Sonne gute Freunde. Beide besaßen große Macht, und beide verbreiteten eine Fülle von Licht. Eines Tages gerieten sie in Streit, denn die Sonne behauptete:

»Mond, mein lieber Freund, einmal muß ich es dir sagen. Nur ich bin weise und nütze den Menschen.« Der Mond war mit den Worten seiner Freundin nicht einverstanden und brüllte sie an: »Das stimmt doch gar nicht!« – »Aber ich bin es doch, die das Tageslicht zu allen Menschen bringt«, beharrte die Sonne auf ihrer Meinung, »ich spende ihnen das Licht, damit sie alles sehen können!« – »Und ich, bin ich es nicht, der den Menschen den Mondschein bringt, damit sie im Dunkeln etwas erkennen können?« widersprach der Mond. Da wurde die Sonne ganz traurig. Und sie war böse, weil der Mond sie beschimpft hatte. Sie stritten noch sehr lange miteinander, bis die Sonne den Mond schließlich mit Schmutz bewarf, so daß er ganz schwarz wurde. Seitdem spendet er des Nachts nur wenig Licht, die Sonne dagegen verbreitet große Helligkeit.
Und seit diesem Streit hat der Mond weniger Macht als die Sonne.

Falscher Ehrgeiz

Eines Tages erließ der König an alle ihm unterstellten Herrscher im gesamten Land den Befehl, daß sie in ihrem Gebiet einen Menschen ausfindig machen sollten, der in der Lage sei, eine besondere Tat zu vollbringen. Boten zogen durch das ganze Land und riefen: »Gibt es hier jemanden, der eine große Sache vollbringen kann? Der König wird ihn reich dafür belohnen, und großer Ruhm wird ihm sicher sein!«
Viele junge Männer dachten über den Befehl des Königs nach, aber keinem fiel etwas Brauchbares ein. Eines Tages meldete sich Kangologo, ein junger Mann, der von übermäßigem Ehrgeiz besessen war, bei seinem Herrscher und verlangte: »Bringt mich zum König, denn ich will eine besondere Tat vollbringen!«
Nach einer höflichen Begrüßung sprach er zum König: »Großer Herr, ich werde Euch einen Turm bauen, so hoch, daß Ihr von ihm direkt in den Himmel aufsteigen könnt. Allerdings müssen mir deine Untertanen dabei helfen!«

Bald darauf rief Kangologo alle Menschen zu sich und erteilte ihnen den Auftrag, viele, viele Bäume zu fällen. Auch er selbst arbeitete unermüdlich. Nachdem alle Bäume gefällt worden waren, stapelte er sie übereinander. Schließlich erreichte der Turm eine solche Höhe, daß man von seiner Spitze alle Wasser, Seen und Flüsse überblicken konnte. Man sah den Kongo, den Lualaba, Kasai, Sambezi, Cuanza und sogar Kalunga. Die umstehenden Menschen rieten Kangologo, seine Arbeit nun abzuschließen, aber er hörte nicht und brachte noch mehr Bäume auf den Turm. »Nun halt doch endlich ein! Es ist genug«, warnten sie ihn, »man kann schon in den Himmel sehen und Kalunga dort erblicken. Der Himmel ist jetzt so nah, wir können ihn von hier aus sehr gut erreichen.«
Kangologo aber dachte nur an seinen Ruhm, nicht einmal den Untergrund seines Turmes hatte er vorher geprüft. So geschah es, daß die unteren Pfosten schon anfingen zu faulen, während er oben noch weiterbaute. Als die Menschen das bemerkten, lärmten sie sehr und schrien durcheinander. Man versuchte, den unteren Teil abzustützen, aber alle Mühe war vergebens, die Bäume fielen, und der ganze Turm stürzte zusammen. Kangologo und die anderen Menschen, die sich auf dem Turm befanden, wurden in alle Himmelsrichtungen zerstreut. Aus diesem Grunde sprechen die Menschen heute unterschiedliche Sprachen. Die eigentliche Ursache für diese Vielsprachigkeit war aber Kangologos Ruhmsucht. Noch heute kann man Reste dieses Turmes bei Kawewe entdecken.

Der Dummkopf und die Ungeheuer

In einem Dorf im Lundagebiet lebte ein Dummkopf, den alle Bewohner verspotteten. Seine Eltern waren gestorben, und weil sich keine Frau fand, die ihn heiraten wollte, blieb er bei den Verwandten seiner Mutter. Es war gerade Vollmond, und seine Verwandten beschlossen, daß die Larven von Riesenkäfern gesammelt werden sollten. »Jetzt ist es am günstigsten,

denn zu der Zeit gibt es viele, und sie sind auch sehr groß«, meinten sie.
Onkel, Cousine, Schwester und Schwägerin brachen zusammen mit dem Dummkopf auf, um sich für ein paar Tage in der Nähe eines Flusses anzusiedeln, der einige Wegstunden von ihrem Dorf entfernt war. Die Schwester und die Cousine nahmen Speisen und Getränke mit.
Als sie sich dem Fluß näherten, entdeckten sie zu ihrer großen Verwunderung, daß dort schon Hütten standen. »Wer mag wohl hier sein?« fragten sie einander. Schnell bauten auch sie ihre Grashütten. Während sie noch eifrig beschäftigt waren, kamen vier Männer aus einem anderen Dorf und blickten die Neuankömmlinge finster an.
»Wir waren zuerst da. Aber ihr könnt eure Hütten auch aufstellen, doch der da«, und sie zeigten mit dem Finger auf den Dummkopf, »darf sein Lager hier nicht aufschlagen«, befahlen sie laut und bestimmt.
Ihrem Befehl folgend, mußte der arme Dummkopf weit von den anderen Hütten entfernt bauen. Von seinen Gefährten getrennt, lief er Gefahr, von Raubtieren gefressen zu werden, ohne daß es jemand bemerkt hätte. Er verbrachte die ersten zwei Nächte allein, und es geschah nichts Besonderes. In der dritten Nacht aber wurde er von einer Stimme geweckt. Als er von seinem Lager aufblickte, sah er zu seinem großen Schrekken ein Ungeheuer in menschlicher Gestalt. ›Was soll ich tun, wie ist es nur in meine Hütte gekommen?‹ fragte sich der Dummkopf verzweifelt.
»Gib mir Tabak, ich möchte rauchen«, forderte das Ungeheuer. Zitternd erhob sich der Dummkopf, doch die Angst schwächte ihn so sehr, daß er sich wieder auf sein Bett setzen mußte. Der Mondschein beleuchtete die Gestalt des Ungeheuers, das nur mit einem Lendenschurz bekleidet war. Der Dummkopf wollte schreien, aber die anderen waren so weit entfernt, daß sie seine Rufe nicht gehört hätten. – Wären die vier fremden Männer gute Menschen gewesen, dann hätten sie nicht verlangt, daß er seine Hütte hier im Wald bauen mußte. Einem inneren Befehl gehorchend, erhob er sich endlich, entnahm seinem Beutel etwas Tabak und bot ihn dem Ungeheuer

an, gleichzeitig händigte er ihm seine Wasserpfeife aus. Das Ungeheuer nahm dem Dummkopf die Sachen ab, riß sich ein paar Haare aus, vermischte sie mit dem Tabak und rauchte. Aber es war noch längst nicht zufrieden und verlangte nun etwas zu essen. Verzweiflung überkam den jungen Mann, doch dann fiel ihm ein, was ihn retten konnte. In den vergangenen Tagen hatte er mit seinen Verwandten einige Körbe Larven gesammelt, die er in seiner Hütte aufbewahrte, und so bot er dem Ungeheuer die Larven an. Mit seinen riesigen Pranken griff es in die Körbe, steckte die Larven handvollweise in sein großes Maul und verschlang sie voller Gier. So leerte es nach und nach drei Körbe. Als es sich gerade über den vierten Korb hermachen wollte, vernahm man in der Ferne aus einem der umliegenden Dörfer den ersten Hahnenschrei. Mit einem Satz erhob sich das Ungeheuer, aber ehe es verschwand, rief es noch: »Flieh, oder ich reiße dir morgen den Kopf ab!«
Bei Anbruch des Tages begab sich der Dummkopf sofort zu den anderen und berichtete ihnen, was sich in der vergangenen Nacht zugetragen hatte. Keiner glaubte ihm, und die vier Fremden begannen ihn ob der vermeintlichen Lüge derart zu schlagen, daß sie ihn fast umgebracht hätten, wenn seine Verwandten ihm nicht zu Hilfe gekommen wären. Nur seine Cousine mißhandelte ihn auch, ja sie versuchte sogar, ihm die Kehle durchzuschneiden.
Ohne sich zu wehren, ertrug er all die Qual und hoffte darauf, sich eines Tages rächen zu können.
»Was ich euch berichtet habe, ist keine Lüge«, wandte er sich an seinen Onkel, »wir sollten von deiner Hütte zu meiner Hütte eine Schnur ziehen, die du am Gürtel befestigst. Wenn das Ungeheuer bei mir erscheint, werde ich an der Schnur ziehen, dann kannst du mit den anderen hierherkommen und dich von der Wahrheit meiner Worte überzeugen.«
Der Onkel war mit dem Vorschlag einverstanden, und am Abend befestigte der Dummkopf die Schnur, wie sie es vereinbart hatten. Die Mitternacht kam heran, und der junge Mann schlief fest. Stimmengewirr vor seiner Hütte weckte ihn. Kurze Zeit später erschienen zwei Ungeheuer in Menschengestalt. Sofort zog er an der Schnur. Der Onkel, der noch nicht

geschlafen hatte, erhob sich sofort und schlich Schritt für Schritt zur Hütte seines Neffen. Dort entdeckte er zu seinem größten Erschrecken zwei furchtbare Ungeheuer, die gerade über die so mühsam gesammelten Larven herfielen. Er rannte gleich zurück, weckte die anderen und sprach: »Kommt schnell, mein Neffe hat die Wahrheit gesprochen. Er ist unschuldig. In seiner Hütte befinden sich wirklich zwei schreckliche Ungeheuer!« Und auch die anderen mußten feststellen, daß sie den jungen Mann zu Unrecht als Lügner beschuldigt und ihn ohne Grund geschlagen hatten. Als die Hähne krähten, verschwanden die Ungeheuer wieder und drohten wie am Abend zuvor.

Von dem Ereignis waren alle so in Angst versetzt, daß sie mit den noch verbliebenen Körben voll Larven unverzüglich heimkehren wollten. Der junge Mann aber schlug vor, noch drei Nächte zu bleiben. »Kommen die Ungeheuer auch in der dritten Nacht wieder, gehen wir weg.« Die anderen willigten ein. In jeder Nacht kam ein Ungeheuer mehr, so daß in der fünften Nacht schließlich fünf Ungeheuer die restlichen Larven auffraßen. Kaum hatten die Hähne zum dritten Mal gekräht, nahmen die Leute, die nun keine Larven mehr hatten, ihre Geräte und machten sich auf den Heimweg. Um zu zeigen, daß er keine Angst hatte, rief der Dummkopf beim Verlassen des Lagers den Ungeheuern im Wald zu: »Wir gehen jetzt!« Aber kaum hatte er das verlauten lassen, antworteten sie aus allen Richtungen: »Wir holen euren Kopf! Wir fressen euch!«

Um die Gefahr wissend, der sie ausgesetzt waren, wenn die Ungeheuer angriffen, beschloß der junge Mann, seine magischen Kräfte, von denen niemand etwas wußte, einzusetzen. Er zog aus seiner Tasche Federn von verschiedenen Vogelarten, steckte eine von ihnen an den Kopf seiner Schwester, eine andere an den Kopf seiner Cousine und sagte zu ihnen:

»Jetzt seid ihr Tshambambas und fliegt langsam und schleppend wie sie!« Er hatte noch nicht ausgesprochen, da fühlten sich die beiden Mädchen in die Lüfte gehoben, und ohne zu wissen, wie ihnen geschah, flogen sie wie die Tshambambas.

Der Jüngling steckte jetzt an seinen Kopf, an den Kopf seines Onkels und auch an den seiner Schwägerin Vogelfedern, Federn vom Ibis. Dann wandte er sich den vier Männern zu, die ihn zu Unrecht mißhandelt hatten, und sagte zu ihnen: »Ohne Grund habt ihr mir verboten, meine Hütte in der Nähe der anderen zu bauen. Ihr habt mich geschlagen und gequält, obwohl ich euch meine Unschuld beteuert hatte. Wenn ihr nicht so böse gewesen wäret, hätte ich euch ebenfalls vor den Ungeheuern gerettet. Aber nun tue ich es nicht, denn ihr müßt eure verdiente Strafe erhalten!« Da flehten ihn die vier Männer an: »Nimm uns mit, und wir wollen unser ganzes Leben lang deine Sklaven sein!« – »Ich will keine Sklaven, und ich brauche keine Sklaven. Wer Unrecht tut, muß bestraft werden!« Und er wiederholte: »Ihr bleibt und bezahlt für das, was ihr mir angetan habt. Wir aber«, wandte er sich an seine Verwandten, »fliegen als Ibisse in unser Dorf.«

Es verging nicht viel Zeit, da waren die vier Männer von den Ungeheuern ergriffen und getötet worden. Sie hingen am Gürtel der Ungeheuer wie eine Jagdbeute.

Der junge Mann hatte die beiden Mädchen in sehr langsam fliegende Vögel verwandelt, so daß sie nicht schnell vorankamen.

Nachdem die Ungeheuer die vier Männer getötet hatten, nahmen sie die Verfolgung der beiden Mädchen auf. Fast hatten sie die Mädchen erreicht, da verwandelte der Jüngling seine Schwester ebenfalls in einen Ibis und gab ihr den Befehl: »Schließ dich den anderen an!«

Dann näherte er sich seiner Cousine, verwandelte sich wieder in einen jungen Mann und gab der Cousine ihre Mädchengestalt zurück. Beide standen einander unter einem großen Baum gegenüber. Der Jüngling trat nahe an das Mädchen heran und sprach: »Die Ungeheuer sind uns noch auf den Fersen, und so habe ich nicht viel Zeit, Erklärungen abzugeben. Ich habe dir aber folgendes zu sagen: Du hast meine Mutter beleidigt, weil du mich Unschuldigen töten wolltest. Diese Beleidigung mußt du mit deiner Jungfräulichkeit bezahlen, oder du wirst ein Opfer der Ungeheuer.« – »Mach mit mir, was du willst, du hast Grund dazu, nur laß mich nicht in die Hände der Ungeheuer fallen.« Und zur Strafe dafür, daß sie ihn beleidigt hatte, vergewaltigte der junge Mann seine Cousine. Dann

sprach er zu ihr: »Nun ist mein Groll verflogen. Komm, wir gehen nach Hause.«
Vor Angst zitternd, mahnte die Cousine ihn: »Beeilen wir uns!« – »Fürchte dich nicht, sie bekommen uns nicht zu fassen, ich habe mehr Kraft als sie«, beruhigte sie der junge Mann. »Laß uns fliehen, bevor es zu spät ist!« bat die Cousine erneut und klammerte sich entsetzt an ihn. »Die Schreie der Ungeheuer sind schon ganz nah!«
Als er den Kummer in den Augen seiner Cousine sah, zog er zwei Ibisfedern aus seinem Kopf und verwandelte zuerst sie und dann sich selbst in einen Ibis. Seite an Seite flogen sie zu ihrer Familie, in ihren Heimatort. Die Ungeheuer verfolgten die beiden noch ein Stück, doch als die Vögel den Wald, den Herrschaftsbereich der Ungeheuer, verlassen hatten, mußten die Ungeheuer umkehren. Im tiefen Wald fraßen sie dann die vier Opfer auf.
In ihrem Heimatort wurden die Vögel von den Dorfbewohnern bestaunt, bevor der junge Mann sie alle wieder in Menschen verwandelte. Sein ältester Onkel ließ den Ältesten, den Ältestenrat und alle Einwohner des Dorfes zusammenrufen. Dann sprach er zu ihnen: »Freunde, ihr wart verwundert, als ihr uns in fremder Gestalt hier ankommen saht. Auch ich bin erstaunt, aber vor allem darüber, daß ich noch lebe. Wenn wir alle noch leben und den Klauen böser Geister, das heißt, Ungeheuern in menschlicher Gestalt, entrissen worden sind, dann haben wir es einzig und allein meinem Neffen zu verdanken. Er rettete uns, indem er uns und sich selbst in Vögel verwandelte. Ich wünsche, daß ihr meinen Neffen in Zukunft nicht mehr als Dummkopf betrachtet, sondern wie jeden anderen Mann, der große magische Kräfte besitzt, mit Respekt behandelt.«
Nach einer kleinen Pause sah er die Cousine an und sagte zu ihr: »Nachdem die Ungeheuer zum ersten Mal erschienen waren, hast du deinen Cousin sehr schlecht behandelt. Du mußt dich bei ihm entschuldigen, und außerdem sollst du für deine Schuld büßen. Dein Leben lang wirst du seine Sklavin sein.«
Diese Entscheidung mißfiel dem jungen Mann, denn er hatte seine Cousine ja schon selbst bestraft, und so widersprach er

dem Alten: »Ich wünsche sie nicht zur Sklavin, sie soll meine Frau werden!«
Alle Einwohner freuten sich über die Entscheidung des jungen Mannes, und sie besangen und lobten die übernatürlichen Kräfte, die Nzambi ihm verliehen hatte. Am selben Abend noch befahl der Älteste des Dorfes, zu Ehren des jungen Mannes ein großes Fest zu veranstalten, das volle drei Tage dauerte. Wenig später verlieh der Älteste dem jungen Mann den Titel eines Sobeta und übergab ihm einen Teil des Gebietes, in dem er regierte, zur Verwaltung.
Der Dummkopf war nun ein stolzer und angesehener junger Mann. Er heiratete seine Cousine, die drei Söhne zur Welt brachte, und beide waren ihr ganzes Leben lang glücklich.
Dummköpfe darf man also niemals verspotten oder schlecht behandeln. Es kann nämlich sein, daß Nzambi sie mit übernatürlichen Kräften ausgestattet und geschickt hat.

Wie das Ungeheuer besiegt wurde

Es war einmal ein Mann, der hatte nur einen einzigen Sohn. Er sprach zu ihm: »Wenn ich sterbe, gehört meine Waffe dir. Nimm sie und geh, wohin du willst.«
Als der Vater gestorben war, nahm der Sohn die Waffe und zog los, um seine Verwandten zu suchen. Er war schon ein Stück gewandert, da traf er einen Träumer. Zu zweit gingen sie weiter, und als es Abend wurde, begaben sie sich zur Ruhe. Am Morgen sprach der Träumer: »Lieber Freund, mir träumte, wir wären einem Dieb begegnet, der den gleichen Weg nahm wie wir.«
Sie traten ihre Wanderung erneut an, begegneten unterwegs einem Dieb, und nun waren es drei, die den gleichen Weg hatten. Als die Stunde herangekommen war, legten sie sich schlafen. Am nächsten Morgen berichtete der Träumer: »In meinem Traum stieß ein Schiffbauer zu uns, auch ihm war das gleiche Schicksal bestimmt wie uns.«

Die drei machten sich auf den Weg. Ein Schiffbauer stieß zu ihnen, sie wanderten zu viert weiter, und als sie weit genug gewandert waren, legten sie sich schlafen. Der Morgen dämmerte, und der Träumer erzählte: »Es träumte mir, daß wir unterwegs jemanden fanden, der Zerbrochenes leimen kann. Ihm, wie uns, war das gleiche Schicksal bestimmt.«
Nach einem kleinen Marsch fanden sie den, der Zerbrochenes leimen kann, und zu fünft setzten sie ihren Marsch fort und begaben sich, als die Stunde gekommen war, gemeinsam zur Ruhe, und am nächsten Morgen teilte der Träumer ihnen seinen Traum mit: »Wir gelangten«, so erzählte er, »zur Hütte eines Häuptlings. Man nahm uns gefangen und legte uns Fesseln an.«
Sie brachen auf, und es dauerte nicht lange, da erreichten sie die Hütte eines Häuptlings. Sie stellten sich vor. Der Soba wandte sich an den Bewaffneten und sprach: »Dein Vater hat meine Tochter geraubt. Entweder du bringst sie mir zurück, oder ihr bleibt meine Sklaven!« Der Soba ließ die fünf ins Gefängnis werfen, an einen Baumstamm fesseln und prügeln.
Der nächste Morgen kam, und der Träumer teilte seinen Freunden mit: »Mir träumte, daß dein Vater«, sagte er zu dem Bewaffneten, »die Tochter des Häuptlings an ein Seeungeheuer verkauft hat.« Sich an alle wendend, fuhr er fort: »Mir träumte weiter, wir hätten das Mädchen gefunden. Das Seeungeheuer war darüber in höchster Wut und zerstörte unser Schiff ein paarmal.« Nun befragten sie einander, was zu tun sei. Schließlich verkündete der Schiffbauer: »Ich werde das Schiff bauen!« Der, der Zerbrochenes leimen konnte, fügte hinzu: »Sollte das Ungeheuer unser Schiff zerstören, werde ich es wieder leimen!« Der Bewaffnete sagte: »Wenn das Ungeheuer uns begegnet, töte ich es!« Und der Dieb erklärte: »Wenn wir sie finden, raube ich das Mädchen!«
Nun wandten sie sich an den Soba: »Wir wissen«, beteuerten sie aufrichtig, »an wen deine Tochter verkauft worden ist, und wenn du uns ziehen läßt, holen wir sie.« – »Wahrhaftig, wenn euch das gelingt, dann, ich verspreche es, gehört euch mein Reich!«
Der Soba ließ sie frei, sie bauten das Schiff und stachen in See.

Sie fuhren bis zum Abend, dann schliefen sie. Kaum war der Morgen angebrochen, berichtete der Träumer: »Mir träumte, daß wir das Mädchen fanden, der Dieb raubte es, und das Seeungeheuer nahm die Verfolgung auf. Es kann nicht mehr weit sein bis zu der Stelle.« Sie fuhren weiter. Nach einer Weile gelangten sie zu dem Dorf, in dem die Tochter des Sobas jetzt lebte. Da sprach der Träumer zum Dieb: »Du mußt die rauben, die gerade dabei ist, kegelförmige Körbe mit Verzierungen zu flechten.« Der Dieb begab sich ins Dorf, die anderen blieben im Wald zurück.

Im Dorf fand er das Mädchen. Er sprach sie mit ihrem Geburtsnamen an, erwähnte auch den Namen ihres Vaters und den ihrer Mutter, und so war das Mädchen bald sicher, daß der Fremde von ihrem Vater kommen mußte. Der Dieb trug sie heimlich zu der Stelle, wo die anderen warteten. Sie bestiegen ihr Schiff und fuhren los. Kaum hatte das Ungeheuer bemerkt, was geschehen war, schwamm es auch schon heran und zerstörte das Schiff. Der Bewaffnete schoß es in den Kopf, und während das Ungeheuer einen neuen Kopf aufsetzte, machte der, der Zerbrochenes leimen konnte, das Schiff wieder flott. – Aber das Ungeheuer hatte viele Köpfe, viele Kämpfe mußten bestritten werden, und oft mußte das Schiff erneuert werden, bis die fünf mit der Tochter des Häuptlings endlich das Dorf erreicht hatten.

Der Soba strahlte vor Freude, als er seine Tochter wiedersah. Er gab sie dem Bewaffneten zur Frau und überließ ihm auch sein Reich. Den vier anderen gab er gleichfalls Frauen. Sie blieben und wurden die Gehilfen des neuen Sobas.

So ist es geschehen.

Die Frau und der Erdnußstrauch

Es war einmal eine Frau, die grub zusammen mit ihren Kindern Erdnüsse aus. Als sie sah, daß sich ihnen ein Mann näherte, sprach sie zu ihren Kindern: »Deckt mich mit Blättern

und Zweigen zu, und wenn der Mann dort euch um Erdnüsse bittet, sagt, daß eure Mutter nicht da ist, um sie ihm zu geben.«
Die Kinder versteckten ihre Mutter unter den Wurzeln und Zweigen des Erdnußstrauches. Der Mann kam heran und bat: »Kinderchen, gebt mir ein paar Erdnüsse, ich habe großen Hunger.« – »Unsere Mutter, die sie dir geben könnte, ist nicht da«, antworteten die Kinder. Er erkundigte sich: »Wohin ist sie denn gegangen?« – »Ach, diesen Weg entlang. So bald wird sie nicht zurück sein«, erwiderten die Kinder. Der Mann lief weiter.
Kaum war er außer Sicht, wollten die Kinder den Berg wieder abtragen, den sie über ihre Mutter gehäuft hatten, aber, o weh, die Wurzeln und Zweige waren wie festgewachsen. Schnell liefen die Kleinen ins Dorf und erzählten ihrem Vater, was geschehen war. Der Vater kam und fragte seine Frau: »Was hast du getan, daß so etwas geschehen mußte?« Sie antwortete: »Gestern haben so viele Leute um Erdnüsse gebeten, daß für uns kaum etwas übrigblieb. Deshalb habe ich den Kindern heute gesagt, daß sie mich unter dem Gestrüpp verstekken sollten, und nun sitzt es fest an meinem Körper. Das habe ich getan.«
Die Leute, die herbeigelaufen waren, meinten: »Warten wir, bis der Mann von vorhin zurückkommt, auf daß er sie von dem Übel befreie.« Sie warteten, und nach einer Weile kam der Mann. »Was steht ihr hier herum?« fragte er. »Lieber Freund«, baten sie ihn, »hilf doch unserer Verwandten!« – »Möge euch das eine Lehre sein«, entgegnete der Mann. »Wer hat, der gebe! Wer eine Bitte abschlägt, soll an seinem Reichtum ersticken! Hättest du mir auch nur zwei Erdnußwurzeln gegeben, wäre doch nicht dein ganzes Feld verloren gewesen!« Dann löste er die Zweige vom Körper der Frau und ging, nachdem man ihn belohnt hatte, seines Weges.
Seitdem ist es Brauch, jedem, der an einem Erdnußfeld vorbeikommt, ein paar Nüsse zu geben, auch wenn er nicht eigens darum bittet. So hat es sich zugetragen.

Der Löwe und der Hase

Um ihren Hunger zu stillen, gingen Löwe und Hase auf die Jagd. Sie durchstreiften den Wald, entdeckten aber nicht ein einziges Tier. Ermattet schlug der Löwe vor: »Setzen wir uns und ruhen ein wenig aus.«

Während sie so saßen, packte der Löwe den Hasen auf einmal am Kopf, so als wollte er ihn fressen, und dann sagte er zu ihm: »Steig auf den Baum dort und halt Ausschau, ob von irgendwoher Gefahr droht.«

Der Hase stieg auf den Baum, blickte sich nach allen Seiten um und sprach schließlich: »Von keiner Seite droht Gefahr, Löwe, nur von dort, wo du gerade bist.« Der Löwe verließ den Platz, an dem er saß, und ließ sich an einer anderen Stelle nieder. »Und wie sieht es nun aus?« fragte er. »Wo du warst, ist die Gefahr verschwunden, sie befindet sich dort, wo du jetzt bist.«

Noch einmal erhob sich der Löwe und wechselte den Platz.

Der Hase, immer noch in der Krone des Baumes, brach einen Zweig ab und warf ihn hinunter. Sofort sprang der Löwe hoch und schnappte danach, denn er glaubte, der Hase fiele vom Baum. Aber es war nur der Zweig.

»Siehst du«, meinte der Hase, »jetzt hast du dich selbst entlarvt! Hab ich nicht gesagt, daß nur von dort Gefahr droht, wo du bist? Ich steige nicht mehr vom Baum, geh du allein weiter!«

Dem Löwen war eine Lehre erteilt worden. Und er machte sich allein auf den Weg.

So ist es gewesen.

Die zwei Brüder

Vor Zeiten lebten einmal zwei Brüder. Beide waren noch ledig. Eines Tages machten sie sich auf den Weg, denn sie wollten für den jüngeren Bruder um die Hand einer Frau anhalten. Als sie im Dorf des Mädchens angekommen waren, trugen sie

dem Vater ihre Bitte vor. Er gab ihnen zur Antwort: »Wer meine Tochter begehrt, muß fünf Tage verbringen, ohne etwas zu essen. Nur so wird sie ihm gehören.« Der jüngere Bruder erklärte: »Mir macht es nichts aus, fünf Tage ohne Essen zu bleiben.«

Die jungen Leute kehrten nach Hause zurück und berichteten ihrem Vater von der Angelegenheit. Er gab seine Zustimmung, und so begaben sich die beiden am Tag darauf wieder in das Dorf des Mädchens. Dort sprach der ältere Bruder zum jüngeren: »In der Nacht reite ich zu dir und bringe Maniokbrei.« – »Einverstanden«, antwortete der Bruder. Er blieb im Dorf seiner künftigen Schwiegereltern, während der ältere den Heimweg antrat.

Einen Tag schlief der ältere Bruder, am zweiten nahm er einen Teller Maniokbrei, bestieg sein Pferd und ritt zu seinem Bruder. Gegen Mitternacht langte er an und trommelte mit den Knöcheln leise an die Tür. Sein Bruder schlich heraus und aß den Brei. Dann trennten sie sich. Der Ältere ritt zurück, der Jüngere legte sich wieder schlafen. Da wachte die Frau auf und sprach: »Mir träumte, du äßest Maniokbrei.« – »Aber wo sollte ich denn mitten in der Nacht Maniokbrei herbekommen?« erwiderte er. »Na gut«, gab sie sich zufrieden.

Am dritten Tag brachte der Ältere seinem Bruder ebenfalls Maniokbrei. Erschrocken wachte die Frau auf: »Hier riecht es nach Maniokbrei! Du hast Maniokbrei gegessen!« – »Nein, nein!« log der junge Mann. »Ich habe nichts gegessen.« – »Ich werde dich schon noch beim Essen erwischen!« drohte die Frau.

Am vierten Tag erschien der ältere Bruder nicht. Aber am fünften Tag, an dem auch das Festmahl stattfinden sollte, nach dessen Abschluß der junge Mann mit seiner Frau davonziehen würde, brachte der Ältere wieder Maniokbrei. Der Jüngere hatte gerade angefangen zu essen, da wachte die Frau auf. Sie bemerkte, daß der Mann nach draußen gegangen war, folgte ihm und konnte ihn so überraschen. Sofort nahm sie den Breiteller an sich, weckte ihren Vater und sprach: »Ich habe den Mann beim Essen ertappt.« – »Geh und bewahre den Brei auf«, befahl der Vater. »Beim ersten Hahnenschrei werden

wir ihn töten!« Die Frau verwahrte den Brei in einer Ecke ihres Hauses.
Der ältere Bruder war eilends davongaloppiert und hatte bei seinem Vater Rat gesucht. Er erhielt von ihm einen Teller, auf dem ein Medaillon lag, und ein Wasserfläschchen und bekam den Auftrag: »Reite zurück, hol den Teller mit Brei und stell die Sachen hier an seine Stelle.« Der Bruder eilte davon, gab, als er angekommen war, dem Jüngeren den Teller mit dem Medaillon und das Wasserfläschchen und brachte den Brei zu seinem Vater, der ihn gut versteckte.
Beim ersten Hahnenschrei trafen der Vater und sein ältester Sohn bei dem Jüngsten ein. Das Dorfoberhaupt rief die Sklaven zusammen und erteilte ihnen den Auftrag: »Zündet das Feuer in der Tshota an, holt die Trommeln mit den beiden Fellen, und dann bringt den Mann her, der den Maniokbrei gegessen hat. Wir werden ihn töten.«
Die Sklaven entfachten das Feuer und holten dann die Doppeltrommeln. Wenn sich früher jemand eines Vergehens schuldig gemacht hatte, spielte man solche Trommeln. Während die Trommeln geschlagen wurden, erschien tanzend der Henker und enthauptete den Bösewicht.
Als alles vorbereitet war, holten die Sklaven den Mann. Da fragte einer aus der Menge: »Wenn ihr ihn schon töten wollt – wo ist dann der Maniokbrei, bei dem ihr ihn überrascht habt?« – »Das ist richtig«, stimmten ihm die anderen zu, »wir müssen den Maniokbrei gesehen haben. Erst dann dürfen wir ihn enthaupten!« Die Frau wurde nach dem Brei geschickt. Sie fand aber nur den Teller mit dem Medaillon und das Wasserfläschchen und brachte beides vor die Versammlung. »Und das soll Maniokbrei sein?« war die erstaunte Frage. Der Vater des Angeklagten erhob seine Stimme: »Das Medaillon gab ich meinem Sohn. Legt er es sich auf den Bauch, ist er stets so satt, als hätte er Maniokbrei gegessen. Und das Wasser, das ist natürlich zum Trinken.« Seine Worte hatten die Schwiegereltern vollkommen überzeugt. Die Heirat war beschlossen, und gemeinsam mit der jungen Frau kehrten der Vater und seine beiden Söhne in ihr Dorf zurück.
Nach einigen Tagen wandte sich der ältere Bruder an den jün-

geren: »Du bist nun verheiratet, aber ich, was soll ich tun?« – »Verbring doch die Nacht in einem von Vaters Häusern«, schlug ihm der Jüngere vor. Seitdem schlief der ältere Bruder im Haus der jüngsten Frau des Vaters.

Eines Tages aber wollte der Vater die Nacht bei seiner jüngsten Frau verbringen. Sein Sohn, der schon im Haus war, wollte flüchten, kaum daß der Vater die Tür geöffnet hatte, doch der Vater schlug rasch zu und behielt die Hand des Nebenbuhlers – seines eigenen Sohnes – zurück.

Nun ließ der Vater die Dorfbewohner wissen: »Leute, betrachtet morgen eure Sklaven genau. Denjenigen, dem eine Hand fehlt, bringt zu mir. Er wird enthauptet!« Der ältere beklagte sich bei seinem jüngeren Bruder: »Siehst du, das hab ich nun von deinem Rat! Was soll ich jetzt bloß tun?« – »Ach, sei still, das kann man ganz leicht lösen.« Er nahm Branntwein und zwei Tröge aus Baumrinde, bestieg das Pferd seines Bruders und ritt in die Wüste. Dort füllte er die Tröge mit Branntwein, ahmte das Brüllen des Löwen nach und stieg auf einen Baum. Als die Löwen das Brüllen hörten, kamen sie herbei, sahen den Branntwein und tranken. Ein Löwenjunges fiel völlig betrunken neben dem Trog um. Der junge Mann kletterte vom Baum, hob das Löwenjunge auf und ritt zum Haus seines Vaters. Dort sperrte er das Tier in ein Gehege und ging dann zu seinem Vater ins Haus. »Vater«, sprach er zu ihm, »was ist denn nur los? Die ganze Nacht habe ich allein mit einem Löwen gekämpft. Meinen Bruder hatte ich geschickt, dich zu holen – und du hast ihm die Hand abgeschlagen! Aber komm nun und sieh dir den Löwen an, den ich gefangen habe.«

Gemeinsam gingen sie zu dem Gehege. Als der Vater den Löwen sah, war er sehr zufrieden und lobte seinen Sohn. Dann fragte er: »Wo ist denn dein Bruder?« – »In meinem Haus«, antwortete der Sohn. »Ruf ihn her«, bat der Vater. Der Sohn kam, und sein Vater fügte die Hand an den Arm. Sie haftete wie früher, nicht einmal eine Narbe war zu sehen.

Der Mann, die Frau und die Schlange

Ein Mann hatte einen Sohn. Als der Sohn herangewachsen war, sprach sein Vater: »Denk an die Kalubungu, wenn ich sterbe!« Wenige Tage später starb der Vater. Der Sohn lebte fortan nur noch mit seiner Großmutter zusammen. Die Kalubungu, die sein Vater ihm hinterlassen hatte, bewahrte er auf.
Als der Sohn ins heiratsfähige Alter gekommen war, sprach er zu seiner Großmutter: »Nimm das Rasiermesser, Großmutter, und schneide mir den Hals ab.« Er legte sich in die Kalubungu und fuhr fort: »Gib aber acht, daß kein Blut auf den Boden tropft!«
Die Großmutter führte aus, was der Enkel von ihr verlangt hatte, und begab sich dann zur Ruhe. Am nächsten Morgen wollte sie nach ihrem Enkel sehen, da bemerkte sie, daß doch Blut auf den Boden getropft war und in einem kleinen Bächlein auf die Veranda floß. Sie öffnete die Kalubungu und sah ihren Enkel mit einer Frau darin liegen. Beide waren am Leben. Das Blut des jungen Mannes hatte sich in eine Frau verwandelt.
Die beiden stiegen aus der Kalubungu. Der junge Mann nannte sich Manyinga, und die Frau gab sich den gleichen Namen. Der Name bedeutet ›Blut‹.
Manyinga war ein hervorragender Tshela-Spieler. Jeden Tag ging er weit weg, um zu spielen. Die Frau blieb allein zu Hause, und viele Männer warben um sie. Aber sie sagte stets: »Ihr müßt erst meinen Namen erraten.« Weil niemand ihn wußte, war die junge Frau für die Männer unerreichbar.
Eines Tages ging sie zum Fluß. Da kroch eine Schlange auf sie zu und sprach: »Du gefällst mir!« – »Errate zuerst meinen Namen, dann gehöre ich dir«, sprach die junge Frau. Die Schlange antwortete: »Dein Name ist Manyinga, dein Mann heißt ebenso, und auch ich trage diesen Namen. Wir sind beide aus dem Körper deines Mannes gekommen.« Da verliebte sich die junge Frau leidenschaftlich in die Schlange und forderte von ihr: »Töte meinen Mann, damit ich dich heiraten kann!«

Die Schlange war einverstanden, und die Frau sagte: »Gewöhnlich kommt er am Abend nach Hause. Versteck dich hinter der Tür und beiß ihn, wenn er hereintritt. Wenn er tot ist, heiraten wir.«
Als es dunkel wurde, versteckte sich die Schlange hinter der Tür. Der Mann näherte sich dem Haus. Da rief die Großmutter ihm zu: »Manyinga! Wenn ein Mann abends nach Hause kommt, tritt er nicht ein, ohne hinter die Tür geleuchtet zu haben.« Da floh die Schlange auf die Veranda.
Nachdem der Mann am folgenden Tag wieder zu seinem Spiel gegangen war, riet die Frau der Schlange: »Versteck dich heute im Bett, setzt er sich nieder, dann beiß zu.« Der Abend nahte, und die Schlange verbarg sich im Bett. Als Manyinga heimkehrte, sagte seine Großmutter zu ihm: »Wenn ein Mann nach Hause kommt, setzt er sich nicht aufs Bett, ohne vorher die Decken aufgeschüttelt zu haben!« Und wiederum flüchtete die Schlange auf die Veranda.
Am dritten Tag ging Manyinga ebenfalls fort, um mit den anderen zu spielen. Da sagte die Frau zur Schlange: »Heute verstecke ich dich im Wasserkrug. Wenn Manyinga zum Trinken ansetzt, kannst du ihn in den Finger beißen.« Und sie steckte die Schlange in den Krug. Manyingas Großmutter aber nahm ihren Enkel bei seiner Rückkehr zur Seite und flüsterte: »Bitte deine Frau, daß sie Wasser aufs Feuer setzt. Wenn es kocht, gieß es in den Wasserkrug.« Auf diese Weise wurde die Schlange getötet. Die junge Frau sagte kein einziges Wort.
Als der Mann am nächsten Tag weggegangen war, kochte die Frau die Schlange. Sie wollte dieses Gericht ihrem Mann vorsetzen. Als er nach Hause kam, sprach seine Großmutter: »Ein Mann ißt alles Eßbare, ohne zu fragen!« Manyinga verzehrte die Schlange. Der Frau schlug das Herz vor Freude, weil sie ihr Ziel erreicht glaubte.
Einige Tage darauf gab der Soba ein großes Fest. Alle versammelten sich dort. Da stellte die Frau ihren Mann vor allen Leuten bloß, indem sie sagte: »Seht euch meinen Mann an! Er hat eine Schlange gegessen!« Die Leute verspotteten Manyinga. Nun klärte die Großmutter ihren Enkel über die Handlungsweise seiner Frau auf.

Manyinga wandte sich an die anwesenden Frauen und fragte: »Wäre von euch, meine Schwestern, eine imstande, ihren Mann zu töten, weil sie eine Schlange heiraten will?« – »Nein, unter uns gibt es niemanden, der dazu fähig wäre!« antworteten die Frauen. Darauf wandte er sich an die Männer: »Und ihr, Männer und Gefährten, was sagt ihr?« – »Wir sind auf der Hut!« antworteten sie. Manyinga fuhr fort: »Kocht eine Frau etwas Schlechtes, gibt sie es dann ihrem Mann?« – »Aber nein«, antworteten die Leute, »etwas Schlechtes setzt eine Frau ihrem Mann nicht vor!« Und noch einmal richtete Manyinga das Wort an die Menge: »Wie konnte es dann geschehen, daß meine Frau mich töten wollte, um eine Schlange zu heiraten?« Da fielen die Leute mit Spott und Tadel über die junge Frau her. Sie erhängte sich. –
So geschah es.

Der Sklave und das Vögelchen

Es war einmal ein Soba, der hatte einen Sklaven gekauft und behandelte ihn sehr hart. »Jeden Tag mußt du mir Fisch bringen«, lautete sein Befehl, »sonst wirst du sterben!« Eine Unmenge von Fischen mußte der Sklave für seinen Herrn herbeischaffen.
Eines Tages hatte der Sklave wieder viele Fische gefangen, da begegnete ihm auf dem Heimweg ein Vögelchen. »Überlaß mir die Fische! Ich will dich auch von all deinen Leiden befreien«, sprach es. »Wenn ich mit leeren Händen nach Hause komme, werden sie mich schlagen«, wandte der Sklave ein. »Ach, gib sie mir!« beharrte das Vögelchen. Da überließ der Sklave die Fische dem Vögelchen, und es aß sie alle auf. Im Dorf fragte man ihn: »Wo sind die Fische?« Und er antwortete: »Heute habe ich keinen einzigen gefangen.« Sie ergriffen ihn und prügelten ihn kräftig durch. Auch am folgenden Tag mußte er harte Schläge erdulden, weil er seinen gesamten Fang dem Vögelchen überlassen hatte.

Am dritten Tag, das Vögelchen erwartete ihn schon auf halbem Wege, fragte er: »Da willst du nun wieder all meine Fische essen, aber wann befreist du mich denn von meinen Leiden?« – »Gib her!« forderte das Vögelchen. Und wieder aß es alle Fische auf. Als das Vögelchen sein Mahl beendet hatte, sprach es: »Komm mit!« Gemeinsam machten sie sich auf den Weg und gelangten schließlich an einen Ort, an dem zwei herrliche Häuser standen. Das Vögelchen zeigte auf das größere und sagte: »Hier kannst du bleiben. Aber ich warne dich, betritt niemals das kleine Haus!« Das Vögelchen flog davon.
Die Nacht brach herein, und der Sklave legte sich in seinem Haus zur Ruhe. Als der Morgen graute, bemerkte er, daß neben ihm eine wunderschöne Frau lag, und als er nach draußen ging, da waren dort Diener, die ihm gehorchen sollten, viele Hühner und eine Menge Ochsen.
Der Sklave vergaß alle seine früheren Leiden. Aber eines Tages fing er an zu überlegen: »Zum Glück dieser Welt, was fehlt mir da eigentlich noch? Brauche ich vielleicht noch ein paar Diener mehr? – Warum benutze ich eigentlich nicht auch das kleine Haus, von dem es hieß, ich soll nicht hineingehen? Und wenn ich nur darin schlafe!«
Er ging hinein und fand das Haus vollkommen leer. Nur eine verschlossene Kalebasse stand darin. Er öffnete sie, und heraus sprang eine Maus. Der setzte er nach und verfolgte sie bis in den Wald. Auf einmal befand er sich wieder in dem Dorf, in dem er Sklave gewesen war.
»Der Sklave ist wieder da, der weggelaufen war!« riefen die Dorfbewohner. Sie faßten ihn und prügelten ihn fürchterlich. Da hatte er nun seine alten Leiden wieder zu ertragen. Noch vieles mußte er über sich ergehen lassen, bis er starb.
So war es.

Papagei und Gazelle auf Brautschau

Es lebte einmal eine wunderschöne Frau. Das Gazellenmännchen und der Papagei machten sich auf den Weg; beide in der Absicht, jene Frau zu heiraten. Die Eltern der jungen Frau sprachen, als die beiden dort erschienen: »Nur der bekommt sie, der von seinem Haus bei Sonnenaufgang losgeht und hier eintrifft, wenn die Sonne noch steigt. Dem Mann gehört unsere Tochter, der noch am frühen Morgen ankommt.« Papagei und Gazelle verabschiedeten sich von den Eltern und sprachen: »Wir gehen jetzt, kommen aber morgen früh wieder. Wer zuerst da ist, gewinnt die Frau.« – »Einverstanden«, erwiderten die Eltern.

Papagei und Gazelle traten den Heimweg an. Im stillen dachte das Gazellenmännchen: ›Natürlich bin ich zuerst da. Der Papagei mit seinen kurzen Beinchen, wie soll er denn so schnell laufen! Selbstverständlich wird die Frau mir gehören.‹ Auch der Papagei grübelte über die Angelegenheit nach: ›Laufen kann die Gazelle sehr schnell. Verbringe ich die Nacht in meinem Haus – wie könnte ich dann morgen zeitig genug an Ort und Stelle sein? Aber, ich habe viele Geschwister. Ich werde sie um Hilfe bitten.‹

Er suchte die anderen Papageien auf und verabredete mit jedem von ihnen: »Wenn das Gazellenmännchen fragt: ›Papagei, läufst du vorbei?‹, dann sagt jeder: ›Ich bin schon hier!‹« Nachdem er alle unterwiesen hatte, ging der Papagei nach Hause und legte sich schlafen.

Am nächsten Morgen, noch lange vor Sonnenaufgang, wartete er schon nahe beim Dorf der jungen Frau. Das Gazellenmännchen wachte auf, als die Sonne schon aufgegangen war. »Papagei«, rief es und lief los, »ich bin unterwegs!« – »Ich bin schon hier«, bekam es zur Antwort. Die Gazelle lief schneller. Als sie ein gutes Stück gelaufen war, rief sie wieder: »Vorwärts, Papagei!« – »Vorwärts, Gazelle!« hörte sie weiter vorn. ›Ist denn der Papagei schon so weit vor mir?‹ fragte sich die Gazelle, und von nun an rannte sie und rannte, sie verausgabte sich völlig.

Als sie am Ziel anlangte, traf sie den Papagei, der die Frau schon längst bekommen hatte.
Die Gazelle war der Verlierer. So hat es sich zugetragen.

Die Hyäne und der Mensch

Ein Mann, der sich auf Reisen befand, machte auf halbem Wege, im Dorf der Hyäne, Rast. Nachdem sie einander begrüßt und die Neuigkeiten ausgetauscht hatten, die ihnen bekannt waren, ging die Hyäne ins Haus und trug der Frau auf, für den Wanderer Maniokbrei zuzubereiten.
Als der Brei gekocht war, setzte man ihn dem Mann vor, und er aß. Während des Essens schaute er in alle Ecken des Hauses und staunte, wieviel Fleisch die Hyäne aufbewahrt hatte. In seinem Innern beschloß er: ›Ich werde die Hyäne zu meinem Freund machen.‹
Nach dem Mahl ging er hinaus und sprach zur Hyäne: »Liebe Hyäne, willst du nicht mit mir Freundschaft schließen?« Die Hyäne entgegnete: »Du bist ein Mensch. Mit mir kannst du nicht Freundschaft halten.« – »Das hat keine Bedeutung!« wehrte der Mann ab und drang so beharrlich in die Hyäne, daß diese schließlich nachgab.
Als Freunde besuchten sie einander häufig, speisten bald im Haus des einen, bald im Haus des anderen. Eines Tages sagte die Hyäne: »Freund, ich spüre, daß du etwas vorhast, dein Herz ist nicht rein.« Der Mann antwortete: »Aber nein, da täuschst du dich.« Die Hyäne glaubte ihm nicht und fragte jeden Tag von neuem, und stets anwortete der Mann: »Nein, es ist nichts.«
Einmal aber war die Hyäne in den Wald gegangen und hatte ihre Kinder zu Hause gelassen. Gerade an dem Tag kam der Mann zu einem Besuch, traf die Hyäne nicht an und erkundigte sich bei den Hyänenkindern: »Wo ist euer Vater?« – »Auf der Jagd«, bekam er zur Antwort. Da packte der Mann die Jungen und tötete sie. Als der Hyänenmann und seine Frau

von der Jagd kamen und ihre Kinder nicht mehr fanden, weinten sie. Lange waren sie auf der Suche und folgten schließlich den Spuren bis zum Dorf des Mannes . »Freunde«, fragten sie die Leute, »habt ihr unsere Kinder gesehen?« Als der Mann das hörte, bedrängte er die Seinen, ihn nicht zu verraten. Der Hyänenmann sagte zu seiner Frau: »Komm, laß uns wieder gehen.« – »Warte!« rief da der Mann, »wir bereiten euch erst Maniokbrei.« Aber der Hyänenmann lehnte ab mit den Worten: »Ich habe nicht genug Leben in mir, um jetzt zu essen.« Zusammen mit seiner Frau machte er sich auf den Weg. Aber am Rande des Dorfes legten die beiden sich nieder.
Der Mann, der die Hyänen längst weit entfernt glaubte, rief seinen Kindern zu: »Geht, holt die kleinen Hyänen her.« Der Junge lief zum Waldrand, gerade dorthin, wo der Hyänenmann auf der Lauer lag. Der packte den Sohn seines Freundes, und der Junge fing an zu schreien. Als der Vater die Schreie hörte, eilte er zu seinem Sohn und fand ihn in den Klauen der Hyäne. »Freund«, begann da der Hyänenmann zu sprechen, »sagte ich dir nicht neulich, daß du etwas im Schilde führst? Du hast das zwar zurückgewiesen, aber hast du nicht heute meine Jungen getötet?« Wie gelähmt war da der Mann, denn er fürchtete, seinen Sohn träfe nun das gleiche Schicksal.
Die Hyäne nahm ihre toten Jungen mit sich und begrub sie. So endete die Freundschaft zwischen der Hyäne und dem Menschen.

Das listige Kaninchen

Der Löwe hatte sich ein Wehr gebaut und fing jeden Tag viele Fische. Einmal hoppelte das Kaninchen durch die Gegend, entdeckte das Wehr und staunte, wie viele Fische sich hier stauten. ›Wem gehört das Wehr wohl?‹ fragte es sich, entdeckte die Löwenspuren und beschloß: ›Morgen werde ich ihn hinters Licht führen. Die Fische sollen mir gehören!‹
Das Kaninchen kehrte in sein Dorf zurück und harrte dort aus. Als die Nacht hereinbrach, legte es sich nieder. Aber mit dem ersten Hahnenschrei stand es auf und fing an, die Jäger nach-

zuahmen: »Jäger«, rief es, »nehmt Aufstellung!« Und als die Hähne zum zweiten Mal krähten, befahl es: »Alle auf ihre Plätze!« Mit der Stimme eines Jägers fuhr es fort: »Ja, geh du dorthin, wo er gewöhnlich ausbricht... Lauf zu... Lauf zu!« Auf halbem Wege zum Wehr begann es wieder: »Alle auf ihrem Posten!« Und es antwortete sich selbst: »Ja, wir sind da!« Der Löwe, der sich aufgemacht hatte, um seine Fische zu holen, hörte unterwegs den Lärm. ›Das kann mich das Leben kosten‹, dachte er und rannte davon. Das Kaninchen holte sich die Fische und brachte sie nach Hause. Es wiederholte seine List auch am folgenden Tag. Als der Löwe hörte: »Versteck dich dort, wo er vorbeigekommen ist!«, sagte er wieder: »Sie werden mich töten, wenn ich nicht fliehe!«, und eilte wieder von dannen. Das Kaninchen erbeutete die Fische, und auch ein drittes Mal übertölpelte es den Löwen, so daß schließlich alle Leute zum Haus des Kaninchens kamen, um Fische zu kaufen.
Verblüfft überlegte der Löwe: ›Das Kaninchen hat kein Wehr. Wie zaubert es nur die vielen Fische her? Ich muß den Wahrsager befragen!‹
Er ging zum Wahrsager und erklärte: »Mit dem Kaninchen stimmt etwas nicht!« – »Es hält dich zum Narren!« entgegnete der Wahrsager. »Während du aus lauter Angst davonläufst, holt es sich die Fische. Versteck dich in der Nähe. Und wenn du es fragen hörst: ›Sind alle auf ihren Plätzen?‹ – dann sei du ohne Angst und jage ihm nach!«.
Der Löwe ging nach Hause und legte sich schlafen. Als die Hähne zum ersten Mal krähten, hörte er das Kaninchen rufen: »Ihr Jäger, es wird Tag! Brechen wir auf!« Da lief auch der Löwe los und versteckte sich. Nun befahl das Kaninchen: »Lauert ihm dort auf, wo er neulich entkommen ist!« Doch der Löwe ließ sich nicht schrecken. Genau zu der Stelle, von der aus das Kaninchen rief: »Sind alle auf ihren Plätzen?«, lief er und hörte es noch sagen: »Dem Löwen zeigen wir's schon!« Aber trotzdem begab er sich zu seinem Wehr.
Das Kaninchen, im Glauben, der Löwe sei längst geflohen, wollte eben die Fische holen, da packte es der Löwe und sprach: »Wer bist denn du, daß du es wagst, meine Fische zu stehlen? Das wirst du mir mit dem Leben bezahlen!« Er-

schrocken bat das Kaninchen: »Töte mich nicht, ich will dich auch reichlich belohnen! Paß auf«, schlug es ihm vor, »laß dich von mir an die Leine nehmen. Jedem, der mich fragt, werde ich erklären, du wärst mein Hund. Und dann rufe ich alle meine Freunde aus dem Wald zusammen. Du brauchst sie überhaupt nicht zu jagen. Ich sage dir Bescheid, wenn ich die Leine durchschneide, dann fällst du über sie her.«

Gesagt, getan. Das Kaninchen rief die Tiere zusammen, auf daß sie seinen Hund bestaunten, und sie fragten auch: »Wie heißt denn dein Hund?« – »Er heißt ›Tag-und-Nacht-Läufer‹.« Bis zum ersten Hahnenschrei blieben alle zusammen. Dann schnitt das Kaninchen die Leine durch, der Löwe fiel über die Tiere her, und nicht eines entkam. »Siehst du«, sprach das Kaninchen, als es Tag wurde, zum Löwen, »hättest du mich nun getötet, ein Gewinn wäre das nicht für dich gewesen. Nun friß, es wird wohl genug für dich sein.«

»Hol mir ein Stück Baumrinde!« befahl der Löwe. »Ich will meine Beute fortschaffen.«

Das Kaninchen schulterte die Axt und lief in den Wald. Aber kaum hatte es den ersten Hieb getan, kroch eine große, gefährliche Schlange von dem Baum und traf Anstalten, das Kaninchen zu fressen. »Halt, gute Frau!« beeilte sich da das Kaninchen zu sagen, »mich friß nicht, ich will dir lieber den holen, der mich geschickt hat!« Und es lief schnell zum Löwen.

»Löwe«, sprudelte es ganz außer Atem hervor, »die Rinde, die du haben wolltest, bekomme ich nicht los. Geh doch selbst, du bist größer.« – »Zeig mir den Baum«, antwortete der Löwe. Das Kaninchen führte den Löwen hin. Die Schlange kroch auf ihn zu, während der Löwe versuchte, die Rinde zu lösen, und – schnapp! – hatte sie ihn totgebissen. »Nicht wahr, das ist ein Bissen, der deiner würdig ist. An mir hättest du doch nicht viel gehabt«, meinte das Kaninchen.

»Nun bitte die Frauen, die dort drüben Erdnüsse ausgraben, um Feuer«, forderte die Schlange. »Da werd ich wohl umsonst gehen, die Frauen lachen mich immer aus«, wandte das Kaninchen ein. Drohend fragte die Schlange: »Willst du dich etwa drücken?« Das Kaninchen ging los. Als die Frauen es kommen sahen, lachten sie und riefen einander zu: »Seht doch, ein Ka-

ninchen!« – »Na, was hab ich gesagt?« meinte das Kaninchen, als es wieder bei der Schlange war. »Du hattest recht. Ich würde ja auch selbst gehen. Aber ohne Hände, wie sollte ich denn das Feuer herbringen!« – »Da weiß ich Rat«, sprach das Kaninchen und rupfte ein Büschel Gras aus, band es mit einer Faser am Schwanz der Schlange fest und sagte darauf: »So kannst du es schaffen.«
Die Schlange kroch zum Feuer, und die Kinder, die um das Feuer saßen, fingen an zu schreien: »Eine Schlange! Eine Schlange!« – »Lauft schnell weg!« riefen ihre Mütter ihnen zu. Die Kinder stoben davon, und die Schlange hielt nun das Grasbüschel ins Feuer. Als es brannte, kroch sie zurück, aber sie war zu langsam. Das Feuer verbrannte nach und nach den ganzen Schwanz, und die Schlange starb.
Das Kaninchen aber zog mit dem Fleisch von Löwe und Schlange nach Hause.

Die Zauberin

Eine Frau hatte fünf Söhne und auch fünf Töchter. Aber als sie Zauberin geworden war, aß sie ihre Kinder auf, eins nach dem anderen. Nur die jüngste Tochter ließ sie am Leben. Als das Mädchen herangewachsen war, heiratete sie und brachte ebenfalls eine Tochter zur Welt. Nun tötete die Zauberin auch ihre Jüngste. Aber weil sie nun schon alt war, entschloß sie sich, ihr Enkelkind am Leben zu lassen, damit sie später an ihr eine Hilfe hätte. Und so zog sie das Mädchen auf. Das Kind wuchs heran und wurde von Tag zu Tag schöner.
Unter den Männern hatte es sich herumgesprochen, daß an einem einsamen Ort die Alte mit ihrer wunderschönen Enkelin lebte, und ein junger Mann sprach: »Ich werde hingehen und das Mädchen bitten, daß es mich heiratet.« Er begab sich zu der Alten und trug ihr seine Bitte vor. »Ich bin einverstanden«, sagte die Alte, fügte aber dann hinzu, »bleib heute nacht hier und hol mir morgen erst meine Vorratskalebasse aus dem Baum. Danach gebe ich dir das Mädchen.« Der junge Mann

willigte ein. Am nächsten Morgen sprach die Alte: »Steig nun auf den Baum und hol meine Kalebasse.« Und als der junge Mann schon die Hälfte des Baumes erstiegen hatte, fing die Alte an zu singen: »Junger Freund, schau her, wir wollen lachen!« Die Knochen, mit denen sie sich geschmückt hatte, schepperten, während sie einen schaurigen Tanz aufführte. Kaum hatte der junge Mann die Worte ›schau her‹ gehört, sah er hin und fiel vom Baum. Die Alte schlug mit ihrer kleinen Tanzhacke auf ihn ein und verspeiste ihn dann.
Wieder kam ein junger Mann und hielt bei der Alten um ihre Enkeltochter an, und wieder erklärte sie sich unter der Bedingung einverstanden, daß er am nächsten Morgen die Vorratskalebasse vom Baum holen würde. Und auch diesmal begann die Alte, kaum daß der Mann den Baum zur Hälfte erklommen hatte, ihren Gesang und tanzte zum Gerassel der Knochen: »Junger Freund, schau her, wir wollen lachen!« Als der junge Mann das ›schau her‹ und den Lärm hörte, sah er nach unten und stürzte ebenfalls vom Baum. Wie seinen Vorgänger erschlug die Alte auch ihn mit der kleinen Tanzhacke und verspeiste ihn dann. Mit vielen Bewerbern, die nach ihm kamen, verfuhr sie nicht anders.
Einmal erschien wieder ein Mann, und die Alte nannte ihm ihre Bedingung, da rief das Mädchen ihn noch in der Nacht zu sich und sprach: »Wenn du morgen auf den Baum steigst, wird meine Großmutter dir zurufen: ›Schau her, wir wollen lachen!‹ Achte nicht darauf, klettre weiter, bis du die Vorratskalebasse greifen kannst. Binde sie los und wirf sie vom Baum.« Dann zeigte sie ihm die Knochen seiner Vorgänger und erklärte: »Sie macht daraus Ketten, hängt sie sich um und tanzt zu dem Gerassel!«
Als der Morgen graute, befahl die Alte dem jungen Mann: »Steig hinauf und hol mir meine Kalebasse, dann sollst du meine Enkelin haben.« Der junge Mann folgte ihrem Befehl. Er war schon ein gutes Stück geklettert, da hängte sich die Alte die Knochen um den Hals, nahm ihre kleine Tanzhacke und sang: »Guter Freund, schau her, wir wollen lachen!« Der Mann tat, als hätte er nichts gehört. Die Alte erhob ihre Stimme zu einem Kreischen, tanzte schneller und schneller,

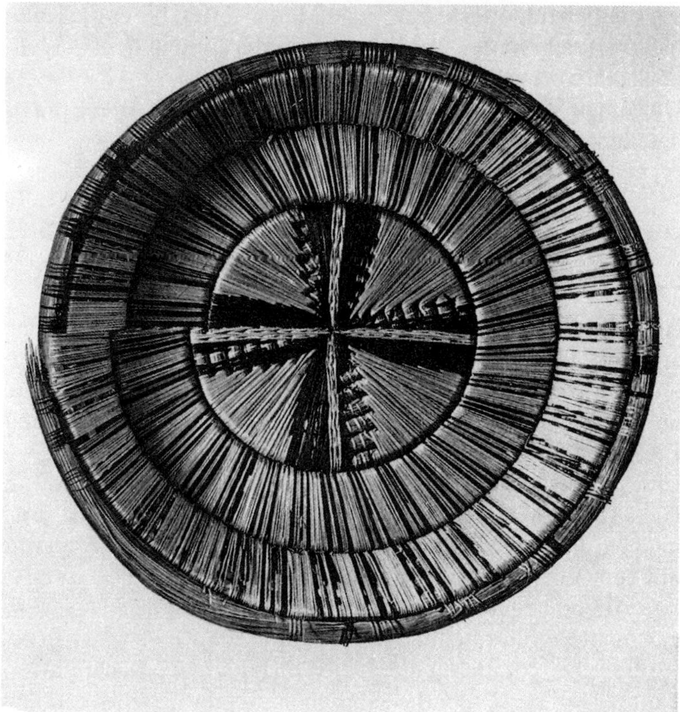

aber unbeirrt kletterte der junge Mann weiter, bis er die Kalebasse erreicht hatte. Er warf sie hinunter, und in dem Augenblick starb die Alte.
Der junge Mann stieg vom Baum und kehrte mit seiner Frau zu den anderen zurück. – So hat es sich zugetragen.

Lügen ist häßlich

Ein Mann und eine Frau lebten für sich allein, entfernt von den anderen. Und obwohl sie nur für sich selbst sorgen mußten, taten sie nichts, um ihr Leben zu fristen, sie rührten keine Hacke an. Bald fehlte es ihnen an Essen und Kleidung; die Not hielt Einzug.
Eines Tages sagte der Mann: »Liebe Frau, stell du dich tot. In allen Dörfern verbreite ich dann, daß du gestorben bist, und man wird uns alles bringen, was wir entbehren.« Die Frau war mit dem Vorschlag einverstanden.
Am Abend begaben sie sich zur Ruhe, und am nächsten Morgen in aller Frühe stellte sich die Frau, als wäre sie wirklich gestorben. Der Mann zog durch die Dörfer, um die Nachricht bekanntzugeben. »Freunde«, sprach er, »meine Frau ist tot! Eilt herbei, ich bin allein und weiß mir nicht zu helfen!«
Aus allen Dörfern strömten die Leute, um dem Mann beizustehen. Sie brachten Fuba mit, Fleisch, Tücher und Decken. Sie bedeckten die Frau mit den Tüchern und Decken, die sie mitgebracht hatten, und als es dunkel wurde, begannen sie zu weinen und zu klagen.
Gegen Mitternacht fing der Mann an, laut zu schluchzen: »Weh mir, meine Frau, sie ist nun für immer tot!« Dann beugte er sich über ihren Kopf und flüsterte ihr ins Ohr: »Öffne die Augen, damit wir sagen können, du seist wieder zu dir gekommen!« Er verließ das Haus, die Frau öffnete die Augen und hustete.
»Wer hustet denn da im Haus?« fragten die Leute. »Schaut doch einmal nach!« Im Haus fand man die Frau aufrecht in ihrem Bett sitzen. Die Leute freuten sich und riefen: »Gott hat

uns beigestanden! Die Tote ist zum Leben erwacht!«, und sie kehrten in ihre Dörfer zurück.
Bis alles aufgebraucht war, aßen die beiden von dem, was man ihnen gebracht hatte, kleideten sich mit den Tüchern und breiteten zum Schlafen die Decken über sich. Aber nicht lange, und die Not kam wieder.
Da überlegte der Mann: ›Von neuem sind wir im Elend. Was kann uns nun weiter helfen?‹ Er beriet sich mit der Frau und schlug vor: »Stell dich noch einmal tot, damit wir Hilfe finden.« Auch diesmal war die Frau einverstanden.
»Freunde, meine Frau ist gestorben!« verkündete der Mann in allen Dörfern. Die Leute sagten: »Kommt, wir wollen unserem Verwandten zur Seite stehen«, nahmen Essen, Tücher und Decken. Als sie ankamen, hüllten sie die vermeintliche Tote in die Tücher, die sie mitgebracht hatten, und gegen Abend erhoben sie die Totenklage. Um Mitternacht flüsterte der Mann seiner Frau wieder zu: »Öffne die Augen, damit wir sagen können, die Tote ist wieder zu sich gekommen.« Aber da antwortete die Frau: »Nein, ich schäme mich.« Im Morgengrauen redete der Mann ihr noch einmal zu: »Öffne die Augen, Frau, es wird schon Tag!« Und wieder weigerte sich die Frau: »Nein, ich würde mich schämen!« Noch ein paarmal versuchte der Mann, seine Frau zu überreden. Stets antwortete sie ihm: »Ich schäme mich«, und ließ die Augen geschlossen.
Nachdem es hell geworden war, sprachen die Leute: »Schneidet eine Stange zurecht, damit wir die Tote auf die Schultern nehmen und zum Friedhof bringen können.«
Eine Stange wurde gebracht. In der Zwischenzeit beschwor der Mann seine Frau noch einmal: »Liebe Frau, sie haben schon die Stange geholt, um dich wegzutragen. So öffne doch die Augen, sonst werden sie dich noch bei lebendigem Leibe begraben!« Aber auch jetzt erwiderte die Frau: »Nein, ich würde mich schämen!«
»Es ist schon Tag«, sprachen die Leute. »Wer gestorben ist, will bestattet sein. Gehen wir!« Sie banden die Tote daraufhin an die Stange, brachten sie zum Friedhof und bestatteten sie.
Als alles vorbei war, weinte der Mann und klagte: »Meine Frau, sie wurde bei lebendigem Leibe begraben!«

Und deshalb sagt man noch heute: Lügen ist häßlich. Wegen einer Lüge ist einmal eine Frau lebendig begraben worden.

Der Falke und der Papagei

Der Falke bemühte sich um die Freundschaft des Papageis und schlug ihm einen Vertrag vor. Der Papagei sollte, gegen Bezahlung natürlich, für den Falken Fische fangen. Der Papagei war einverstanden.
Der Falke erging sich noch in Lobreden über die neue Freundschaft: »Lieber Freund«, sprach er, »achtest du mich, begegne ich dir in der gleichen Weise, und du wirst sehr reich werden!« – »Lieber Freund«, erwiderte der Papagei ganz nüchtern, »ich halte den Vertrag schon ein. Unsere Freundschaft wirst du zerstören, nicht ich!«
Der Falke flog davon, und der Papagei legte Reusen aus und erbeutete viele Fische. Als er eine Menge gefangen hatte, ließ er dem Falken eine Nachricht zukommen: »Freund Falke, komm und hol dir Fische.«
Der Falke kam und sprach: »Hier bin ich!« – »Sei willkommen!« antwortete der Papagei. »Hier sind die Fische.« Der Falke aß, und dann legten sie sich schlafen.
Am nächsten Tag teilte der Falke seinem Freund mit: »Mein Lieber, heute reise ich ab!« Der Papagei rief seine Frauen und trug ihnen auf, dem Falken allen Fisch zu bringen, der noch da war. Die Frauen brachten den Fisch, der Papagei gab ihn an den Falken weiter, und der schnürte ein Bündel. Nachdem er den Fisch verpackt hatte, flog er noch einmal ins Haus des Kakadus, aß Maniokbrei, und nach der Mahlzeit verabschiedete er sich mit den Worten: »Das Geld für den Fisch bringe ich später vorbei. Ich muß jetzt gehen!« – »Flieg nur zu, mein Freund!« antwortete der Papagei.
Bald darauf kam der Falke wieder, aber er hatte kein Geld bei sich. Der Papagei gab ihm noch mehr Fisch als beim letztenmal, und der Falke flog mit dem Fisch davon.

Wenn der Falke nun zu seinem täglichen Flug ansetzte, dann rief er jedesmal: »Papagei, Papagei, wo willst du mich denn fangen, um mich zu zwingen, den Fisch zu bezahlen?« – »Flieg nur, flieg«, sagte der Papagei, »eines Tages mußt du schon bezahlen.«
Der Papagei fischte, bis er wieder eine ganze Menge Fisch beisammen hatte, und dann rief er seine Frauen zusammen: »Hört zu«, sprach er, »heute lasse ich dem Falken eine Nachricht zukommen, daß er sich Fisch holen kann. Ich werde mich auf den Boden des Korbes setzen, und ihr legt Fisch über mich, bis der Korb randvoll ist. Kommt dann der Falke, teilt ihm mit: ›Dein Freund ist ausgeflogen, aber den Fisch hat er dagelassen, du kannst ihn mitnehmen.‹« Der Falke kam, und die Frauen teilten ihm genau das mit, was der Papagei ihnen aufgetragen hatte. »Gebt den Fisch her!« antwortete er ihnen, »ich kann mich hier nicht aufhalten!« Die Frauen brachten den Korb, und der Falke nahm ihn an sich.
Hoch in den Lüften rief er: »Ihr Frauen des Papageis! Ihr Frauen des Papageis!« – »Was gibt es denn?« fragten sie zurück. »Euer Mann«, höhnte der Falke, »der Papagei, mit seinen kurzen Beinchen, wie will er mich denn zwingen, den Fisch zu bezahlen?« Der Papagei im Korb antwortete: »Wir beide sind schon zusammen!« Doch der Falke hörte nichts, flog weiter und höhnte wieder: »Der Papagei mit seinen kurzen Beinchen, wie will er mich denn zwingen, zu bezahlen!« Noch einmal ließ sich der Papagei vernehmen: »Wir sind schon zusammen, Freundchen!« Aber der Falke flog und flog, bis er an seinem Haus angekommen war. Dort stellte er den Korb ab, und während der Falke mit seiner Frau sprach, schlüpfte der Papagei aus dem Korb und tat, als käme er gerade des Weges. Der Falke sah ihn und hieß ihn willkommen: »Wie war die Reise?« erkundigte er sich. »Ausgezeichnet!« antwortete der Papagei. Der Falke forderte ihn auf, Platz zu nehmen, aber der Papagei entgegnete: »Gib mir mein Geld, ich muß wieder weg!« Der Falke bezahlte. »Nun«, sprach der Papagei, »setz mich in den Korb und bring mich nach Hause. Ich bezahle gut dafür!« Der Falke ließ den Papagei in seinen Korb steigen, erhob sich in die Lüfte und hielt erst am Haus des Papageis wie-

der an. Dort setzte er ihn ab. Aber der Papagei sprach: »Mein Freund, ich werde dir die Reise nicht bezahlen, denn du wolltest meinen Fisch auch umsonst essen!« Und der Falke flog schließlich davon. – So ist es geschehen.

Die zwei Männer und die Geister

Zwei Männer waren einmal in Begleitung ihrer Mütter auf die Jagd gegangen. Als es regnete, errichtete der eine für seine Mutter und sich ein Schutzdach. Die Mutter des anderen war dem Regen ausgesetzt und starb. Ihr Sohn hüllte sie in ein Tuch und machte sich auf den Weg, um sie auf dem Grund eines Sees zu bestatten.

Auf dem Weg traf er einen Geist, der ihn um einen Arm bat. Der Mann gab ihm den Arm. Er ging weiter, und ein anderer Geist verlangte ein Bein, auch das gab er hin. Er begegnete noch vielen Geistern, die alle einen anderen Körperteil forderten, und allen gab er, was sie haben wollten. Schließlich überließ er dem letzten Geist die Brust.

Nichts als der Kopf war ihm geblieben, da sprach der Flußgeist zu ihm: »Wenn man dir aufträgt: ›Trage das!‹, dann trage es, und bring das, was übrigbleibt, denen, die zu dir sagen: ›Bring es her.‹«

Mit dem Kopf seiner Mutter erreichte er den See. Dort forderte man ihn auf: »Bring es her!« Da erschienen plötzlich zwei Körbe. Aus dem einen kamen viele Tiere, und aus dem anderen kamen seine Eltern. Mit dem Reichtum aus den Körben kam er wieder zu Wohlstand. Aus lauter Neid tötete der andere Mann seine Mutter.

Auch er wollte seine Mutter begraben und trug sie weg. Er begegnete den Geistern, weigerte sich aber, ihnen ein Körperteil zu überlassen, keine ihrer Forderungen erfüllte er. Der mächtigste der Geister sprach zu ihm: »Geh zum Fluß und übergib den Körper dem, der zu dir sagt: ›Nimm!‹, nicht denen, die zu dir sagen werden, ›trage ihn!‹«

Der Mann folgte der Weisung des Geistes. Er bekam zwei Körbe, aus denen alle möglichen Widrigkeiten und Gräßlichkeiten hervorkamen, die ihn töteten.

MÄRCHEN DER AMBUNDU

Der Medizinmann im Reich des Kalunga

Der Begründer des Ortes Kasanji, der Herrscher Kitamba kia Xiba, lebte lange Zeit zufrieden. Aber eines Tages starb seine Hauptfrau, die Herrscherin Muhongo. Man begrub sie, man trauerte um sie. Als die Trauerzeit vorüber war, befahl Kitamba: »Weil meine Hauptfrau gestorben ist, werde ich weiter um sie trauern, und mein Dorf soll es mir gleichtun. Niemand soll sich mit etwas anderem beschäftigen. Die jungen Leute dürfen nicht laut schreien, die Frauen dürfen kein Korn stampfen, niemand im Dorf soll sprechen.«
Die Ältesten widersetzten sich: »Herr, Eure Frau ist gestorben, und Ihr verlangt: ›Im Dorf soll niemand sprechen.‹ Ihr sagt: ›Ich will nicht essen, nicht trinken, nicht sprechen‹. So etwas haben wir noch nicht erlebt!« Der Herrscher antwortete: »Wenn Ihr wollt, daß ich lache, daß ich spreche, daß auch im Dorf wieder gesprochen werden soll, so kann das nur unter der Bedingung geschehen, daß Ihr mir meine Hauptfrau, die Herrscherin Muhongo, zurückbringt.« – »Herr«, wunderten sich die Ältesten, »sie ist tot, wie sollen wir sie da zurückbringen?« Er antwortete: »Wenn Euch das nicht gelingt, traure ich weiter und verbiete, daß im Dorf gesprochen wird.« – »Laßt uns einen Medizinmann um Rat fragen«, entschieden die Ältesten untereinander.
Sie schickten nach einem Medizinmann. Das Handgeld sollte eine Flinte sein. Als er eintraf, bewirteten sie ihn mit Rindfleisch. Danach erkundigte sich der Medizinmann: »Sprecht, warum habt ihr mich geholt?« Die Ältesten berichteten: »Die

Herrscherin Muhongo ist tot, und Kitamba, unser Herr, befiehlt: ›Ich werde weitertrauern, niemand im Dorf darf sprechen. Wenn ihr wieder sprechen wollt, müßt ihr mir Muhongo zurückbringen.‹ Dich haben wir rufen lassen, damit du unsere Herrscherin von Kalunga zurückholst – auf daß sich das Volk wieder freuen kann.«

Der Medizinmann erklärte: »Ich bin einverstanden.« Er ging sofort in den Wald und sammelte dort bestimmte Blätter. Dann stellte er einen Medizinmörser vor seine Hütte und ordnete an: »Der Herrscher möge erscheinen und sich waschen, danach soll sich das ganze Volk reinigen.« Der Herrscher wusch sich, und auch das Volk unterzog sich der Reinigung. Nun forderte der Medizinmann: »Hebt am Feuerplatz meiner Gästehütte eine Grube aus.« Die Leute schaufelten, und kurz darauf waren sie fertig. Gemeinsam mit seinem kleinen Kind, das er mitgebracht hatte, stieg der Medizinmann in die Grube. Seine Frau wies er an: »Leg jeden Tag dein Lendentuch um, befestige es aber nicht und begieße den Platz täglich mit Wasser.« Nachdem die Frau eingewilligt hatte, sprach er: »Füllt die Grube mit Sand.«

Die Leute schütteten Sand hinein und bedeckten damit den Medizinmann und sein Kind. Sie traten den Sand fest, so daß die Feuerstelle aussah wie früher. Das Leben ging weiter, und jeden Tag goß die Frau des Medizinmannes frisches Wasser auf die Feuerstelle.

In der Grube öffnete sich vor dem Medizinmann eine breite Straße. Auf der schritt er voran, dicht gefolgt von seinem Kind. So wanderten sie eine Weile. Dann erreichten sie ein Dorf, es gehörte Kalunga. Der Medizinmann blickte sich im Dorf um und sah die Herrscherin Muhongo, die gerade eine Tasche nähte. Er ging zu ihr, auch sie wandte ihm ihre Augen zu. Als der Medizinmann vor ihr stand, erkundigte sie sich: »Wer bist du, woher kommst du?« Und der Mann erklärte ihr: »Dich habe ich gesucht. Seit deinem Tode grämt sich der Herrscher. Keine Speise und keinen Trank nimmt er zu sich, im Dorf wird kein Korn gestampft, niemand darf ein Wort sagen. Kitamba fordert: ›Wenn ich sprechen, wenn ich essen soll, geht und bringt mir meine Hauptfrau.‹ Deshalb bin ich hier. Mehr habe ich nicht zu sagen.«

Die Herrscherin erwiderte: »Gut. Sieh dir diesen Mann an. Wer mag es wohl sein?« – »Ich kenne ihn nicht«, antwortete der Medizinmann. – »Das ist Kalunga«, fuhr die Herrscherin Muhongo fort, »er vernichtet uns, uns alle. Und was glaubst du, wer dort drüben in Ketten liegt?« fragte sie weiter. »Er sieht Herrn Kitamba sehr ähnlich, der mich geschickt hat.« – »Ja, es ist Kitamba kia Xiba. Auch er wird nicht mehr lange auf der Welt sein, er hat nur noch kurze Zeit zu leben. Medizinmann, du kamst hierher, um mich zu holen. Aber sieh, wir, die wir nun einmal bei Kalunga sind, können niemals mehr zurückkehren. Nimm meinen Armring, mit dem man mich beerdigt hat, damit dich nach deiner Rückkehr niemand der Lüge bezichtigt, du seiest überhaupt nicht bei mir gewesen. Kitamba selbst berichte nur, daß du die Herrscherin Muhongo bereits bei Kalunga fandest.«
Nach einer kleinen Pause fügte sie noch hinzu: »Leider kann ich dir nichts zu essen anbieten. Denn wenn du an diesem Ort Speise zu dir nähmst, könntest du nicht wieder heimkehren.« Der Medizinmann verabschiedete sich und machte sich auf den Heimweg. Er kam wieder an der gleichen Stelle heraus, an der er mit seinem kleinen Kind in das Grab gestiegen war. Seine Frau hatte in der Zwischenzeit die Feuerstelle täglich mit Wasser besprengt. Eines Tages bemerkte sie im Sand ein paar Risse. Eine Weile später erblickte sie den Kopf ihres Mannes, dann streckte der Medizinmann seinen Arm heraus, sprang selbst aus dem Grab und hatte endlich wieder festen Boden unter den Füßen. Schließlich hob er sein Kind aus dem Grab. Als das Kind die Sonne wieder erblickte, blinzelte es. Unmittelbar danach brach der Medizinmann in den Wald auf, um heilende Blätter zu sammeln. Nach seiner Rückkehr wusch er sich gründlich, und dann genoß die Familie ihren wohlverdienten Nachtschlaf.
Am nächsten Morgen ließ der Medizinmann die Ältesten zu sich kommen, die seinen Rat erbeten hatten, um ihnen mitzuteilen, was er erlebt hatte. Er wiederholte all das, was die Herrscherin Muhongo ihm mitgeteilt hatte. Endlich schloß er seine Rede mit den Worten: »Ich bin nun am Ende, bitte bezahlt mich!«

Die Ältesten waren einverstanden und brachten ihm zwei Sklaven als Lohn. Dann kehrte der Medizinmann heim.
Nun suchten sie ihren Herrscher auf und teilten ihm mit, daß der Medizinmann in das Reich des Kalunga vorgedrungen sei, dort die Frau des Herrschers getroffen und ihr von seinem Kummer und seiner Trauer berichtet hätte. Inbrünstig hätte er sie gebeten, daß sie zurückkehren möge. Unglücklicherweise habe aber Muhongo diesem Wunsch nicht nachkommen können, da es unmöglich sei, aus Kalungas Reich auszubrechen. Die Ältesten überreichten Kitamba den Armring seiner verstorbenen Frau. Tiefbetrübt senkte der Herrscher sein Haupt und betrat schweigend seinen Wohnsitz. Einige Tage sah ihn niemand, dann jedoch erschien er wieder und begann auch wieder Speise und Trank zu sich zu nehmen. Es vergingen nur wenige Jahre, und auch Kitamba verstarb. Alle Menschen wehklagten und zerstreuten sich. Diese Geschichte hinterließ der Herrscher Kitamba kia Xiba aus Kasanji.

Der Streit mit Kalunga

Ngunza Kilundu kia Ngunza hatte einen jüngeren Bruder namens Maka. Einmal ging Ngunza nach Luanda. Dort verkündete ihm eine Traumstimme: »Dein jüngerer Bruder, Maka, ist tot!«
Er kehrte nach Hause zurück und fragte seine Mutter: »Was hat Maka den Tod gebracht?« Sie antwortete: »Kalunga war es, er hat ihn getötet.« Er sprach: »Ich werde mit Kalunga kämpfen!«
Von einem Schmied ließ sich Ngunza Kilunda kia Ngunza eine eiserne Falle anfertigen, die er im Wald aufstellte. Er selbst legte sich mit seinem Gewehr im Dickicht auf die Lauer. Nach einer Weile hörte er jemanden, der in die Falle gegangen war, schreien: »Ich sterbe! Ich sterbe!« Ngunza legte das Gewehr an und wollte schießen, da rief der Gefangene: »Erschieß mich nicht! Komm her und befreie mich!« – »Wer bist du, daß ich dich befreien soll?« fragte Ngunza. »Ich bin Kalunga.« – »Ka-

lunga, der meinen Bruder Maka getötet hat?« Da sprach Kalunga: »Ich töte niemals leichtfertig. Die Menschen werden zu mir gebracht! Nun gut, ich gebe dir vier Tage Zeit. Am fünften komm zu mir und hol deinen Bruder zurück.«

Am fünften Tag begab sich Ngunza in Kalungas Reich. Kalunga empfing ihn, und sie setzten sich. Nach einer Weile erschien ein Mann. Kalunga fragte ihn: »Was hat dich getötet?« Der Mann sagte: »Auf Erden besaß ich Reichtum. Seinetwegen hat man mich mit einem Zauber ums Leben gebracht.« Wieder war jemand gestorben, eine junge Frau. Kalunga fragte auch sie: »Was hat dich getötet?« Sie antwortete: »Getändel wurde mir zum Verhängnis, ich hinterging die Männer, die mich heiraten wollten.«

»Nun siehst du es, Ngunza«, sagte Kalunga, »nicht ich töte die Menschen, man bringt sie mir. Geh jetzt und hol deinen Bruder Maka.«

Ngunza begab sich zu seinem Bruder, und sie begrüßten einander. Dann forderte er Maka auf mitzukommen und sagte: »Bruder, wir wollen gemeinsam zur Erde zurückkehren, komm mit mir!« Aber Maka antwortete: »Ich will nicht wieder fort von hier. Bei Kalunga herrscht Überfluß. Bekäme ich auf der Erde vielleicht, was ich hier habe?«

Ngunza Kilundu kia Ngunza schickte sich an, den Heimweg anzutreten. Kalunga gab ihm allerlei Samen von Pflanzen und Bäumen, von Maniok, Mais, verschiedenen Kornarten, von Bohnen, Kürbis, Melonen, von eßbarem Eibisch, vom Elefantenlausbaum, vom Orangenbaum, von der Kakaopalme, dem Zitronenbaum und noch viele andere Sorten. All das sollte Ngunza aussäen. Und Kalunga sprach zu ihm: »In acht Tagen besuche ich dich in deinem Haus.«

Als Kalunga eine Woche später Ngunzas Haus erreichte, mußte er feststellen, daß dieser nach Osten geflohen war. Sofort nahm er die Verfolgung auf. Er gelangte bald darauf zu Ludi dia Suku, einem großen Dämon, und fragte ihn nach Ngunza. Ludi dia Suku antwortete: »Ngunza Kilundu kia Ngunza kam hier vorbei, als wir das Korn säten, das wir heute essen.« Kalunga eilte weiter und begab sich zu einem anderen großen Dämon. Dort fand er den Gesuchten und sprach:

»Ngunza Kilundu kia Ngunza, ich bin gekommen, dich zu töten!« Ngunza erwiderte: »Du darfst mich nicht töten, denn ich habe dir nichts getan. Du selbst hast gesagt: ›Die Menschen werden zu mir gebracht, ich töte niemanden!‹ Warum also verfolgst du mich bis hierher?«
Kalunga hob sein Beil, um ihn zu erschlagen, aber Ngunza Kilundu kia Ngunza verwandelte sich in einen Kituta.

Die Mädchen und die Kixis

Die Geschichte erzählt von drei Mädchen, die mit den Kixis befreundet waren. Obwohl die Entfernung zwischen dem Dorf der Mädchen und dem Wohnort der Kixis groß war, besuchten sie ihre Freunde jeden Tag.
Eines Abends plauderten die Mädchen noch miteinander und verabredeten auch diesmal: »Morgen gehen wir, wie immer, zu unseren Freunden.« Dann legten sie sich schlafen. Im Morgengrauen packten sie ihre Habseligkeiten zusammen und sprachen zueinander: »Laßt uns aufbrechen.« Eine von ihnen aber hatte eine jüngere Schwester, die bat: »Ich möchte auch mit. Ich will sehen, wohin ihr immer geht und womit ihr den Tag verbringt.« Die Älteren antworteten: »Nein, wir wollen dich nicht dabeihaben.« Doch die Kleine ließ nicht locker: »Ich möchte auch mit!« Da sagten die Freundinnen: »Auf halbem Weg ist ein breiter Fluß, den kannst du nicht überqueren.« – »Wenigstens bis zu diesem Fluß komme ich mit«, erwiderte die Kleine. Die zwei Freundinnen sprachen zu der dritten: »Wir wollen kein Kind dabeihaben!« Wütend schlug die Schwester das ungezogene Kind: »Die anderen wollen dich nicht!« sagte sie. Dann rannten sie schnell davon. Aber das kleine Mädchen eilte ihnen nach. An einer Wegbiegung verharrten die drei Freundinnen, und die Kleine holte sie ein. Als sie sich umsahen und das Kind entdeckten, staunten sie über soviel Hartnäckigkeit und mußten sie schließlich mitnehmen. Gemeinsam setzten sie ihre Wanderung fort, erreichten bald

den Fluß und gelangten ans andere Ufer. Bis zum Dorf ihrer Freunde war noch ein weiter Weg. Als sie ankamen, breiteten die Kixis große Matten für die Mädchen aus, und gegen Abend setzte man sich zu einem Mahl zusammen, das die Kixis zubereitet hatten.
Nun verhielt es sich aber so, daß die Kixis gerade an diesem Tag beschlossen hatten, die Mädchen zu töten, um sie zu verspeisen. Bis spät in die Nacht hinein plauderten sie mit ihren Gästen, neckten sie und verabschiedeten sich erst spät von ihnen. Die vier Mädchen blieben allein im Haus zurück. Es war bereits tiefe Nacht, die anderen im Dorf waren schon eingeschlafen, auch die drei älteren Mädchen schliefen fest. Aber das Kind war hellwach und lauschte auf alle Geräusche. Nach einer Weile hörte es die Kixis zurückkehren. Von Furcht ergriffen, verhielt es sich ganz still. Es hörte die Kixis ins Haus hinein fragen: »Schlaft ihr jetzt?« Das Kind überlegte, was zu tun sei: ›Am besten ist es wohl, ein Lied zu singen. Aber welches Lied?‹ Wieder vernahm sie die Stimmen der Kixis: »Schlaft ihr?« Das kleine Mädchen sprang schnell auf, löschte das Feuer und begann als Antwort zu singen: »Wir schlafen nicht, Hunger plagt uns, Durst quält uns, und es ist kalt.«
Als die Kixis ihren Gesang vernommen hatten, zerstreuten sie sich, um etwas Eßbares zu holen und der vor Hunger Klagenden zu geben. Es dauerte auch nicht lange, da kehrten sie mit Maisbrei und einer Kürbisflasche voll Bier zurück. Sie überreichten sie dem Kind, das die Gabe durch den Türspalt in Empfang nahm. Die Kixis sagten: »Wenn das Kind gegessen und getrunken hat, ist es satt und wird einschlafen. Dann können wir sie töten!« Aber die Kleine legte die Kürbisflasche beiseite und harrte der Dinge, die da kommen würden. Nach einer Weile vernahm sie wieder die Stimmen der Kixis, und sie wiederholte ihr Liedchen. Noch einmal verschwanden die Kixis. Das alles ereignete sich, während die älteren Mädchen fest schliefen. Und wieder war gar nicht soviel Zeit vergangen, da kehrten die Kixis mit einer Kürbisflasche voll Palmwein und einer Decke für das Kind zurück, damit es sich auch gegen die Kälte schützen konnte. Wieder nahm die Kleine die Sachen

entgegen, legte sie zu den anderen, und die Kixis verschwanden noch einmal. Obwohl das Kind sehr müde war, sagte es sich: ›Ich darf nicht schlafen, wenn ich einschlafe, werden wir alle unweigerlich getötet.‹ Die Kixis warteten draußen. Aber bald krähten die Hähne, und sie konnten nicht mehr zurückkommen.
Der Tag erwachte, und alle Menschen erhoben sich von ihrem Nachtlager. Das Kind berichtete den Älteren von ihren Erlebnissen in der vergangenen Nacht: »Als ihr heute nacht ganz fest schlieft, geschah so einiges vor unserer Tür. Habt ihr denn nichts bemerkt?« – »Kind, du bist wirklich ungezogen. Deswegen haben wir dich gestern auch zurückgeschickt. Schon so viele Nächte kommen wir in dieses Haus, niemals geschah irgend etwas, und gerade in der letzten Nacht soll etwas Unheimliches passiert sein?«
Sie gaben ihr eine Ohrfeige, aber das Kind antwortete: »Was ihr gesagt habt, mag ja stimmen, aber schlaft bitte in der nächsten Nacht nicht, vielleicht wiederholt sich alles, dann könnt ihr euch selbst überzeugen.«
Damit waren die Freundinnen einverstanden. Tagsüber vertrieben sie sich die Zeit wie gewöhnlich. Am Abend begannen sie ihre Unterhaltung mit den Kixis. Zu der Zeit, als sich alle Menschen zur Ruhe begaben, verließen auch die Kixis die Mädchen und wünschten ihnen eine angenehme Nacht. Als es Mitternacht wurde, hörten sie vor ihrer Tür Stimmen:

»Ihr Mädchen, schlaft ihr jetzt?
Ihr Mädchen, schlaft ihr jetzt?!«

Wie in der vergangenen Nacht antwortete die Kleine mit ihrem Liedchen, und die Kixis verschwanden. Als sie wieder allein waren, stichelte die Kleine: »Na, habt ihr's nun gehört?« – »Ja, ja, wir sind doch nicht taub! Sprich nicht so laut!« Dann berieten sie miteinander, was zu tun sei. Die einen meinten: »Wir müssen sofort wegrennen.« Aber die anderen erwiderten: »In der Nacht ist das unmöglich, im Wald gibt es viele wilde Tiere.« – »Was machen wir nur?« Schließlich beruhigten sie sich und wollten erst am nächsten Morgen weiter über ihre Rettung nachdenken. Es dauerte nicht lange, da kehrten die Kixis mit einer Kürbisflasche voll Bier, mit Palmwein, Maisbrei und Decken zurück. Das Kind nahm die Sachen wieder durch einen kleinen Türspalt in Empfang und legte sie beiseite. Verwirrt verschwanden die Kixis erneut und wunderten sich: ›Warum ist das Kind wohl immer noch wach?‹ Aber die Hähne krähten bereits, und den Kixis war es nicht mehr erlaubt, zum Haus der Mädchen zurückzukehren. Am nächsten Tag kamen die Kixis schon sehr zeitig zu ihren Freundinnen, um mit ihnen zu scherzen, aber die Mädchen klagten: »Heute nacht haben wir schlecht geschlafen und fühlen uns schwach und elend.«

»Ist nur eine von euch krank, oder seid ihr alle krank?« fragten die Kixis besorgt. Die Mädchen gaben ihnen zur Antwort: »Ihr werdet es nicht glauben, aber wir sind alle krank, wir wollen noch ein Weilchen ruhen.« Die Kixis gingen ihrer Arbeit nach, und auch die Mädchen vertrieben sich die Zeit. Es war bereits der dritte Tag.

Die Sonne ging unter, und es wurde dunkel. Man speiste noch miteinander, dann berieten die Mädchen, was zu tun sei. Sie sprachen zueinander: »Wie kommen wir von hier weg?« – Eine schlug vor: »Plaudern wir mit den Kixis wie immer, damit sie keinen Verdacht schöpfen, und wenn sie sich entfernt haben, fliehen wir.« Die Kixis kamen, um zu plaudern, sie scherzten miteinander, und als sich alle zur Ruhe begaben, wünschten auch die Kixis den Mädchen eine gute Nacht und verschwanden. Die Mädchen warteten noch eine Weile im Haus, dann nahmen sie ihre wenigen Habseligkeiten, steckten sie zwischen ihre Brüste und eilten davon. Allen voran schritt die kleine Schwester. Der Mond schien, und kraftvoll schritten sie aus. Bald erreichten sie den Fluß, der viel Wasser führte, so daß sie ihn in der Nacht nicht überqueren konnten. Ratlos standen sie da und wußten nicht weiter. Die drei Ältesten ließen sich im Wipfel des Baumes, das Kind etwas darunter nieder. Alle verhielten sich ruhig.

Unterdessen kamen die Kixis zum Haus zurück und erkundigten sich: »Schlaft ihr schon?« Im Haus blieb es still, so daß die Kixis annahmen, die Mädchen seien eingeschlafen. Sie steckten das Haus in Brand und umzingelten es. Bald loderten die Flammen, und die Kürbisflaschen mit Bier, die im Haus

standen, platzten. Als die Kixis das Knallen und Zischen vernahmen, jubelten sie: »Das sind die Mädchen, die geröstet werden.« Sie freuten sich: »Morgen, morgen haben wir eine köstliche Mahlzeit!« Als das Haus völlig niedergebrannt war, scharrten sie in der Asche herum. Aber sie fanden nur Kürbisflaschenreste, keine Spur von Fleisch und Knochen. Das ärgerte sie, und sie erkannten: »Die Mädchen sind verschwunden! Sie sind weg!« Sie kehrten in den Wald zurück und suchten auf dem Pfad nach den Spuren der Mädchen. Immer weiter folgten sie ihnen. Schließlich gelangten sie zum Fluß, wo sich die Mädchen auf dem Baum versteckt hielten. In der Morgendämmerung entdeckten sie die Mädchen und riefen: »Hier ist das Fleisch, hier ist das Fleisch!«
Die Mädchen jammerten: »O weh! Wir glaubten ihnen entkommen zu sein, jetzt haben sie uns doch eingeholt, und wir werden sterben!«
Die Kixis zogen ihre Beile aus dem Gürtel und begannen sogleich, den Baum zu fällen. Die ängstlichen Mädchen stimmten einen Gesang an:

»O Beil! O Beil!
Brich entzwei!
Wir werden das Beil zu Hause reparieren!«

Unermüdlich arbeiteten die Kixis. Am Himmel kreiste ein Habicht, und die Mädchen flehten ihn an: »Rette uns, Habicht!« Sie versprachen ihm eine gute Belohnung. Aber der Habicht schrie nur zurück: »Ich will euch nicht helfen, später weigert ihr euch zu bezahlen!« Immer eindringlicher wurden die Bitten der vier Mädchen, aber der Habicht ließ sich nicht erweichen. Er kreiste weiter und kümmerte sich überhaupt nicht um sie. Erneut jammerten die Mädchen und erflehten seine Hilfe:
»Bitte, bitte, Habicht, willst du uns dem Tod preisgeben? Wenn du uns rettest, werden dich unsere Mütter entlohnen. Wenn sie sich weigern, dich zu bezahlen, dann werden wir selbst dich auszahlen.« Schließlich ließ der Habicht sich von dem Gejammer der Mädchen erweichen. Er trug eine von ihnen auf die andere Seite des Flusses, kehrte zurück und trug auch die zweite über den Fluß. Auch zur dritten kam er, ergriff

sie und flog mit ihr ans andere Ufer. Jetzt befand sich nur noch das Kind in Gefahr. Die Kixis beeilten sich beim Fällen des Baumes, er neigte sich bereits, und die drei Geretteten auf der anderen Flußseite riefen dem Habicht zu: »O weh, das Kind wird sterben. Habicht, beeil dich, hol sie schnell!«
Der Habicht erfaßte das Kind, und im gleichen Moment stürzte der Baum krachend zu Boden. Nun waren die Kixis sehr enttäuscht: »Das Fleisch ist verloren, für uns verloren!« riefen sie. Der Habicht setzte auch das kleine Mädchen auf der anderen Flußseite nieder und erkundigte sich nach seinem Lohn. Die Mädchen dankten ihm sehr herzlich für ihre Rettung und fuhren fort: »Hier haben wir nichts, um dich zu bezahlen. Du mußt uns eines Tages zu Hause besuchen, und dann werden wir dich entlohnen.« Der Habicht gab sich damit zufrieden.
Auf der Straße zu ihrem Dorf lobten die Freundinnen das kleine Mädchen und sprachen: »Vor drei Tagen haben wir dich zu Unrecht geschlagen. Du hast uns gerettet.«
Zu Hause berichteten sie ihren Eltern, was sie erlebt hatten und sagten: »Der Kleinen und dem Habicht haben wir unser Leben zu verdanken!« Nach zwei Tagen erschien der Habicht und verlangte seine Belohnung. Da die Mädchen ihm nichts Entsprechendes geben konnten, schlugen sie ihm vor, sich selbst im Hühnerhof zu bedienen. Damit war der Habicht sehr einverstanden.
So ist es bis heute geblieben, der Habicht fängt Hühner, wann immer er es möchte. Früher fraß er keine, da ernährte er sich nur von Heuschrecken und Vögeln. Aber seitdem er den Menschen diesen Dienst erwiesen hatte, frißt er auch Hühner. Ich habe eine Geschichte erzählt, und nun ist sie zu Ende.

Nzuá dia Kimanaueze

Es gibt viele Geschichten von Nzuá dia Kimanaueze kia Tumb'a Ndala, unserem Helden. Vor langer Zeit hatte er sich ein Haus gebaut, hatte geheiratet, Kinder waren geboren worden, er besaß viel Vieh – kurz, es ging ihm gut. Eines Tages erwartete seine Hauptfrau wieder ein Kind, aber sie aß weder Fleisch noch Gemüse, nur nach Fisch verlangte sie. Kimanaueze mußte einen Diener zum Fluß schicken. »Geh und fische im Lukala«, sprach er zu ihm, »meine Hauptfrau ißt kein Fleisch.« Der Diener nahm ein Netz, lief zum Fluß und brachte dann der Hauptfrau, was er gefangen hatte. Sie bereitete die Fische zu und aß sie auf. Alle begaben sich nun zur Ruhe.

Am nächsten Morgen fragte die Frau: »Was soll ich essen?« Der Diener nahm wieder sein Netz und ging fischen. Alles, was er fing, aß die Frau noch am gleichen Tag auf. Und soviel Fisch der Diener auch täglich fing, nie blieb etwas übrig. Monatelang ging das nun schon so.

Einmal befahl Kimanaueze wieder: »Diener, hol Fisch!« Der Diener begab sich zum Lukala und warf das Netz aus. Als er es wieder herausziehen wollte, gelang ihm das nicht, das Netz war zu schwer. Ein wenig später versuchte er es noch einmal, ebenfalls ohne Erfolg. Da rief der Diener: »Du, der mein Netz unter Wasser festhält, ob du nun ein Wasserdämon bist oder ein Krokodil, laß los! Nicht aus eigenem Antrieb komme ich hierher, der Häuptling befiehlt es mir.« Nun vermochte er das Netz herauszuziehen. Aber als er hineinsah, entdeckte er darin ein schreckliches Wesen. Von Angst übermannt, ließ er das Netz fahren und begann zu rennen. »Lauf nicht weg!« befahl das Wesen in dem Netz. Der Diener kehrte angstzitternd um und zog das Netz vollends aufs Trockene. Da sprach das Wesen zu ihm: »Ich, der Herr dieser Gegend, bin gekommen. Mach dich auf und führe Kimanaueze und seine Hauptfrau, die dich jeden Tag zum Fischen schicken, zu mir.«

So schnell eilte der Diener von dannen, daß er sogar sein Lendentuch am Fluß vergaß. Die Leute wunderten sich, daß er nackt war, und fragten, ob er den Verstand verloren hätte. »Laßt mich«, antwortete er ihnen, »ich muß dem Häuptling eine wichtige Mitteilung machen.«

Im Gehöft des Häuptlings setzte er sich auf die Erde, legte sich dann auf den Rücken, richtete sich wieder auf und berührte mit seinem Kinn den Boden. Kimanaueze gab ihm ein Zeichen, daß er sprechen solle. Der Diener berichtete, was ihm am Fluß widerfahren war, daß der Lukala selbst zu ihm gespro-

chen und ihm aufgetragen hatte, den Häuptling und seine Frau zu ihm zu bringen.
Kimanaueze und seine Frau kleideten sich festlich und begaben sich in Begleitung ihrer Ratgeber zum Fluß. Als sie den Lukala auf einem Stuhl sitzen sahen, wurden auch sie von Furcht ergriffen. »Seid ohne Angst«, redete der Herrscher sie an. »Tretet näher, ich will zu euch sprechen.« Sie setzten sich auf die Erde, und der Lukala erhob seine Stimme: »Nzuá dia Kimanaueze, als du in mein Gebiet kamst, hast du mich, den Fluß, gesehen und hier deinen Wohnsitz errichtet. Nun erwartet deine Frau ein Kind und nimmt keine andere Nahrung zu sich als Fisch. Jeden Tag ißt sie Fisch. Es wird noch soweit kommen, daß sie mein ganzes Volk verspeist. Warum tut ihr das?« Zu den Ratgebern gewandt, fuhr er fort: »Die Schwangerschaft der Häuptlingsfrau wird mein Volk noch vernichten. – Bald bringt sie ihr Kind zur Welt. Ist es ein Mädchen, nehme ich es zur Frau. Ihr werdet es zu mir bringen! Ist es ein Knabe, wird er mein Freund oder mein Namensvetter. Ich, der Lukala, habe gesprochen, ich gehe jetzt.«
Der Häuptling gab seine Zustimmung und fragte noch: »Wie sollen wir in Zukunft verfahren?« Aber der Lukala war verschwunden, wohin, hatten sie nicht bemerkt. Sie erhoben sich und kehrten nach Hause zurück. Das Leben ging weiter, und der Diener fing auch wieder Fisch. Schließlich war der Tag der Niederkunft gekommen, und die Frau wurde von Unruhe erfaßt. Sie brachte einen Jungen zur Welt. Als man Kimanaueze die frohe Kunde überbracht hatte, freute er sich, nahm eine Ziege und übergab sie den Frauen, die der Gebärenden beigestanden hatten. Bald verlief das Leben wieder wie gewöhnlich. Jahre vergingen, der Junge wuchs heran und kam schließlich ins heiratsfähige Alter. Da erschien der Lukala seinen Eltern im Traum und sprach: »Bringt meinen Freund zu mir, er soll mir Gesellschaft leisten. Weigert ihr euch, werde ich ihn töten!« Kimanaueze und seine Hauptfrau fuhren aus dem Schlaf: »Frau, was sollen wir tun?« fragte der Häuptling. »Mit dem Lukala ist nicht zu spaßen.« Voller Angst fragte auch der Sohn: »Was soll ich tun? Wohin kann ich fliehen? – Füll mir einen Trog mit Wasser!« verlangte er von einer Dienerin. Als

das geschehen war, legte er sich hinein und dachte nach. Dann erhob er sich und fragte seinen Vater: »Was soll ich tun?« Sein Vater antwortete: »Ich weiß es nicht. Ich übergebe dir, was dir zusteht, es wird reichlich sein. Zieh weit weg von hier.« Er überließ ihm zwei Sklaven, gab ihm zwei Reitbullen sowie zwei Ziegen und zwei Schweine als Wegzehrung. »Wir werden uns so bald nicht wiedersehen«, sprach er und riet seinem Sohn: »Wohin du auch immer gehen wirst, überquere niemals einen Fluß. Folge ihm stets bis zur Quelle und umgehe ihn dort.« Der Sohn versprach das.

Mit allem, was er erhalten hatte, machte sich Nzuá, der Sohn, auf den Weg. Auf seinem Reitbullen streifte er durch den Busch. Die Sklaven folgten ihm. Vier Tage waren sie schon unterwegs und hatten jeden Fluß umgangen. Zu Beginn des fünften Tages langten sie in der Mitte des Urwalds an. Im Schatten eines großen Baumes blieb Nzuá stehen und blickte umher. Aber was sah er da! Alle Tiere, die es überhaupt gab, alle Raubtiere, die Nzambi erschaffen hatte, waren hier versammelt, nicht eins fehlte. Auch die Insekten, die Nzambi erschuf, drängten sich dicht an dicht hier. Selbst die im Wasser lebenden Tiere und die Vögel waren gekommen. Sie waren alle hier zusammengetroffen, weil sie eine Antilope getötet hatten und niemand von ihnen imstande war, sie so zu teilen, daß für jeden ein Stück abfiel.

Als die Tiere Nzuá sahen, riefen sie aus: »Was für ein Glück!« Nzuá bekam Angst. »Komm doch näher!« riefen sie. »Wir brauchten jemanden, der uns die Antilope teilt. Jetzt haben wir ihn gefunden!« – »Was soll ich tun?« fragte Nzuá. »Fürchte dich nicht. Steig von deinem Bullen und zieh das Messer!« Unser Freund tat, was von ihm verlangt wurde. »Und nun teil das Fleisch so auf, daß jeder etwas bekommt.« Nzuá fing an, von der Antilope kleine Stücke abzuschneiden und teilte sie aus. Bald war nichts mehr da, aber nur ein paar Tiere hatten etwas bekommen. »Sieh zu, daß du gerecht teilst«, mahnten nun die Tiere, »jedem steht etwas zu!« – »Von der Antilope ist nichts mehr da. Was jetzt?« fragte sich Nzuá. Er tötete seinen Hund und teilte das Fleisch auf, aber es reichte nicht. Nacheinander tötete Nzuá nun alles, was ihm gehörte, selbst die Sklaven verschonte er nicht und reichte das Fleisch in kleinen Stücken an die Tiere weiter. Stets waren noch ein paar da, die noch nichts bekommen hatten, und Nzuá hörte sie sagen: »Sei gerecht, laß niemanden aus!« Zuletzt tötete er seinen zweiten Bullen. Aber obgleich er den Ameisen nur die Haare gab und selbst den großen Raubtieren nur kleine Knöchlein oder dünne Scheibchen Fleisch überließ, es reichte nicht ganz.

»Alles ist verteilt. Was soll nun geschehen?« fragte er. Als die Tiere sahen, daß Nzuá alles verteilt hatte, was er besaß und nun ganz allein dastand, gaben sie sich zufrieden.

Der Löwe sprach: »Komm zu mir, fürchte dich nicht.« Nzuá trat heran, und der Löwe forderte: »Öffne den Mund.« Nzuá öffnete den Mund, der Löwe spie hinein und sagte: »Solltest du eines Tages in großer Gefahr sein, dann rufe: ›Teleji, kleiner Schuldberg!‹« Auch der Wolf rief ihn zu sich, spie ihm in den Mund und sprach: »Am Tag deiner größten Not sage nur: ›Teleji, Wolf, gefährlich wie ein Wurfspieß, aus dem Dämonenwald!‹« Der Njinji winkte Nzuá heran und sprach: »Wenn du in Bedrängnis geraten bist, rufe: ›Teleji, leopardengleicher Njinji!‹« Auch die Ameise bot ihm an: »Wenn du in Not bist, sprich: ›Teleji, kleine Ameise!‹« Der Leopard rief Nzuá ebenfalls und sprach: »Ereilt dich ein Mißgeschick, brauchst du nur zu sagen: ›Teleji, Leopard!‹« Der Mukenge teilte ihm mit: »Steckst du im Elend, rufe: ›Teleji, schakalgleicher Mukenge!‹« Auch der Habicht bat ihn zu sich, spie Nzuá in den Mund und sprach: »Wenn du eines Tages in Schwierigkeiten bist, rufe: ›Teleji! Habicht, Vogel, der ein Kind fing!‹« Und als der Habicht geendet hatte, sprach der Adler: »Wenn du Unglück leidest, ruf mich mit den Worten: ›Teleji, Adler, Vogel ohne Schweif, Nachbar des Himmels!‹« Auch alle anderen Tiere und Insekten versprachen Nzuá so ihre Hilfe. Dann sagten sie: »Geh nun.«

Nzuá nahm seinen Stab und machte sich allein auf den Weg. Er wanderte und wanderte, bis ihn seine Füße schmerzten. Da erinnerte er sich des Habichts und sprach: »Teleji! Habicht, Vogel, der ein Kind fing!« Sofort verwandelte er sich in einen Habicht und zog am Himmel seine Kreise. Bald packte ihn Hunger. In der Nähe eines Lagers sprach er: »Teleji, der

Mensch ist das höchste Wesen!« Nun war er wieder ein Mensch und fragte sich: ›Was soll ich essen?‹ Mit seinem Zauberspruch erbat er die Hilfe des Njinji, näherte sich in der Gestalt eines Njinji dem Rand eines Dorfes, wo die Hühner Grassamen pickten. Er lauerte ihnen auf und raubte zwei. Als sie die Hühner gackern hörten, liefen die Leute herbei und riefen: »Ein Njinji! Jagt ihn!« Eine Weile verfolgten sie ihn, mußten dann aber aufgeben. Nzuá verwandelte sich wieder in einen Menschen. Er band die beiden Hühner zusammen, hängte sie an seinen Stab und begab sich zum Lagerplatz. Dort traf er auf Reisende und setzte sich zu ihnen. Die Reisenden fragten ihn: »Woher kommst du?« Er antwortete: »Ich wollte meinen Bruder besuchen und ihm zwei Hühner bringen, aber sie sind unterwegs gestorben. Ich habe großen Hunger. Kann mir jemand die Hühner zubereiten, ich verstehe nichts davon?« – »Gib her«, bekam er zur Antwort. Die Hühner wurden gerupft und zubereitet, und Nzuá aß. Dann legte er sich schlafen.
In der Morgendämmerung machte er sich wieder auf den Weg und wanderte, bis die Mittagshitze einsetzte. Erneut überkam ihn Hunger, und er sprach: »Teleji, Wolf im Dämonenreich, gefährlich wie ein Wurfspieß!« Als Wolf lief er in die Steppe, kauerte sich nieder und verhielt sich ruhig, bis die Nacht hereinbrach. In der Dunkelheit schlich er zum Schweinestall in einem Dorf und riß zwei Ferkel. Die Schweine quiekten, und die Leute riefen: »Ein Wolf holt unsere Schweine, fangt ihn!« Sie jagten ihm nach, konnten ihn aber nicht einholen. Nzuá verkroch sich im Steppengras und wartete den Morgen ab. Als es zu dämmern begann, nahm er wieder seine menschliche Gestalt an. Die beiden Ferkel steckte er in einen Korb, den er aus Steppengras geflochten hatte, und lief los. Wieder traf er Reisende an einem Lagerplatz, die sich erkundigten: »Woher kommst du?« – »Zu meinem Bruder bin ich unterwegs«, berichtete Nzuá, »und wollte ihm die beiden Ferkel bringen. In der Hitze aber sind sie verendet. Kann jemand die Ferkel zubereiten? Ich verstehe nichts davon.« Die Leute nahmen ihm die Ferkel ab, und eins davon bereiteten sie für ihn zu. Nzuá aß und begab sich danach zur Ruhe.
Am nächsten Morgen sprach er: »Meine Füße schmerzen so

sehr, daß ich heute nicht weitergehen kann, ich möchte hierbleiben.« – »Wir rasten heute ebenfalls«, sprachen die Reisenden. Sie vertrieben sich die Zeit. Das Fleisch des anderen Ferkels aber hatten sie auf dem Dach einer Hütte ausgebreitet. Aus dem Dorf kamen ein paar Frauen, um den Reisenden Nahrungsmittel zu verkaufen. Sie sahen das Schweinefleisch auf dem Dach und sagten: »Ihr Leute, verkauft uns etwas davon.« – »Das gehört nicht uns«, sagten die Reisenden, »es gehört dem, der dort schläft.« Die Frauen sagten nichts und gingen wieder. Aber in ihrem Dorf berichteten sie, was sie erfahren hatten. »Vielleicht hat der junge Mann im Lager unsere Ferkel gestohlen?« – »Gehen wir!« sprachen da ein paar Männer. »Zeigt ihn uns.« Sie nahmen ihre Gewehre, Stöcke und Speere und verkündeten: »Wir werden ihn erschlagen!« Im Lager angekommen, fragten sie: »Wo ist der Dieb, der unsere Schweine gestohlen hat?« – »Hier ist er!« sagten die Frauen. »Eure Schweine soll ich gestohlen haben?« fragte Nzuá. »Wo hast du das Fleisch her?« wollten die Männer wissen. Es kam zum Kampf, und Nzuá siegte. Die Männer liefen ins Dorf, riefen alle, die kämpfen konnten, und als ein großer Haufen kamen sie zurück. »Komm heraus!« forderten sie. »Du hast ja schon einmal gesiegt.« Nzuá stellte sich ihnen, und der Kampf begann von neuem. Als Nzuá die Arme schwer wurden, nahm er Zuflucht zu einem Zauber. »Teleji, kleiner Schuldberg!« rief er. In der Gestalt eines jungen Löwen brüllte er laut. Eilends flüchtete die Menge. Einige ließen ihre Gewehre fallen, andere stürzten zu Boden, denn sie fürchteten sich vor dem Löwen. Noch einmal brüllte Nzuá, da flohen auch die Reisenden, und er blieb allein zurück. Er sprach: »Teleji, der Mensch ist das höchste Wesen«, und stand wieder als Mensch da. ›Ich will nun gehen‹, beschloß er.

Wieder trat er den Weg an und wanderte, bis er mitten im Busch war. Er dachte nach: ›Wohin soll ich mich wenden? – In Luanda war ich noch nicht, aber dort habe ich keine Verwandten, keine Freunde, in welchem Haus soll ich Rast machen?‹ Er stand da und überlegte hin und her: ›Wohin ich auch gehe, ich kenne die Gegend nicht.‹ Dann faßte er einen Entschluß und rief: »Teleji! Habicht, Vogel, der ein Kind fing!« Als Habicht flog er hoch in die Lüfte, erreichte Luanda und kreiste über der Stadt. Nach einer Weile sprach er: »Teleji! Ein ganz kleiner Vogel will ich sein!« Da wurde er zu einem ganz kleinen Vogel, dessen Schwingen wie Gold glänzten und dessen Schnabel aus Gold zu sein schien. Im ganzen Land gab es keinen so schönen Vogel wie ihn.

Über dem Haus des Gouverneurs zog er seine Kreise. Madia, die Tochter des Gouverneurs, saß auf der Veranda und nähte an einem Kleidungsstück. Da bemerkte sie auf dem Fußboden den Schatten des kleinen Vogels. Sie blickte nach oben und rief: »Was für ein hübscher kleiner Vogel! Wie kann ich ihn nur fangen?« Sie breitete ihr weißes Taschentuch auf dem Boden aus, ließ sich auf die Knie nieder und las für ihn eine Messe. Der kleine Vogel verharrte und landete schließlich auf dem Taschentuch. Madia fing ihn vorsichtig ein und sprach: »Was muß ich wohl tun, damit der kleine Vogel mir nicht stirbt?« Sie ließ einen goldenen Käfig bringen, setzte den Vogel hinein, trug ihn in ihr Zimmer, fütterte ihn mit Reiskörnern und gab ihm Wasser. Dann schickte sie zu ihrem Vater, dem Gouverneur, und ließ ihm ausrichten: »Ich habe hier einen kleinen Vogel, mein Vater, wie du noch keinen gesehen hast. Ich weiß nicht, woher er gekommen ist.« Ihr Vater bestellte ihr: »Ich möchte deinen kleinen Vogel anschauen.« Madia begab sich zu ihm. Der Gouverneur betrachtete den kleinen Vogel von allen Seiten und sprach dann: »Es ist wahr, einen so wunderschönen kleinen Vogel hat im ganzen Land noch niemand gesehen!« Madia erhob sich und kehrte in ihr Zimmer zurück. Aber der kleine Vogel weigerte sich zu essen. Madia brachte ihm alles mögliche, afrikanische und europäische Speisen, nichts nahm er an. »Wie soll ich ihn nur behandeln, daß er nicht stirbt?« fragte sie sich.

Die Tochter des Gouverneurs pflegte am frühen Morgen, gleich nach dem ersten Hahnenschrei, eine Mahlzeit zu sich zu nehmen, die nächste erst wieder gegen Mittag. Man deckte für sie den Tisch, setzte die Speisen darauf, und die Dienerinnen warteten. So geschah es auch, als der kleine Vogel in dem Raum war. Um Mitternacht sprach der kleine Vogel: »Teleji, kleine Ameise!« Er verwandelte sich in eine Ameise, kroch auf

den Boden und verspeiste die Krumen, die heruntergefallen waren. Dann kehrte er in den Käfig zurück und verwandelte sich wieder in den kleinen Vogel. Das wiederholte sich einige Tage. Einmal aber sprach der kleine Vogel: »Teleji, kleine Ameise«, kroch in Ameisengestalt auf den Boden und fuhr dann fort: »Teleji, der Mensch ist das höchste Wesen!« als gut gekleideter junger Mann setzte er sich zu Tisch und aß. Nach dem Mahl erhob er sich, verwandelte sich zuerst wieder in eine Ameise und dann, im Käfig, in den kleinen Vogel.
Als der Hahn zum ersten Mal gekräht hatte, erhob Madia sich und trat zum Tisch – aber da waren keine Speisen mehr! »Wo ist mein Essen?« fragte sie ihre Dienerinnen. »Wir wissen es nicht«, erhielt sie zur Antwort. »Ihr habt es selbst gegessen!« warf Madia ihnen vor und schlug die Mädchen.
Der Tag verging, und wieder wurde es Nacht. Die Dienerinnen beschlossen: »Diesmal passen wir auf und fangen den, der uns gestern zu Schlägen verholfen hat!« Gegen Mitternacht sprach der kleine Vogel wieder: »Teleji, kleine Ameise!« Er kroch auf den Boden und verwandelte sich sofort in einen hübschen jungen Mann, der sich zu Tisch setzte und aß. All das beobachteten die Dienerinnen. Als er sein Mahl beendet hatte, erhob er sich, sprach: »Teleji, kleine Ameise«, kletterte in den Käfig und verwandelte sich dann wieder in den kleinen Vogel.
Der Hahn hatte zum ersten Mal gekräht, Madia erhob sich, ging zum Tisch und fand auch diesmal kein Essen mehr. »Wer hat mein Essen genommen!« fragte sie und schlug ihre Dienerinnen. »Du schlägst uns zu Unrecht«, beschwerten sich die Mädchen. »Laß uns doch erzählen, wie es war!« Und sie berichteten, was sie beobachtet hatten. »Morgen wecken wir dich, damit du dich selbst überzeugen kannst«, sprachen sie. Madia war einverstanden, und alle begaben sich zur Ruhe.
Es wurde Tag, der Tag ging zur Neige, und die Nacht brach herein. Die Dienerinnen deckten den Tisch. Um Mitternacht verwandelte sich Nzuá wieder in eine Ameise, dann in einen hübsch gekleideten jungen Mann, setzte sich zu Tisch und begann zu essen. Die Mädchen hatten ihn beobachtet, weckten Madia und sprachen: »Steh auf und sieh dir den jungen Mann an, der an deinem Tisch sitzt!«

Madia stand auf und ging zum Tisch. Sie berührte Nzuá am Arm. Beide sahen einander an und umarmten sich. Sie ließen sich am Tisch nieder und konnten den Blick nicht voneinander wenden. Als es tagte, schrieb Nzuá einen Brief an den Gouverneur: ›Ich, Nzuá dia Kimanaueze kia Tumb'a Ndala, möchte Madia, die Tochter des Gouverneurs, heiraten!‹ Der Gouverneur antwortete ebenfalls mit einem Brief, in dem er Nzuá einlud, am nächsten Tag mit Madia zu ihm zu kommen.
Am folgenden Morgen kleideten sich Nzuá und Madia an und begaben sich zum Gouverneur. Man bot ihnen Stühle an, und sie setzten sich. Der Gouverneur blickte auf Nzuá, dann auf seine Tochter und fragte schließlich: »Madia, willst du diesen Mann heiraten?« Madia erklärte sich einverstanden. Da sprach der Gouverneur zu Nzuá: »Wenn du meine Tochter heiraten willst, mußt du mir einen Dienst erweisen. Vollbringst du, was ich verlange, sollst du sie haben.« – »Was soll ich tun?« wollte Nzuá wissen. »Du mußt mir meine Tochter aus Portugal zurückholen. Sie wurde dorthin gebracht, und bis heute hat niemand sie gefunden. Bringst du sie mir wieder, werde ich dich, als Belohnung, zum Gouverneur ernennen.« Nzuá willigte ein. Der Gouverneur fügte noch hinzu: »Wenn du in Portugal ankommst, such nach einer jungen Frau, die Asche auf den Abfallhaufen schüttet, das ist meine Tochter.« Nzuá verabschiedete sich von Madia und trat die Reise an. Er sprach: »Teleji! Habicht!« Da verwandelte er sich in einen Habicht und erhob sich in die Lüfte. Und wieder sprach er: »Teleji, Adler, Vogel ohne Schweif, Nachbar des Himmels«, und so erhielt er die Gestalt eines Adlers.
In Portugal eingetroffen, sah er eine junge Frau aus einem Haus kommen, die sich zum Abfallhaufen begab, um Asche auszuschütten. »Welch ein Unglück muß ich ertragen«, sprach sie. Nun wußte Nzuá, der am Himmel kreiste, daß er die junge Frau gefunden hatte, nach der man ihn ausgesandt hatte. Er sprach: »Teleji, Habicht«, verwandelte sich in einen Habicht, verringerte die Flughöhe und packte die junge Frau. »Seht doch! Ein Vogel raubt einen Menschen!« riefen die Leute. Und noch einmal sprach Nzuá: »Teleji, Adler, Vogel ohne Schweif!« Und als Adler flog er mit der jungen Frau die ganze

Strecke, bis er endlich wieder in Luanda ankam. Dort wandte er seinen Zauber an: »Teleji, der Mensch ist das höchste Wesen«, da wurde er wieder zu einem Mann.
Nzuá betrat den Wohnsitz des Gouverneurs, traf dort seine Frau und fragte: »Ist das deine Schwester, nach der man mich aussandte?« – »Das ist sie«, bestätigte ihm Madia. Sie begaben sich zur Ruhe.
Am nächsten Morgen sprach Nzuá: »Ich will zum Gouverneur gehen und ihm seine Tochter bringen.« Zusammen mit der jungen Frau trat er vor den Gouverneur. »Hier bringe ich deine Tochter!« sprach er zu ihm. »Das hast du gut gemacht«, antwortete der Gouverneur, »du hast die Herrschaft verdient und sollst Gouverneur werden. Nimm die Ehre an, sie steht dir zu.« Und von nun an lebten Nzuá dia Kimanaueze kia Tumb'a Ndala und Madia, die Tochter des Gouverneurs, zusammen.
So haben wir es gehört. Wenn ihr wollt, erzähle ich noch mehr, wenn nicht, laßt uns schlafen gehen. Die Geschichte ist zu Ende.

Kianda und die junge Frau

Vor langer Zeit lebte eine Frau zusammen mit ihren beiden Töchtern. Eines Tages kam der Schädel eines Mannes zu ihnen, der die jüngste Tochter heiraten wollte. Die ältere jedoch hob ihn auf, nahm Asche und füllte seine Öffnung damit. Als sie damit fertig war, warf sie ihn in die Lagune. Sie war sehr betrübt, daß zuerst ihre jüngere Schwester heiraten sollte.
Unter Wasser verwandelte sich der Schädel in Kianda. Am folgenden Tag erschien er wieder im Hause der Mutter und verlangte nochmals die Einwilligung zur Ehe mit ihrer jüngsten Tochter. Nachdem die Mutter schließlich ihre Zustimmung gegeben hatte, faßte Kianda die junge Frau bei der Hand und führte sie in sein Unterwasserreich. Dort behängte er ihren Nacken und ihre Arme mit herrlichen Bändern. Auf diese Weise geschmückt, kehrte er mit ihr zum Haus der Mutter zu-

rück und brachte ihr ein Faß Wein und einen Ballen Tuch. Nach der Übergabe dieses Brautgeschenks kehrte das Ehepaar in das Haus des Mannes zurück und lebte dort eine Zeit glücklich zusammen.

Der Mann brauchte Sklaven zum Verrichten der Arbeit, und so holte er die Kalubungu und schlug sie mehrmals auf den Boden. Viele Sklaven kamen heraus und gleichzeitig Häuser, in denen sie wohnen konnten. Zu der Zeit wurde seine Frau schwanger, aber das Kind starb bei der Geburt. Der Mann sprach zu seiner Frau: »Mein Kind ist hier gestorben. Laß deine Mutter nicht zum Begräbnis des Kindes kommen.« Aber die Mutter erschien trotzdem, gerade in dem Augenblick, als der Mann tanzte. Nachdem Kianda sie gesehen hatte, kehrte er wütend in sein Haus zurück und schalt seine Frau: »Was habe ich dir gesagt! Deine Mutter sollte dem Begräbnis fernbleiben!« Dann nahm er die Kalubungu und klopfte wieder auf den Boden. Plötzlich verschwanden alle Häuser. Dort, wo bis jetzt ein Dorf gewesen war, war nur noch sprießendes Gras zu sehen. Ohne ein Wort zu sagen, ging der Mann fort. Als gehorsame Ehefrau folgte sie ihm durch das Wasser, die Savanne und den Urwald. Dabei sang sie ständig:

»Ehemann, mein Geliebter! Ehemann, mein Geliebter!«

Und die Menschen aus dem Himmel antworteten ihr:

»O lauf doch, lauf doch! Bald ist die Trockenzeit vorbei!«

Nach einer langen Wanderung erreichte der Mann einen riesengroßen Felsen, in dem eine Tür war. Er trat in den Felsen ein, und die Frau erblickte ihn niemals wieder. Es blieb ihr nichts weiter übrig, als zum Haus ihrer Mutter zurückzukehren. Doch kaum war sie dort eingetreten, fiel sie tot um, auch ihre Mutter starb und mit ihnen alle anderen Menschen. Nur eine einzige Frau blieb noch übrig. Sie verweilte weiterhin in ihrem Haus, bis eines Tages ein Kixi kam und sie mit sich fortschleppte. Sie lebte mit ihm glücklich bis zu dem Tage, an dem sie ein Kind mit nur einem Kopf gebar. Noch einmal empfing die Frau, aber der Kixi sagte zu ihr: »Wenn du wieder ein Kind mit nur einem Kopf zur Welt bringst, dann rufe ich mein Volk, und es wird euch auffressen.« Das nächste Mal gebar die Frau jedoch ein Kind mit zwei Köpfen. Sie nahm nun ihr einköpfiges Kind und rannte weg. Bald entdeckte sie in der Ferne Häuser und versteckte sich dort. Unglücklicherweise ging gerade an diesem Haus ein Kixi vorüber und roch den Duft von menschlichen Wesen. Sofort stürmte er hinein und entdeckte eine schlafende Frau mit ihrem Kind, fraß sie alle beide auf, und das Haus war fortan ein Heim der Kixis.

Wie Affe und Hase den Leoparden überlisten

Vor langer Zeit herrschte im Land eine Hungersnot. Da pflanzte der Leopard einen Muzondobaum, damit er wenigstens Muzondofrüchte zu essen hätte. Als sie reif waren, merkte er, daß irgend jemand sie ihm wegaß. »Wer stiehlt mir meine Früchte?« Er versteckte sich und paßte auf. Der Affe und der Hase waren die Diebe! Da schimpfte der Leopard: »So eine Frechheit, meine beiden Enkel bestehlen mich! Der Affe macht es vor, und der Hase ahmt ihn nach!« Sofort brach er zum Haus einer Alten auf und bat sie: »Alte, gib mir etwas, womit ich die beiden Spitzbuben fangen kann, die mich tagtäglich bestehlen.« – »Was zahlst du?« – »Hier ist ein Hahn.« – »Und wo ist das Geld für das Zaubermittel?« – »Bereite es doch erst einmal zu, wenn ich es habe, bezahle ich dich schon. So hilf mir doch!« Damit gab sich die Alte zufrieden. »Es ist gut«, sprach sie, »wir wollen jetzt schlafen gehen. Morgen bereiten wir den Zauber.«

Am nächsten Tag rupfte die Alte den Hahn und nahm ihn aus. Danach röstete sie ihn in Öl, bis er auf allen Seiten knusprig war. Währenddessen hatte sie Maisbrei gekocht. Die Speisen legte sie auf Teller, breitete eine Matte aus und rief den Leoparden zum Essen. Ehe er sich niederließ, reichte sie ihm eine Wasserschüssel, in der er seine Hände wusch. Nach dem reichlichen Mahl war der Leopard so müde, daß er auf der Stelle einschlief.

Am nächsten Morgen stand er zeitig auf, und die Alte sprach: »Paß auf! Grabe unter dem Muzondobaum zwei tiefe Löcher.

Wenn die beiden dann auf den Baum geklettert sind und sich gerade an den Früchten laben, rufst du: »Wer da?« Vor lauter Angst springen sie vom Baum und landen in den Löchern.«
Der Leopard ging nach Hause und hatte bald unter dem Muzondobaum zwei tiefe Löcher gegraben. Danach zog er sich ins Haus zurück.
Nach geraumer Zeit kam er, um Ausschau nach den Dieben zu halten. Da saß der Affe auf dem Baum, während der Hase darunter wartete. Er wollte den Hasen fangen, aber der sauste blitzschnell davon, und auch der Affe suchte das Weite.
Es war zu spät, die Alte aufzusuchen, aber ganz früh am nächsten Tag nahm der Leopard sein Gewehr, seine Patronentasche und für den Notfall noch eine Keule und wanderte zum Haus der Alten. Ohne sie zu begrüßen, schrie er: »Gib mir den Hahn zurück! Obwohl ich deine Anweisungen genau befolgt habe, sind die beiden mir entwischt. Gib mir den Hahn wieder, dann verschwinde ich!« Darauf erwiderte die Alte: »Mein lieber Freund, beruhige dich! Wir überdenken noch einmal alles. Morgen gelingt es uns.« Dann legten sie sich schlafen. Am frühen Morgen des nächsten Tages unterbreitete die Alte ihm einen anderen Vorschlag: »Geh in den Wald, fäll dort kleine Bäume und zersäge sie. Aus dem Holz schnitzen wir Statuen von jungen Mädchen mit allem, was dazu gehört, Augen, Brüsten, Ohren, Nasen und Mündern. In die Ohren bohrst du kleine Löcher und hängst Ohrringe dran. Du schmückst sie mit Perlen und bemalst sie mit einer Salbe aus Rotholz. Dann zapf Gummi vom wilden Feigenbaum und bestreiche sie damit. Außerdem brauchst du noch Stricke. Wenn du nach Hause kommst, schlaf erst einmal. In aller Frühe hängst du die Mädchen in den Baum und versteckst dich dann mit den Stricken unter einem dichten Busch. Dort wartest du auf den Affen und den Hasen.«
Auch diesmal verrichtete der Leopard alles, wie es ihm die Alte aufgetragen hatte. Am nächsten Tag, als er die Statuen im Baum befestigt hatte und unter einem riesengroßen Busch wartete, beobachtete er, wie Affe und Hase heranschlichen. Der Hase sagte: »O Freund Affe, sieh doch, da oben im Baum sitzen Mädchen!« Verdutzt rief der Affe ihnen zu: »Na, Mäd-

chen, wie geht es denn euch da oben?« Aber die Mädchen schwiegen. »Schämt ihr euch etwa vor uns?« fragte er. Sie blieben weiter stumm. »Habt ihr vielleicht Hunger?« Keine Antwort. Der Hase fragte: »Affe, was gibt es bei dir heute?« – »Ich habe ein Schaf, und du?« – »Ein Schwein habe ich. Komm, wir gehen.« Sie liefen zum Hasen, bereiteten das Schwein zu, den Maisbrei, legten alles auf Teller, nahmen das Essen, Wasser und auch eine Matte mit und kehrten zurück. Als sie wieder unter dem Baum saßen, rief der Affe: »Mädchen, kommt herunter, wir wollen essen!« Aber die Mädchen kletterten nicht vom Baum. »Ihr seid sicher zu schüchtern!« meinte der Affe. Noch immer blieb es still. »Sie sind zu scheu, wir gehen lieber«, schlug der Affe vor. Und die beiden entfernten sich.
Nachdem sie gegangen waren, kroch der Leopard aus seinem Versteck hervor, entdeckte die Speisen und aß, trank auch ein paar Schlucke Wasser, und ehe er sich wieder unter dem Busch versteckte, wusch er seine Hände.
Der Hase kam als erster zurück und rief seinem Freund zu: »Die Mädchen haben gegessen!« Sie sammelten das leere Geschirr ein und trugen es nach Hause, und der Affe kehrte mit seiner Mbanza zurück. Sie begannen zu spielen und zu tanzen und forderten die Mädchen auf: »Tanzt mit uns!« Aber nichts regte sich im Baum. So tanzte der Affe ein Weilchen allein, und der Hase spielte auf der Mbanza. Dann sprang der Affe zu den Mädchen hinauf. Als er sie küssen wollte, blieb er aber an dem Gummi kleben und rief seinem Freund zu: »Sieh doch nur, sie halten mich fest!« Der Hase ließ die Mbanza fallen, folgte seinem Freund und blieb auch kleben. »Hilfe!« rief er, »wir kleben fest!« Der Leopard kam mit seiner Keule. Er verpaßte dem Hasen einen Schlag und steckte ihn in seinen Sack. Mit dem Affen verfuhr er nicht anders. Zu Hause sagte er zu seiner Frau: »Ich habe den Affen und den Hasen gefangen, die mir einiges schuldig sind! Morgen werden sie gekocht!« Sie gingen schlafen.
Am nächsten Morgen lud man den Leoparden zum Begräbnis seines Schwiegervaters. Beim Abschied sprach er zu seiner Frau: »Stampf morgen Maniok und bereite dann den Hasen zu. Deinen Teil des Fleisches magst du essen, aber laß meinen

übrig. Leb wohl!« Die Frau des Leoparden hörte es aus dem Sack ihres Mannes sprechen: »Laß uns raus! Onkel Leopard hat es gesagt. Wir sollen ihm zum Begräbnis folgen!« Die Frau befreite die beiden, und sie gab auch den Schlüssel zur Kleiderkiste, als der Hase sagte: »Wir müssen uns umkleiden, gib den Schlüssel!« Sie öffneten die Kiste, und der Hase verkleidete sich als Fähnrich, das Schwert an der Seite, die Mütze auf dem Kopf. Der Affe erschien als Kapitän, gleichfalls das Schwert an der Seite, die Mütze auf dem Kopf. So geputzt erschienen sie auf dem Begräbnis.

Der Hase rief in befehlendem Ton: »Bindet den Leoparden fest! Er muß sofort zum Gouverneur gebracht werden!« Unverzüglich faßten sie ihn und banden seine Hände auf dem Rücken fest. Der Leopard flehte: »Ich verspreche euch ein Ferkel, ein Maß Mehl und außerdem 100 Kuta als Belohnung, wenn ihr mich freilaßt.« Die Herren Affe und Hase waren nicht abgeneigt.

Am Abend rief der Hase nach Trägern. Sie rannten davon. Er befahl nun den Schwägern des Leoparden: »Tragt euren Schwager. Er muß zum Gouverneur!« Sie trugen den Leoparden auf einem Baumstamm bis zu seinem Haus und setzten ihn nieder. Der Hase sagte: »Wir haben Hunger!« Der Leopard gab ihnen ein Schwein, drei Zentner schwer, und einen Sack Mehl. »Wir wollen aber feines Mehl!« beschwerte sich der Affe. Sie bekamen, was sie wollten.

Das Schwein wurde zubereitet. Dann nahmen sie den Topf von der Feuerstelle und stellten das Wasser für den Brei darauf. Bald kochte das Wasser. Da sagten die beiden: »Der Leopard allein soll den Brei mit seinen Händen rühren.« Die Frau des Leoparden warf Maismehl in das siedende Wasser, und der Leopard mußte es mit der Hand umrühren. Als die Haut der einen Hand sich zu schälen begann, rief der Affe: »Steck doch die andere hinein.« Den jammernden Leoparden mit seinen völlig verbrühten Händen trug man ins Haus, während die beiden Freunde seelenruhig ihr Mahl verspeisten. Als sie satt waren, zogen sie die Kleidungsstücke, die dem Leoparden gehörten, aus, packten sie zu einem Bündel zusammen, warfen es auf die Erde und riefen aus einiger Entfernung: »Verfolgt uns

doch!« Die Schwäger des Leoparden nahmen die Verfolgung auf, konnten sie aber nicht mehr einholen.
Seitdem schläft der Affe auf dem Baum, weil er ständig vor dem Leoparden auf der Flucht ist, und auch der Hase übernachtet nicht mehr im offenen Feld, sondern im Busch, weil er sich dort besser verstecken kann. Und der Leopard hat erst seit der Mißhandlung, die Affe und Hase ihm zugefügt hatten, Flecken auf den Pfoten.

Die vier Kinder

Eine Frau hatte vier Kinder. Als die Kinder noch halbwüchsig waren, starb der Vater. Der älteste Sohn sagte: »Ich will auf die Jagd gehen.« Der jüngere wollte mitgehen. Sie nahmen ihre Gewehre und liefen lange. Obwohl sie tief in den Wald eingedrungen waren, fanden sie kein Wild. Plötzlich fing es an zu regnen. Als der Regen immer stärker wurde, sprachen sie zueinander: »Wir wollen Schutz suchen vor dem Regen.« Sie rannten los. Nach einer Weile gelangten sie zu einem Haus, das den Kixis gehörte. Die beiden Brüder traten ein. Im Haus entdeckten sie eine Mbanza, auf der spielten sie. Bald erschien ein Kixi, der auf seinem Rücken zwei Büffel trug. Er fragte laut: »Wer befindet sich in unserem Haus und spielt auf der Mbanza?« Und aus dem Hausinneren erhielt er die Antwort: »Wenn du ein starker Mann bist, dann tritt ein, du wirst die Nahrung für meine Hunde werden.« Natürlich blieb er draußen stehen. Es dauerte nicht lange, da kam der nächste Kixi, der drei Büffel auf seinem Rücken trug. Er erkundigte sich bei dem anderen: »Wovor fürchtest du dich?« – »Ich fürchte mich vor zwei Männern, die sich in unserem Haus aufhalten. Sie wollen uns töten und ihren Hunden zum Fraß vorwerfen.« Auch die anderen Kixis und ihr Häuptling kehrten heim. Sie bekamen die gleiche Auskunft.
Der Häuptling trat ins Haus, grüßte und forderte: »Verschwindet!« Die beiden jungen Männer erwiderten: »Wir wollen nicht hinausgehen!« Nun befahl der Häuptling seinen Unterta-

nen: »Werft sie hinaus!« Die Kixis folgten seinem Befehl. Der ältere Bruder setzte sich nieder, und der jüngere kämpfte mit den Kixis. Er tötete vier von ihnen. Es blieben noch acht übrig, deshalb tötete er nochmals vier und setzte sich dann auch nieder. Nun übernahm der Ältere den Kampf, er besiegte die vier Übriggebliebenen. Dann ergriff er den Häuptling, schlug ihm den Kopf ab, doch sofort wuchs ein anderer Kopf nach. Wieder schlug er ihn ab, und schon erschien der nächste Kopf. Da sprach er: »So schaffen wir es nicht. Laß uns überlegen.« Er verwandelte sich in einen Fisch, den der Kixi hinunterschluckte. Der Fisch kroch zum Herzen, zerbiß es und fand darin die Schlüssel für alle Räume des Kixihauses. Er nahm sie an sich und schlüpfte wieder heraus. Jetzt schlug der jüngere Bruder dem Häuptling den Kopf ab, so daß auch er starb. Die Brüder betraten das Haus wieder und öffneten alle Zimmer. Sie fanden viele Sklaven, denen sie gleich etwas zu essen gaben. Dann stiegen sie in das obere Stockwerk hinauf und öffneten auch dort alle Räume. Hier fanden sie drei Mädchen, denen sie ebenfalls Speise anboten. Sie beschlossen: »Hier wollen wir bleiben!«
Inzwischen war die Mutter mit den beiden jüngeren Kindern in eine andere Gegend verzogen. Eines Tages sprach sie zu ihnen: »Wir haben nicht genug zu essen. Geht und sammelt Brennholz.« Die Kinder machten sich auf den Weg in den Wald, aber sie verliefen sich. Schließlich erreichten sie das Haus einer fremden alten Frau, die sie aufnahm, aber jeden Tag mußten sie für die Alte in den Wald gehen und Brennholz schlagen. Einmal blieb das Ältere von den Kindern, ein Knabe, länger im Wald. Da stand ihm auf einmal sein verstorbener Vater gegenüber und erkundigte sich: »Warum mußt du Holz schlagen?« – »Ich weiß es nicht, Vater«, antwortete der Junge. »Wenn die Alte euch nach Wasser schickt, komme ich und helfe euch«, versprach der Vater. Der Junge kehrte nun ebenfalls zu der Alten zurück.
Bald darauf schickte die Alte beide Kinder Wasser holen. Das Mädchen füllte ihr Gefäß und trug es auf dem Kopf zum Haus der Alten. Der Knabe blieb an der Quelle und rief: »Vater, komm, was sollen wir tun?« Sein Vater trug ihm auf: »Wenn

die Alte das Wasser auf die Feuerstelle gesetzt hat, wird sie nach einer Weile sagen: ›Seht nach, ob es kocht.‹ Ihr müßt antworten: ›Ich weiß es nicht.‹ Nun wird die Alte gezwungen sein, selbst nach dem Wasser zu sehen. Wenn sie sich über den Topf beugt, taucht ihren Kopf in das siedende Wasser und stoßt sie dann hinein.«
Der Junge befolgte den Rat seines Vaters. Nach dem Tod der bösen alten Frau besahen sie sich das gesamte Haus und fanden sehr viel Geld.

Sudika-Mbambi

Wir wollen von Kimanaueze kia Tumb'a Ndala erzählen, ihr kennt ihn alle. Er hatte einen Sohn, der hieß Nzuá dia Kimanaueze. Einmal sagte der Vater: »Nzuá, mein Sohn, geh nach Luanda, da sind ein paar Geschäfte abzuschließen.« – »Ich habe doch gerade erst geheiratet«, wandte Nzuá ein. »Geh! Ich befehle es dir«, war die Antwort. Der Sohn gehorchte.
Kixis überfielen Kimanaueze, zerstörten alles und töteten die Leute. Als Nzuá zum Haus seines Vaters zurückkehrte, fand er niemanden mehr. Bald plagte ihn Hunger. ›Was soll ich tun?‹ fragte er sich und beschloß: ›Ich gehe zu den Feldern.‹ Dort sah er eine junge Frau. Er rief sie an, da war es seine eigene Frau, und sie fragte: »Wo kommst du denn her?« – »Was ist geschehen?« erkundigte sich Nzuá. »Die Kixis haben uns überfallen«, berichtete die junge Frau.
Die beiden lebten zusammen, und die junge Frau erwartete bald darauf ein Kind. Der Tag der Geburt war gekommen, da vernahm sie aus ihrem Leib eine Stimme:

»Mutter, hier kommt mein Schwert.
Mutter, hier kommt mein Messer.
Mutter, hier kommt mein Lebensbaum.
Mutter, hier kommt mein Stock.
Mutter, nun leg dich nieder,
ich komme jetzt.«

Als der Sohn aus dem Leib der Mutter geschlüpft war, sprach er:

»Ich bin Sudika-Mbambi.
Die Erde spürt meine Macht,
am Himmel bewege ich mich antilopengleich.«

Noch eine zweite Stimme hörte die Frau in ihrem Leib:

»Mutter, hier kommt mein Schwert,
hier mein Messer,
mein Stock kommt,
nun mein Lebensbaum,
Mutter, sitz still,
ich komme jetzt.«

Kaum war der Sohn geboren, sprach er:

»Ich bin Kabundungulu vom Rotholzbaum.
Mein Hund ißt Palmnüsse,
mein Kimbundu verschlingt einen Bullen.«

Sudika, der ältere Sohn, sagte: :»Pflanzt meinen Lebensbaum hinter dem Haus.« Und dann fragte er: »Mutter, warum liegst du hier?« – »Ich staune, daß ein Kind, das eben geboren wurde, schon sprechen kann!« – »Wundere dich nicht, du wirst sehen, was ich noch vollbringen werde«, antwortete Sudika-Mbambi und fuhr fort: »Wir wollen Pfähle holen, um Häuser für unsere Eltern zu bauen.«

Die beiden Söhne nahmen ihre Schwerter und gingen in den Busch. Sudika-Mbambi hieb einen Pfahl zurecht, die anderen Pfähle machten sich von selbst. Bei Kabundungulu war es nicht anders, was sein älterer Bruder vollbrachte, gelang auch ihm. Sie banden die Pfähle zusammen und brachten sie zu der Stelle, wo sie bauen wollten. Dann kehrten sie zurück, schnitten Gras und trugen auch das zu ihrem Bauplatz. Nun fingen sie an, das Haus zu errichten. Sudika-Mbambi schlug einen Pfahl ein, und von jetzt an schlugen die Pfähle sich selbst ein. Er begann, sie mit Stricken zu verknüpfen, da knüpften sich die Stricke von selbst um die Pfähle, und als er anfing, das Dach zu decken, deckte sich das Dach selbständig.

Nun sprach Sudika-Mbambi: »Vater und Mutter, tretet ein, das Haus ist fertig.« Später teilte er ihnen mit: »Jetzt werde ich gegen die Kixis kämpfen. Kabundungulu«, wandte er sich an seinen Bruder, »bleib bei den Eltern. Wenn du aber siehst, daß mein Lebensbaum verdorrt, bin ich tot.«

Sudika-Mbambi machte sich auf den Weg. Wie er so dahinschritt, hörte er im Gras ein Rascheln. »Wer ist da?« fragte er. Ein Mann antwortete: »Ich bin Kipalende, der imstande ist, sogar auf Steinboden ein Haus zu bauen.« – »Gehen wir zusammen weiter«, sprach Sudika-Mbambi. Sie setzten ihren Weg zu zweit fort. Wieder raschelte es im Gras. Sudika-Mbambi fragte: »Wer ist da?« Ein Mann antwortete: »Ich bin Kipalende, an einem Tag kann ich zehn Keulen schnitzen.« – »Komm mit uns«, sagte Sudika-Mbambi. Und noch einmal hörten sie im Gras ein Geräusch. »Wer ist da?« fragte Sudika-Mbambi wieder, und die Antwort lautete: »Ich bin Kipalende, der bei Kalunga Ähren sammelt.« Sudika-Mbambi nahm auch ihn mit. Bald war erneut ein Rascheln zu hören, und der Angesprochene teilte mit: »Ich bin Kipalende, der Kalungas Bart herunterziehen kann.« Sudika-Mbambi forderte ihn ebenfalls zum Mitkommen auf, und zu fünft wanderten sie weiter.
Plötzlich sah Sudika-Mbambi am anderen Flußufer jemanden näherkommen. Er rief ihn an: »Wer bist du?« – »Kijandala-midi bin ich«, antwortete der Mann, »mit einem Tausend spüle ich mir den Mund!« Sudika-Mbambi erwiderte: »Ich bin Sudika-Mbambi. Die Erde spürt meine Macht. Am Himmel bewege ich mich antilopengleich!« Als Kijandala-midi das hörte, lief er schnell davon.
Schließlich waren sie mitten in der Savanne angekommen. Sudika-Mbambi forderte die vier Kipalendes auf: »Wir wollen uns hier Hütten bauen und dann gegen die Kixis kämpfen.« Sie machten sich auf, um Pfähle zuzuhauen. Sudika-Mbambi hieb einen Pfahl zurecht, die anderen machten sich wieder von selbst. Er fing an, sie mit Stricken zu verknüpfen, da verknüpften die Pfähle sich von allein. Nun war es soweit, sie aufzurichten. Sudika-Mbambi gab einen Pfahl dem Kipalende, der gesagt hatte, daß er selbst auf steinhartem Grund ein Haus bauen könnte. Der Kipalende versuchte, den Pfahl einzuschlagen – es glückte ihm nicht. Er unternahm einen zweiten Versuch, ohne Erfolg. Sudika-Mbambi fragte: »Hast du nicht gesagt, daß du selbst auf Steinboden bauen kannst? Gibst du auf?« Er stellte die Hütten selbst fertig, dann begaben sie sich zur Ruhe.
Der Morgen graute, und Sudika-Mbambi sprach: »Wir wollen

nun mit den Kixis kämpfen!« Der Kipalende, der an einem Tag zehn Keulen anfertigen konnte, blieb beim Haus, die anderen folgten Sudika-Mbambi, und sie eröffneten das Feuer auf die Kixis.
Eine alte Frau erschien mit ihrer Enkeltochter bei dem Kipalende, der zu Hause geblieben war. Sie forderte ihn auf: »Laß uns miteinander kämpfen. Wenn du mich besiegst, bekommst du meine Enkeltochter zur Frau.« Sie maßen ihre Kräfte, aber der Kipalende war bald geschlagen. Die Alte wälzte einen Stein auf ihn und ging mit ihrer Enkelin davon.
Sudika-Mbambi hatte alles gesehen und wandte sich an die drei anderen: »Euer Kamerad liegt unter einem Stein!« – »Du lügst! Wie willst du das gesehen haben, wir sind viel zu weit entfernt!« sagten die anderen drei Kipalendes. Aber Sudika-Mbambi beharrte auf seinen Worten. Sie stellten das Feuer ein und kehrten zurück. Sudika-Mbambi hatte die Wahrheit gesagt.
Nachdem die Kipalendes den Stein von ihrem Kameraden gerollt hatten, fragten sie ihn: »Was ist dir geschehen?« Er berichtete von der alten Frau und ihrer Enkeltochter und wie er im Zweikampf mit ihr unterlegen war. Die anderen lachten ihn aus: »Eine Frau hat dich geschlagen!« Danach legten sie sich schlafen.
Am nächsten Morgen sprach Sudika-Mbambi: »Wir ziehen in den Krieg.« Ein anderer Kipalende blieb zu Hause. Während die übrigen mit den Kixis kämpften, erging es dem Kipalende, der zurückgeblieben war, nicht anders als seinem Kameraden am Vortage. Die alte Frau besiegte ihn, beschwerte ihn mit einem Stein und verschwand danach. Auch diesmal eilten die Kipalendes ihm zu Hilfe, nachdem Sudika-Mbambi ihnen von dem Vorfall berichtet hatte. Der dritte und auch der vierte Kampftag verliefen ebenso. Jedesmal siegte die alte Frau über den Kipalende, der im Haus geblieben war, während die anderen zusammen mit Sudika-Mbambi gegen die Kixis Krieg führten.
Als der fünfte Tag anbrach, sprach Sudika-Mbambi: »Gestern haben die Kixis ein Dorf verloren. Ihr vier Kipalendes, geht und eröffnet das Feuer auf sie. Heute bleibe ich hier.« Die Kipalendes machten sich auf den Weg.

Die Alte erschien auch bei Sudika-Mbambi und sprach: »Kämpfe mit mir. Wenn ich verliere, bekommst du meine Enkeltochter zur Frau!« Sie maßen ihre Kräfte, aber diesmal unterlag die alte Frau. Sudika-Mbambi tötete sie und war nun mit der Enkeltochter allein. Das junge Mädchen sprach: »Du hast mir das Leben wiedergegeben! Meine Großmutter hatte mich in ein Steinhaus eingesperrt, ich durfte nie hinaus. Heute werde ich dich heiraten, Sudika-Mbambi!« Er war einverstanden.

Die Kipalendes kamen und verkündeten: »Die Kixis sind überwunden!« – »Es ist gut!«, antwortete Sudika-Mbambi. Und von nun an lebten sie zusammen. Die Kipalendes schmiedeten einen Plan, wie sie Sudika-Mbambi töten könnten, und sprachen zueinander: »Ein Kind hat uns besiegt! Wie wollen wir ihn töten?« Sie hoben eine tiefe Grube aus, deckten sie mit verschiedenen Matten zu und riefen ihn. »Setz dich doch«, luden sie ihn ein. Sudika-Mbambi ließ sich nieder und stürzte in die Grube. Die Kipalendes füllten die Grube schnell wieder. Nun blieben sie allein mit der jungen Frau zurück.

Kabundungulu, der jüngere Bruder von Sudika-Mbambi, war eines Tages hinter das Haus gegangen, um nach dem Lebensbaum seines Bruders zu sehen. Der Baum war am Verdorren. »Mein Bruder schwebt in Lebensgefahr!« rief er aus und begoß den Baum. Da begann er wieder zu grünen.

Als Sudika-Mbambi am Grund der Grube angelangt war, entdeckte er dort unten einen Weg. Er verfolgte ihn eine Weile und begegnete dann einer alten Frau, von der nur der Oberkörper zu sehen war. Sie hackte. Sudika-Mbambi begrüßte sie: »Guten Tag, Großmutter! Hier ist es aber warm!« – »Es ist gerade die heißeste Tageszeit, mein Sohn«, antwortete die Alte. »Zeig mir den Weg«, bat er. Die alte Frau sprach: »Hacke ein wenig für mich, dann will ich dir den Weg zeigen!« Sudika-Mbambi nahm ihr die Hacke ab und arbeitete für die Frau. »Ich danke dir«, sprach die Alte, »nun werde ich dir den Weg zeigen. Geh den schmalen Pfad, nicht den breiten, sonst verirrst du dich. Wenn du zu Kalungas Reich gelangst, nimm einen Krug roten Pfeffer und einen Krug Weisheit mit.«

Sudika-Mbambi bedankte sich, beschritt den Weg, den die

Alte ihm gewiesen hatte, und langte in Kalungas Reich an. Kalungas Hund kläffte ihn an. Sudika-Mbambi schimpfte mit ihm und betrat dann das Haus. Man wies ihm einen Platz im Gästeraum an. Die Sonne ging unter, da begrüßte Kalunga ihn. Sudika-Mbambi erklärte: »Ich bin gekommen, um deine Tochter zu heiraten.« – »Einverstanden«, antwortete Kalunga, »du sollst sie haben, wenn du einen Krug mit rotem Pfeffer und einen Krug Weisheit mitgebracht hast.«

Man bereitete für Sudika-Mbambi eine Abendmahlzeit. Er schaute nach, was es war: ein Hahn und eine Schüssel Brei. Den Hahn versteckte er unter dem Bett und aß Fleisch, das er bei sich hatte, zu dem Brei. Um Mitternacht hörte er eine Stimme: »Wer hat Kalungas Hahn getötet?« Der Hahn unter dem Bett rief: »Kokolokué!«

Der Tag brach an. Sudika-Mbambi wandte sich an Kalunga: »Nun gib mir deine Tochter zur Frau!« Kalunga antwortete: »Kinioka kia Tumba, das Schlangenungeheuer, hat sie entführt. Geh und befreie sie!« Sudika-Mbambi begab sich zu Kiniokas Behausung und fragte: »Wohin ist Kinioka gegangen?« Kiniokas Frau sagte: »Er ist auf der Jagd.« Sudika-Mbambi wartete eine Weile. Da beobachtete er, wie Treiberameisen näher kamen. Sudika-Mbambi tötete sie. Auch die roten Ameisen, die nun auftauchten, erschlug er und ebenso die Bienen und die Wespen. Nun erschien der Kopf von Kinioka. Sudika-Mbambi schlug ihn ab. Ein neuer Kopf wuchs nach, den er gleichfalls abschlug, und so geschah es mit allen Köpfen, die Kinioka wuchsen, mit Kiniokas Palme, seinem Bananenbaum und auch mit dem Kopf von Kiniokas Hund. Mehr als siebenmal mußte Sudika-Mbambi zuschlagen, dann war Kinioka endlich tot. Sudika-Mbambi trat ins Haus, fand Kalungas Tochter und sprach zu ihr: »Laß uns gehen, dein Vater ruft nach dir.« Sie langten bei Kalunga an, und Sudika-Mbambi sprach: »Hier ist deine Tochter.«

»Töte nun noch Kimbiji kia Malanda a Ngandu, der mir meine Ziegen und Schweine geraubt hat!« verlangte Kalunga. Sudika-Mbambi forderte ein Ferkel; man brachte es ihm. Er befestigte das Ferkel an einem Haken mit scharfen Spitzen und warf es als Köder ins Wasser. Kimbiji schwamm herbei und schlang das Ferkel gierig herunter. Sudika-Mbambi hatte das Untier nun an der Leine. Er zog und zog, aber seine Kräfte reichten nicht aus, und er stürzte ins Wasser. Da verschlang Kimbiji kia Malanda a Ngandu auch ihn.

Sein Bruder Kabundungulu, der zu Hause geblieben war, lief hinter das Haus, um nach Sudika-Mbambis Lebensbaum zu schauen. Der Baum war verdorrt. »Mein Bruder ist tot«, klagte er, »ich muß ihn finden!« Er folgte dem Weg, den Sudika-Mbambi gegangen war, und gelangte zu dem Haus, das sein Bruder gebaut hatte. Dort fand er die vier Kipalendes und sprach zu ihnen: »Wohin ist mein Bruder gegangen?« – »Das wissen wir nicht«, antworteten sie. »Ihr habt ihn getötet!« warf Kabundungulu den Kipalendes vor. »Öffnet das Grab!« Die Kipalendes taten, was er verlangte.

Kabundungulu stieg hinein, stieß auf den Weg, den sein Bruder verfolgt hatte, und fand die alte Frau, von der nur der Oberkörper zu sehen war, beim Hacken. Er sprach sie an: »Gute Frau, zeig mir doch bitte, welchen Weg mein Bruder genommen hat.« Die Alte wies ihm den Weg. Kabundungulu kam in Kalungas Reich. »Wo ist mein älterer Bruder?« wollte er wissen. Kalunga sprach: »Er ist von Kimbiji verschlungen worden.« – »Gebt mir ein Schwein!« forderte Kabundungulu, und man brachte es ihm. Wie sein Bruder warf er es als Köder aus. Kimbiji verschlang auch diese Lockspeise. Nun rief Kabundungulu die Leute. Sie sollten das Untier aus dem Wasser ziehen. Gemeinsam zogen sie und zogen und brachten es glücklich an Land.

Kabundungulu nahm sein Messer und schnitt Kimbiji den Bauch auf. Da fand er die Knochen seines Bruders. Er suchte sie zusammen und sprach: »Wach auf, Bruder!« Sudika-Mbambi erwachte wieder zum Leben. »Laß uns von hier fortgehen«, bat ihn Kabundungulu.

Sudika-Mbambi bekam Kalungas Tochter, und zu dritt machten sie sich auf den Weg.

Bald hatten sie die Grube erreicht, in der Sudika-Mbambi gestorben war. Die Erde bebte, ein Spalt tat sich auf, und die drei stiegen ans Tageslicht. Sie verjagten die Kipalendes und blieben an dem Ort: Sudika-Mbambi mit seinen zwei Frauen und

sein Bruder. Eines Tages sagte Kabundungulu: »Bruder, gib mir eine deiner Frauen.« Aber Sudika-Mbambi weigerte sich. Als der Ältere einmal auf der Jagd war, kam der Jüngere in das Haus seines Bruders, um mit den Frauen zu plaudern und zu scherzen. Eine der Frauen erzählte Sudika-Mbambi nach seiner Rückkehr davon und sprach: »Dein Bruder hat immer wieder versucht, uns zu verführen.«
Sudika-Mbambi wurde böse, und die Brüder fingen an, miteinander zu streiten. Sie kämpften, und jeder wollte den anderen töten, aber keinem von beiden wollte es gelingen. Sie hieben mit den Schwertern aufeinander ein, doch konnten sie einander nicht verwunden. Da wurden sie des Kampfes müde. Sudika-Mbambi, dessen Macht die Erde spürt und der sich antilopengleich am Himmel bewegt, ging nach Osten.
Sein jüngerer Bruder, Kabundungulu vom Rotholzbaum, dessen Hund Palmnüsse ißt und dessen Kimbundu einen Bullen verschlingt, ging nach Westen.
Wegen der Frauen waren die Brüder in Streit geraten, dann hatten sie sich getrennt. Geblieben ist von ihnen vielleicht dies: Der erste Schlag bei einem Gewitter kommt von dem älteren Bruder, der nach Osten ging, der Donner, der darauf antwortet, kommt von dem jüngeren, der in den Westen gezogen war.
Ich habe meine Geschichte erzählt, sie ist zu Ende.

Die vier Uouas

Erzählen wir von den vier Uouas, den beiden älteren und den beiden jüngeren. Kimanaueze kia Tumb'a Ndala war sehr bekannt. Er hatte ein Haus gebaut und lebte zufrieden. Vier Kinder wurden ihm geboren, vier Mädchen, alle von der gleichen Mutter.
Als die älteste Tochter in dem Alter war, wo sie sich selbst einen Namen wählen durfte, sprach sie: »Ich heiße Uoua.« Das bedeutet soviel wie Einfalt. Ihre Schwestern taten es ihr gleich. Jede sagte: »Ich heiße Uoua.« Die Leute schüttelten den

Kopf: »Ihr seid vier Schwestern und wählt ein und denselben Namen! Wie soll man euch rufen?«

Die Mädchen wuchsen heran und kamen ins heiratsfähige Alter. Eines Tages erschien ein Mann; er wollte um Uoua, die Älteste, freien. Die Schwestern befanden sich in ihrem Mädchenhaus, der Mann erhielt im Gästehaus einen Platz. Als der Tag zur Neige ging, kochten sie für ihn, und er aß. Später begab sich der Mann zum Haus der Mädchen.

»Einen schönen Abend wünsche ich!« begrüßte er sie. Die Schwestern erwiderten den Gruß, breiteten für ihn eine Matte aus, und der Mann setzte sich. »Wie hast du den Tag verbracht?« fragten sie. Der Mann antwortete mit einem werbenden Gesang, dessen Sprichwörter und Wortspiele den Mädchen sehr gefielen. Und zum Schluß sagte er: »Nun wißt ihr, wie es um mich steht. Mehr habe ich nicht zu sagen.« – »Wir sind sehr froh«, erwiderten die Schwestern, »daß du gekommen bist, uns einen guten Abend zu wünschen! Vertreiben wir uns gemeinsam die Zeit.« Eine Weile unterhielten sie sich miteinander. Schließlich wandte sich der Mann an die Älteste: »Vor allem deinetwegen bin ich gekommen, Uoua.« – »Schön«, entgegnete sie, »du kannst mich bekommen, aber nur, wenn du uns alle vier zur Frau nimmst. Wir Schwestern, die wir von der gleichen Mutter geboren wurden, sollten auch einen Mann haben.« Er stimmte zu und sagte: »Ich kann euch heiraten.« Dann schenkte er den Mädchen Tabak, ging ins Gästehaus und legte sich schlafen.

Am nächsten Morgen begab er sich zu Kimanaueze: »Ich muß mit dir reden«, sprach er. »Deine Töchter – ich möchte sie heiraten!« – »Nun gut«, antwortete Kimanaueze, »wenn deine Mittel das erlauben, bring mir den Brautpreis.« – »Ich bin dazu in der Lage«, versicherte der junge Mann.

Zu Hause wandte er sich an seinen Vater: »Meine Werbung ist angenommen worden«, erzählte er, »man bittet um den Brautpreis für die vier Mädchen.« Der Vater übergab ihm vier Kühe und sprach: »Geh und heirate sie.« Der junge Mann legte sich schlafen.

Am nächsten Morgen wanderte er zu seinen Schwiegereltern und übergab die Kühe. Die Schwiegereltern waren mit dem

Brautpreis zufrieden. Nun erklärte der Bräutigam: »Ich gebe euch vier Tage Zeit, am fünften Tag komme ich und hole die Bräute.« Sie bereiteten eine Ziege für ihn zu, und nach dem Mahl legte er sich schlafen.
Es war Morgen geworden, der junge Mann kehrte nach Hause zurück und schlief dort vier Tage. Am fünften rief er seine Begleiter, und zusammen zogen sie los, um die Bräute heimzuholen. Sie blieben den Tag über im Dorf der Schwiegereltern, und man bewirtete sie mit einer Ziege und mit Brei. Als es Abend wurde, übergab man ihnen die Bräute.
Gemeinsam traten sie den Rückweg an. Im Dorf des Bräutigams führte man jede Braut in ihr eigenes Haus. Eine Ziege wurde für sie geschlachtet, die sie in ihren Häusern verspeisten. Zwei Tage verstrichen. Die Begleiter des Bräutigams gingen wieder ihren üblichen Beschäftigungen nach. Aber noch immer wollte der junge Mann die Häuser seiner Frauen nicht betreten und schlief in seinem Junggesellenhaus. Eines Tages schalt ihn sein Vater deswegen: »Nzuá«, begann er, »seit du die fremden Mädchen hierher gebracht hast, weigerst du dich, zu ihnen zu gehen, warum nur?« – »Vater, ich schäme mich«, antwortete der Sohn, »denn bisher konnte ich ihnen noch keine besondere Speise bringen. Morgen will ich auf die Jagd gehen. Vielleicht gelingt es mir, ein Tier für sie zu erlegen.« Danach begab er sich zur Ruhe.
Im Morgengrauen nahm er Gewehr und Messer, rief den Hund und forderte seinen Diener auf: »Komm, wir gehen auf die Jagd!« Sie brachen auf. Im Busch bauten sie sich eine Schutzhütte und verbrachten die Nacht darin. Als der Morgen dämmerte, stellte Nzuá Fallen auf. Am nächsten Tag hatte er vierzig Pukus erbeutet. Seinem Diener trug er auf: »Hol Blätter und verteile die Pukus auf vier Bündel. Ich will dich nach Hause schicken. Richte es aber so ein, daß du in der Nacht eintriffst, und übergib jeder von meinen Frauen ein solches Bündel!«
Der Diener machte sich auf den Weg. Zuerst suchte er die älteste der Schwestern auf. Er trat ein und sprach: »Das Bündel hier schickt dir dein Mann mit den Worten: ›Einfalt binde auf, was Weisheit verknüpft hat. Ich kann noch nicht zurückkeh-

ren.‹ Und weiter hat er gesagt: ›Gib das Bündel Uoua, der Ältesten, zeig es nicht ihren Schwestern.‹« Damit ging der Diener. Er begab sich zur zweiten Uoua, und sie öffnete ihm die Tür. Auch zu ihr sprach der Diener: »Das Bündel schickt dir dein Mann mit den Worten: ›Einfalt binde auf, was Weisheit verknüpft hat. Nur dir allein schicke ich das, laß deine Schwestern nichts davon merken. Ich bleibe noch im Wald.‹« Der Diener verließ die zweite Uoua und suchte die dritte auf. Sie ließ ihn ein, und er überreichte ihr das Bündel und richtete die Worte seines Herrn aus. Zuletzt kam er zur jüngsten Uoua und erklärte ihr: »Dir allein schickt dein Mann dieses Bündel und läßt dir sagen: ›Einfalt binde auf, was Weisheit verknüpft hat.‹ Ich gehe jetzt.« Und dann fügte er noch hinzu: »Verrat deinen Schwestern nicht, daß ich dagewesen bin!«
Noch in der Nacht kehrte der Diener zu seinem Herrn zurück. »Hast du meinen Auftrag erfüllt?« – »Ja, das habe ich.«
Die älteste Uoua legte das Bündel, das ihr Mann gesandt hatte, in eine Kiste. Die zweite Uoua verfuhr nicht anders, auch die dritte Uoua nahm das Bündel und legte es in eine Kiste. Die jüngste dagegen dachte: ›Ich will doch nachsehen, was in dem Bündel ist, zu dem mein Mann mir sagen ließ: ‚Einfalt binde auf.'‹ Sie öffnete es, entdeckte die Pukus, nahm sie aus, zog sie ab und kochte sie. Dann steckte sie die Pukus auf einen Spieß, um sie zu räuchern. Zu ihren Schwestern verlor sie kein Wort darüber.
Zehn Tage vergingen.
Nzuá kehrte von der Jagd zurück und begab sich zu Uoua der Älteren. »Bring mir das Bündel, das ich dir gesandt habe«, bat er. Sie holte es aus der Kiste, band es auf – der Inhalt war verwest. Nzuá ging zu seiner zweiten Frau. Dort erlebte er das gleiche, bei der dritten war es nicht anders. Nun suchte Nzuá die jüngste der Schwestern auf. »Bring mir das Bündel, das ich dir gesandt habe«, bat er auch sie. Die Jüngste erhob sich und holte den Spieß aus dem Rauch. Die Pukus waren, wie sie sein sollten. Nzuá lachte.
Er lief hinaus und rief die Leute zusammen: »Hört mich an«, sprach er, »ich war auf der Jagd. Von dort aus schickte ich jeder von meinen Frauen ein Bündel mit den Worten: ›Einfalt

binde auf, was Weisheit verknüpft hat.‹ Nach zehn Tagen bin ich zurückgekehrt und habe mir angesehen, was aus den Bündeln geworden ist. Die drei Älteren haben den Inhalt verderben lassen. Die vierte, die Jüngste, hat die Pukus, die darin waren, geräuchert. Hier sind sie. Die drei älteren Schwestern sind wirklich die Einfalt selbst, ohne einen Funken Verstand. Ich will nur die jüngste zur Frau haben!« Und die drei älteren Schwestern mußten gehen.
Seitdem sagt man: »Es ist nicht gut, wenn ältere und jüngere Mädchen den gleichen Mann heiraten.« Wegen ihrer Klugheit wurde die jüngste den drei älteren Schwestern vorgezogen.

Wie der Frosch Kimanauezes Sohn zur Frau verhalf

Schon oft habe ich von Kimanaueze erzählt. Er hatte einen Sohn. Der Junge wuchs heran und erreichte schließlich das Alter, in dem man heiratet. »Mein Sohn, so heirate doch!« sprach Kimanaueze zu ihm. Aber der Sohn antwortete: »Eine gewöhnliche Frau, die hier von der Erde stammt, will ich nicht.« – »Wen willst du denn heiraten?« erkundigte sich sein Vater. »Die Tochter von Sonne und Mond muß meine Frau werden«, gab der Sohn zur Antwort. »Wer vermag schon in den Himmel zu gelangen, wo die Tochter von Sonne und Mond lebt!« gaben die Leute zu bedenken. Aber Kimanauezes Sohn wiederholte: »Nur sie will ich haben, eine gewöhnliche Sterbliche nehme ich nicht.«
Er schrieb einen Heiratsantrag und gab ihn der Antilope. »Bis in den Himmel komme ich nicht«, wies ihn die Antilope ab. Da gab er dem Habicht den Brief. Aber auch der Habicht lehnte ab: »Ich komme nicht bis dorthin.« Der junge Mann bat nun den Geier, und der Geier sprach: »Die Hälfte des Weges schaffe ich schon, aber bis in den Himmel vermag ich nicht vor-

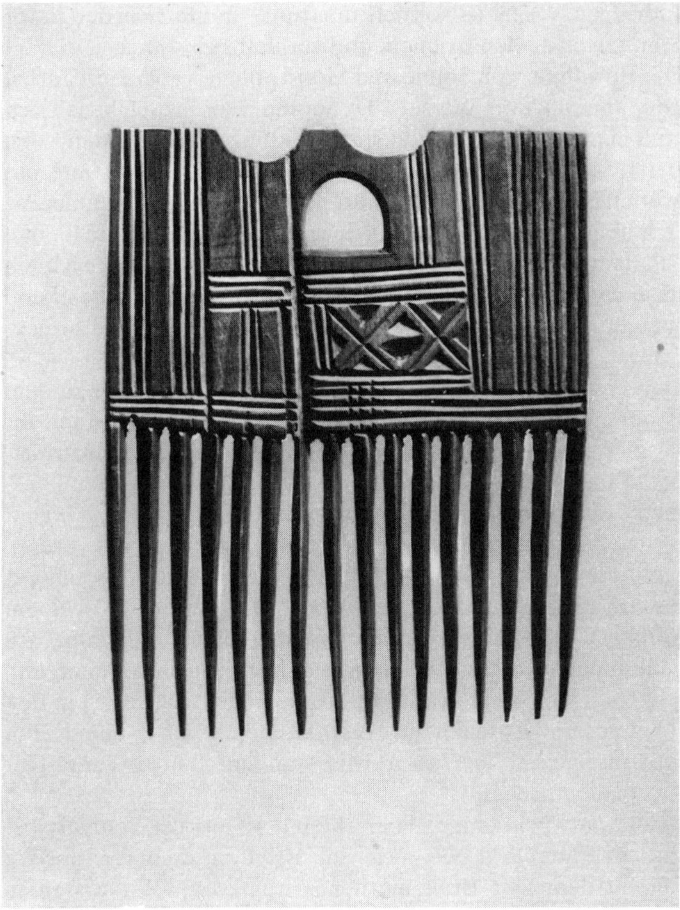

zudringen.« – ›Was soll ich nur tun?‹ fragte sich der junge Mann, steckte den Brief ein und verhielt sich still.
Die Bewohner von Sonne und Mond pflegten aber zur Erde zu kommen, um dort Wasser zu schöpfen. Der Frosch begab sich zu Kimanauezes Sohn und sprach: »Junger Herr, gib mir den Brief, ich werde ihn überbringen.« – »Pack dich! Leute mit großen Schwingen haben es aufgegeben, und du behauptest: ›Ich überbringe den Brief.‹ Wie willst denn du in den Himmel gelangen?« – »Junger Herr«, antwortete der Frosch, »ich bin dazu imstande!« Kimanauezes Sohn reichte ihm den Brief und sprach: »Wenn du es nicht schaffst und mir den Brief zurückbringst, bekommst du Prügel!«
Der Frosch machte sich auf den Weg. Er begab sich zu dem Brunnen, aus dem die Bewohner von Sonne und Mond ihr Wasser schöpften, sprang hinein, nachdem er den Brief in seinem Maul verborgen hatte, und wartete. Nach einer Weile kamen Leute von Sonne und Mond herab, um Wasser zu holen. Sie ließen einen Krug in den Brunnen, und der Frosch schlüpfte rasch hinein. Nachdem sie genug Wasser geschöpft hatten, stiegen sie wieder nach oben. Daß der Frosch in einem Krug saß, war keinem von ihnen aufgefallen. Im Himmel angekommen, stellten sie die Wasserkrüge an ihre Plätze und gingen. Der Frosch kletterte aus seinem Krug. Er spie den Brief aus und legte ihn auf einen Tisch, der sich in dem Raum befand, in dem die Wasserkrüge standen. Danach verbarg er sich in einer Ecke.
Es dauerte nicht lange, da erschien der Herr der Sonne selbst in dem Raum und bemerkte den Brief auf dem Tisch. »Wie kommt denn der Brief hierher?« fragte er. »Wir wissen es nicht«, sagten die Leute. Der Sonnenmann öffnete ihn und las: ›Ich, der Sohn von Kimanaueze kia Tumb'a Ndala, der auf der Erde lebt, möchte die Tochter von Sonne und Mond heiraten.‹ Der Sonnenmann überlegte: ›Kimanauezes Sohn lebt auf der Erde, ich aber im Himmel. Wo ist der Überbringer des Briefes?‹ Er legte das Schreiben in ein Kästchen und schwieg.
Nachdem der Sonnenmann den Brief gelesen hatte, kletterte der Frosch wieder in einen der Krüge. Als wenig später das Wasser verbraucht war, stiegen die Wasserträgerinnen mit den

Krügen wieder zur Erde hinab, gingen zu dem Brunnen und ließen die Krüge hinein. Der Frosch schlüpfte hinaus und verbarg sich unter Wasser. Mit gefüllten Krügen traten die Dienerinnen den Rückweg an.
Der Frosch kletterte aus dem Brunnen und kehrte ins Dorf zurück. Dort verhielt er sich ruhig. Ein paar Tage später fragte Kimanauezes Sohn: »Nun, mein Freund, wohin hast du den Brief gebracht?« Der Frosch antwortete: »Herr, den Brief habe ich abgegeben, aber noch keine Antwort bekommen.« – »Oh, Mann!« sagte Kimanauezes Sohn, »du lügst vielleicht! Du warst gar nicht im Himmel!« – »Du wirst es schon sehen, Herr«, antwortete der Frosch.
Eine Woche verging. Kimanauezes Sohn schrieb noch einmal einen Brief, in dem es hieß: ›Ich habe Euch, Herr der Sonne und Frau Mond, geschrieben. Ihr habt meinen Brief erhalten, aber ich habe von Euch keine Antwort, ob Ihr mit meinem Antrag einverstanden seid oder nicht.‹ Er verschloß den Brief, rief nach dem Frosch und gab ihm das Schreiben.
Der Frosch lief zum Brunnen, steckte den Brief ins Maul, sprang ins Wasser und kauerte sich auf den Grund des Brunnens. Nach einer Weile erschienen die Wasserträgerinnen, ließen ihre Gefäße hinab, und der Frosch schlüpfte in einen Krug. Sie zogen die gefüllten Krüge nach oben und kletterten in den Netzen, die von den Spinnen gewebt worden waren, bis in den Himmel. Dort setzten sie die Krüge ab und gingen. Der Frosch stieg schnell aus seinem Krug und legte den Brief auf den Tisch. Danach versteckte er sich wieder in einer Ecke.
Nach kurzer Zeit durchquerte der Sonnenmann den Raum, in dem die Wasserkrüge standen, entdeckte den Brief und las ihn. »Ihr Mädchen«, rief er, »bringt ihr denn vom Wasserholen Briefe mit?« – »Wir, Herr?« staunten die Mädchen. »Nein, wir sind es nicht.« Der Sonnenmann wußte nicht, was er von all dem halten sollte, und legte auch diesen Brief in das Kästchen. An Kimanauezes Sohn schrieb er: ›Du, der in einem Brief um die Hand meiner Tochter gebeten hat, ich willige in die Heirat ein, aber unter einer Bedingung: Du selbst mußt das erste Geschenk überbringen, damit ich Dich kennenlernen kann.‹ Er faltete den Brief zusammen und legte ihn auf den

Tisch. Der Frosch verließ, kaum daß der Sonnenmann aus dem Raum gegangen war, seine Ecke, nahm den Brief an sich und verwahrte ihn in seinem Maul. Dann kroch er in einen Krug und wartete ab. Wie beim letztenmal gelangte er in den Brunnen, blieb unter Wasser, bis die Wasserträgerinnen gegangen waren, und kehrte dann ins Dorf zurück. Am Abend beschloß er: ›Nun will ich die Antwort übergeben.‹ Er spuckte den Brief aus und lief damit zum Haus von Kimanauezes Sohn. Dort klopfte er an die Tür. »Wer da?« fragte Kimanauezes Sohn. »Ich bin es, Mainu, der Frosch.« – »Tritt ein«, sagte Kimanauezes Sohn und erhob sich von seinem Lager, auf dem er sich ausgeruht hatte. Der Frosch trat ein, übergab den Brief und ging. Kimanauezes Sohn öffnete ihn und las. Was der Sonnenmann mitteilte, gefiel ihm, und er sagte: »Der Frosch hat doch die Wahrheit gesprochen, als er meinte, daß ich schon merken würde, wohin er gegangen sei!« Danach begab er sich zur Ruhe.

Am nächsten Morgen nahm er vierzig Kutas und schrieb einen Brief: ›Hier sende ich Euch, Herr der Sonne und Frau Mond, das erste Geschenk. Ich bleibe noch hier, um Brautgeschenke zu beschaffen. Teilt mir bitte mit, wie hoch der Brautpreis ist.‹ Damit beendete er sein Schreiben, ließ Mainu, den Frosch, rufen, reichte ihm Brief und Geld und befahl: »Übergib das!«

Mit den Wasserträgerinnen gelangte der Frosch in den Himmel und legte den Brief und das Geld auf den gleichen Tisch, auf dem er auch sonst seine Nachrichten hinterlassen hatte.

Als der Sonnenmann diesmal den Raum mit den Wasserkrügen betrat, fand er das Geld und las den Brief. Nun berichtete er seiner Frau, was der Schwiegersohn an Neuigkeiten mitgeteilt hatte, und sie war mit allem einverstanden. Der Sonnenmann sprach: »Ich weiß nicht, wer immer die Briefe bringt, aber wir müssen ihm doch etwas zu essen geben. Was sollen wir ihm nur vorsetzen?« – »Wir kochen einfach irgend etwas und stellen es auf den Tisch, wo er gewöhnlich die Briefe hinlegt.« – »Einverstanden«, sagte der Sonnenmann. Sie schlachteten ein Huhn, bereiteten es zu, und als es Abend wurde, kochten sie auch noch Brei. Die Speisen setzten sie auf den Tisch und verschlossen die Tür. Der Frosch kam aus seiner

Ecke und aß alles auf. Dann versteckte er sich wieder und verhielt sich still. Der Sonnenmann teilte Kimanauezes Sohn in einem Schreiben mit: ›Mein lieber Schwiegersohn, Dein erstes Geschenk habe ich erhalten. Als Brautpreis verlange ich einen Sack voll Geld!‹ Den Brief legte er auf den Tisch, wo ihn der Frosch holte und wieder in seinen Krug kroch.
Am nächsten Morgen gingen die Mädchen Wasser holen, und so gelangte der Frosch wieder zur Erde. Abends überbrachte er den Brief. Kimanauezes Sohn las ihn und legte ihn beiseite. Eine Woche verging, und er hatte den Brautpreis beisammen, einen Sack voll Geld. Wieder schickte er nach dem Frosch und verfaßte ein Antwortschreiben: ›Liebe Schwiegereltern, ich schicke Euch heute den Brautpreis. Bald komme ich selbst, ich muß nur noch einen Tag festlegen, an dem ich meine Braut heimführen kann.‹ Das Geld und den Brief überreichte er dem Frosch.
Unbemerkt von den Wasser holenden Mädchen gelangte der Frosch auch diesmal in den Himmel und hinterlegte das Geld und den Brief an der üblichen Stelle. Eben hatte er sich in der Ecke verborgen, da betrat der Sonnenmann den Raum, nahm die Nachricht entgegen und zeigte seiner Frau das Geld. »Das ist sehr schön«, sprach Frau Mond. Sie schlachteten ein Ferkel und bereiteten es zu, setzten die Speisen auf den Tisch und schlossen die Tür. Der Frosch aß und legte sich danach in einem der Krüge zum Schlafen nieder.
Am nächsten Morgen kehrte er zur Erde zurück, lief, als die Mädchen gegangen waren, ins Dorf und blieb in seinem Haus. Am nächsten Morgen suchte er Kimanauezes Sohn auf und sprach zu ihm: »Junger Herr, den Brautpreis habe ich überbracht. Sie haben für mich ein Ferkel geschlachtet, und ich aß es auf. Nun mußt du den Tag festlegen, an dem die Braut heimgeführt werden soll.« – »Es ist gut«, antwortete Kimanauezes Sohn. Das Leben ging weiter, und ungefähr zwei Wochen verstrichen.
Kimanauezes Sohn sprach: »Ich brauche Leute, die meine Braut holen, aber ich finde niemanden. Alle sagen, daß sie nicht in den Himmel gelangen können. Was soll nur werden, Frosch?« Der Frosch erwiderte: »Sei ruhig, junger Herr, ich

erledige das.« – »Du konntest zwar die Briefe bestellen«, sagte Kimanauezes Sohn, »aber die Braut zu mir zu bringen, das schaffst du doch nicht!« – »Junger Herr«, wiederholte der Frosch, »du zweifelst umsonst. Ich bin wirklich imstande, die Braut zu holen. Unterschätz mich nicht.« – »Beweise mir, daß du es kannst«, meinte der Sohn von Kimanaueze und reichte dem Frosch Speisen.

Der Frosch trat den Weg an. Er verbarg sich im Brunnen und erwartete die Wasserträgerinnen. In einem ihrer Krüge gelangte er in den Himmel und hielt sich in einer Ecke des Raumes versteckt, in dem die Wasserkrüge abgestellt wurden. Die Sonne sank, und es wurde Nacht. Der Frosch kam aus seinem Versteck und begab sich auf die Suche nach dem Schlafgemach der Tochter von Sonne und Mond. Als er es gefunden hatte, raubte er der Schlafenden erst das eine, dann das andere Auge und verwahrte beide in einem Taschentuch. Anschließend kroch er in seine Ecke zurück.

Am nächsten Morgen erhoben sich alle von ihrem Lager, nur die Tochter von Sonne und Mond vermochte nicht aufzustehen. Man fragte nach ihr, und sie erklärte: »Meine Augen sind geschlossen, ich kann nicht sehen!« – »Was ist geschehen?« fragten sich ihre Eltern bestürzt, »gestern war sie doch noch gesund.« Der Sonnenmann rief zwei Boten und befahl ihnen: »Sucht einen Wahrsager auf und befragt ihn nach der Augenkrankheit meiner Tochter!« Die Boten machten sich auf den Weg und kamen zu einem Wahrsager. Der Wahrsager holte sein Bündel, in dem sich alles befand, was er für seine Tätigkeit benötigte. Die Boten hatten nichts von der Erkrankung der Herrschertochter verlauten lassen, sondern nur gesagt: »Wir sind gekommen, auf daß du uns wahrsagst.« Der Wahrsager schüttelte sein Bündel, betrachtete alles, was darin war und sprach schließlich: »Ein Unglück hat euch hierher geführt. Die Kranke, es ist eine Frau, leidet an einer Augenkrankheit. Ihr seid nicht von allein zu mir gekommen, man hat euch gesandt. Ich habe gesprochen.« – »Das ist die Wahrheit«, entgegneten die Boten, »doch nun sieh nach, was die Krankheit verursacht hat.« Wieder betrachtete der Wahrsager den Inhalt seines Bündels und verkündete dann: »Die Kranke ist noch nicht verheiratet, aber sie ist einem Mann versprochen. Der junge Mann, der um sie angehalten hat, schickte ihr einen Zauber. Er besagt: ›Laßt meine Frau zu mir kommen. Wenn sie nicht kommt, wird sie sterben.‹ Ihr beiden, die ihr euch habt wahrsagen lassen, bringt sie zu ihrem Mann, damit sie gerettet wird. Ich habe gesprochen.« Die Boten bedankten sich und kehrten zurück. Sie trafen den Herrn der Sonne und wiederholten ihm die Weisung des Wahrsagers. »Es ist gut«, antwortete er, »laßt uns jetzt schlafen. Morgen soll man sie zur Erde bringen.« Der Frosch hatte in seiner Ecke alles, was gesprochen worden war, mit angehört.

Am nächsten Morgen gelangte der Frosch mit den Wasserträgerinnen auf die Erde und verbarg sich im Brunnen. Der Herrscher der Sonne rief die Spinnen zu sich und befahl ihnen: »Webt ein riesiges Netz, das bis zur Erde reicht, denn heute ist der Tag, an dem meine Tochter zur Erde herabsteigen wird.« Die Spinnen webten das Netz, und es dauerte nicht lange, da war es fertig.

Der Frosch kletterte aus dem Brunnen, lief ins Dorf und sprach zum Sohn von Kimanaueze: »Junger Herr, heute kommt deine Braut!« – »Pack dich, du Lügner!« erhielt er zur Antwort. Aber der Frosch ließ sich nicht abweisen: »Ich spreche die Wahrheit, junger Herr! Noch in dieser Nacht führe ich sie zu dir.« Beide schwiegen.

Der Frosch kehrte zum Brunnen zurück und versteckte sich im Wasser. Als die Sonne sank, geleitete man die Tochter von Sonne und Mond zur Erde. Ihre Begleiter setzten sie am Brunnen ab und traten den Rückweg an. Nun kam der Frosch aus dem Wasser und sprach zu der jungen Frau: »Ich werde dich führen. Gehen wir, ich bringe dich zu deinem Mann.« Er gab ihr die Augen zurück, und sie begaben sich gemeinsam zum Haus von Kimanauezes Sohn. »Junger Herr!« verkündete der Frosch feierlich, »deine Braut ist da.« – »Sei willkommen!« antwortete der Sohn von Kimanaueze. Er heiratete die Tochter von Sonne und Mond, und die beiden lebten glücklich zusammen.

Alle anderen hatten es aufgegeben, bis in den Himmel vorzudringen, nur Mainu, dem Frosch, war das Unmögliche gelungen! Ich habe meine kleine Geschichte erzählt, sie ist zu Ende.

Der Hund und der Schakal

In früheren Zeiten lebte der Hund mit dem Schakal zusammen in der Savanne. Eines Tages schickte der Schakal den Hund in die benachbarten Dörfer: »Hol Feuer aus einem der Häuser. Wenn du wiederkommst, zünden wir das Steppengras an, fangen die Heuschrecken ein und essen sie.« Der Hund war mit dem Vorschlag einverstanden.

Er rannte ins Dorf und trat in ein Haus. Drinnen fand er eine junge Frau, die ein kleines Kind im Arm hielt und es mit Brei fütterte.

Der Hund legte sich zu ihren Füßen, ohne seinen Blick von der jungen Frau zu lassen. Das Feuer hatte er beim Anblick des Essens völlig vergessen. Die junge Frau reichte ihrem Kind den Brei, Löffel für Löffel, und kratzte schließlich den Topf aus. Den Rest gab sie dem Hund. Dankbar fraß er ihn auf. Dabei überlegte er: ›Wie unsinnig ist es doch, weiter in der Savanne zu leben, wo man fast vor Hunger umkommt, wenn man hier im Dorf gutes Essen bekommen kann.‹ Und so ließ er sich im Dorf nieder. Der Schakal wartete vergebens auf ihn.

Wenn die Menschen einen Schakal heulen hören, dann sagen sie: »Der Schakal heult nach einem Gefährten.« Aber das entspricht nicht der Wahrheit, er sagt vielmehr: »Ich, der Schakal von Ngonga, bin sehr überrascht. Den Hund schickte ich Feuer holen, er fraß Brei und ließ sich verführen. Jetzt lebt er bei den Menschen.«

Der Hase und der Leopard

Der Hase hatte einen großen Korb geflochten und dachte sich: ›Ich gehe aufs Feld und hole mir Gemüse.‹ Er machte sich auf, und mitten auf dem Weg begegnete er dem Leoparden. Der fragte ihn: »O Hase, bist du aber kräftig! So einen großen

Korb! Sag mal, wohin willst du eigentlich damit?« – »Herr, ich bin gerade dabei, mir ein wenig Gemüse vom Feld zu holen!« – »Wahrhaftig, der Korb ist ja viel größer als du. Und wenn er erst voll Gemüse ist, wie willst du ihn dann tragen?« – »Ach, Herr, weißt du, ich wäre sogar in der Lage, dich zu tragen!« – »Na, Hase, du bist aber sehr von dir eingenommen! Und wenn ich dich beim Wort nehme?« – »Na, dann tu es doch!« schrie der Hase.

Und so geschah es, daß der Leopard in den Korb des Hasen kletterte. »Weißt du, Leopard, ich werde dich jetzt festbinden, schrei nicht, ich tue es nur, damit du nicht herausfällst!« klärte ihn der Hase auf. Der Leopard war auch einverstanden. »Streck dich richtig aus und mach es dir bequem!« Und der Leopard streckte seine Glieder. Unterdessen band ihn der Hase fest. Dann zog er das Beil aus seinem Gürtel und schlug den Leoparden auf den Kopf. »Aber Hase«, jammerte der Leopard, »warum tust du das!« – »Weil ihr Leoparden uns haßt«, gab der Hase zur Antwort. Er schlug so lange auf ihn ein, bis der Leopard starb. Anschließend zog er ihm das Fell ab und kehrte nach Hause zurück. Dort aß er das Fleisch des Leoparden und lebte zufrieden weiter.

Warum es Hausschweine gibt

Ursprünglich lebte das Hausschwein im Wald bei seinen Verwandten, den Wildschweinen. Eines Tages beschloß es, seine Lebensweise zu ändern, und sprach zu seinen Verwandten: »Mir gefällt das Leben im Wald nicht mehr. Ich gehe ins Dorf zu den Menschen und werde mit ihnen zusammenleben.« Ein Wildschwein warnte das Schwein und sagte: »Geh lieber nicht ins Dorf, die Menschen hassen alle Tiere.« Das Schwein beharrte auf seiner Absicht und erklärte den anderen:»Ihr könnt mein Vorhaben nicht vereiteln. Im Wald gibt es nur bittere Pflanzen, die schmecken mir nicht. Aber wenn ich erst im Dorf bin, werde ich die herrliche Speise der Menschen essen.«

Das Schwein machte sich auf den Weg, erreichte auch wirklich ein Dorf, und die Menschen bauten ihm einen Stall. Regelmäßig bekam es seine Nahrung, und so blieb es da. Es gebar sogar Junge.
Nun holte man das Schwein und schlachtete es, denn Nachkommen hatte es ja schon hinterlassen.
Wenn man ein Schwein tötet, dann quiekt es, und das bedeutet: »Das Wildschwein hat mich vor den Menschen gewarnt, aber ich habe auf meinem Willen beharrt.« In dem Augenblick, wo das Schwein sein Leben aushaucht, sagt es noch: »Ich sterbe, ich sterbe, ich sterbe.«
Was wäre wohl, wenn die Menschen keine Schweine hätten? Und nur, weil die Menschen so gut essen, konnte das Schwein nicht widerstehen.

Der junge Mann und der Fluß

Ein junger Mann war von seinem Onkel als Pfand weggegeben worden – als Pfand für einen Ochsen.
Der Onkel starb, niemand löste den jungen Mann aus. Sein Vater starb, der junge Mann wurde nicht freigekauft. Alle seine Verwandten starben, aber keinem von ihnen war es möglich gewesen, den Jungen auszulösen. Als Sklave mußte er auf dem Feld arbeiten, Holz schlagen, Wasser holen. Man prügelte ihn, und seine Besitzer gaben ihm nichts anzuziehen. In Lumpen gehüllt, ging er in den Buschwald und klagte sich selbst sein Leid: »Ich bin so übel dran, weil ich niemanden habe, der mich freikaufen kann.« Und so lebte er dahin.
Ein Kind war er noch gewesen, als sein Onkel ihn verpfändet hatte, inzwischen war aus ihm ein junger Mann geworden. Noch immer mußte er seinen Sklavendienst verrichten.
Eines Nachts träumte er, der Fluß spräche zu ihm: »Sei morgen früh, noch bevor die anderen aufgestanden sind, an meinem Ufer. Von den drei Dingen, die du dort finden wirst, nimm dir das, was dir gefällt. Am wertvollsten ist die kleine

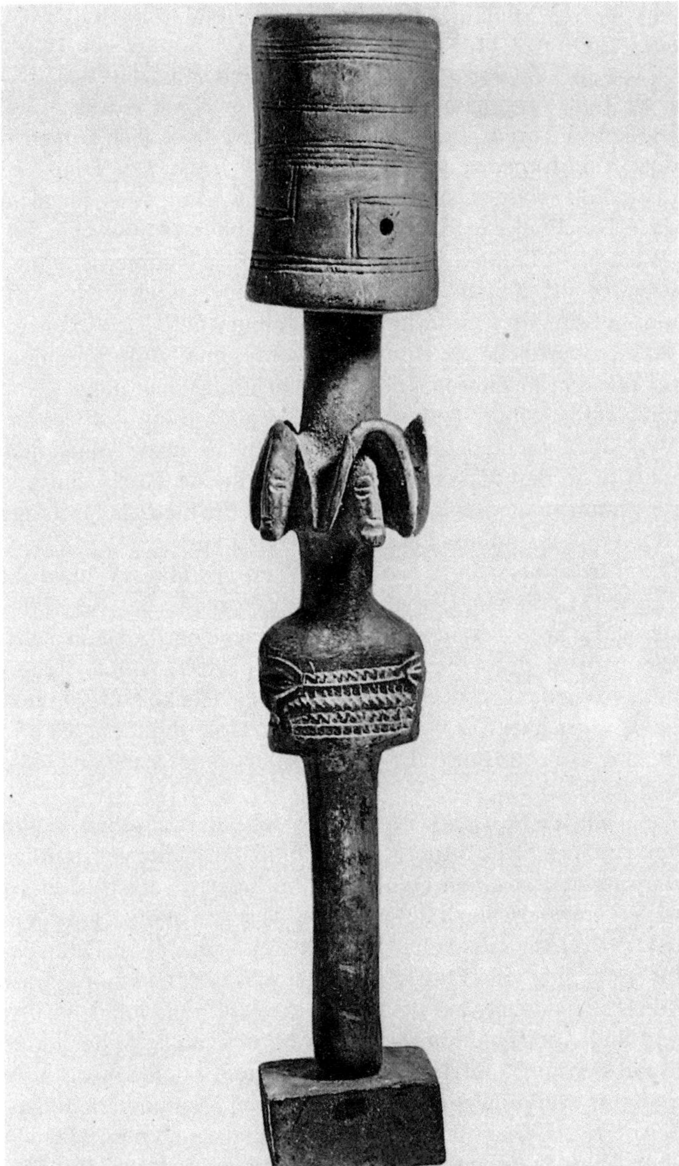

Tasche.« Der junge Mann schreckte aus dem Schlaf auf: ›Ach, ein Traum.‹ Dennoch überlegte er: ›Was könnte der Traum bedeuten?‹ Zu den anderen verlor er kein Wort darüber.
Drei Tage vergingen, am vierten Tag erschien ihm der Fluß wieder im Traum. »Du«, sprach er, »ich hatte dich aufgefordert, am Morgen zeitig zum Ufer zu kommen. Das Ding, das dir gefällt, solltest du nehmen. Nun, warum warst du nicht da?« Der Fluß verstummte, und der junge Mann wachte auf: ›Wieder ein Traum.‹ Draußen begann es zu dämmern. Schnell stand er auf, die anderen hatten ihre Türen noch nicht geöffnet, lief zum Fluß und wartete. Auf einmal entdeckte er an der Wasseroberfläche ein Bündel Gewehre. Die Läufe waren unter Wasser, die Gewehrkolben ragten heraus. Der junge Mann blieb ruhig stehen. Nun sah er zwei Ballen Baumwollkleider, aber auch die ließ er vorüberziehen. In dem Augenblick tauchte an der Wasseroberfläche eine kleine Tasche auf und schwamm zu der Stelle, an der er stand. Sie hielt an, der junge Mann hob sie auf und kehrte nach Hause zurück.
Die Tasche versteckte er in der Wand des Hauses, bevor er eintrat. Mit niemandem sprach er ein Wort darüber. Sein Herr schrie ihn an: »Faulenzer, nimm die Hacke und geh aufs Feld. Wenn du mit der Arbeit fertig bist, hol noch ein Bündel Feuerholz!« Wortlos ergriff der junge Mann die Hacke und ging zum Feld. Dort hackte er, dann schlug er Holz, bündelte es und brachte es nach Hause. Er ließ sich nichts anmerken und legte sich schlafen.
Am nächsten Morgen sagte er sich: ›Ich will nachsehen, was in der Tasche ist.‹ Er öffnete sie und fand darin eine vollständige Ausrüstung für einen Heilkundigen. Schnell verschloß er sie wieder und verwahrte sie sorgfältig. Wie gewöhnlich ging er in den Wald Holz schlagen und brachte es nach Hause. Dann befahl man ihm, zum Fluß zu gehen, um Wasser zu schöpfen. Er führte den Auftrag aus und stellte die gefüllten Gefäße an Ort und Stelle ab. Die Sonne versank bereits, da legte der junge Mann sich zum Schlafen nieder. Im Traum zeigte und erklärte man ihm Heilpflanzen: »Wenn du innere Krankheiten behandelst«, hieß es, »dann mußt du diese Pflanze nehmen, wenn du aber Wunden heilen willst, dann nimm die anderen. Die Me-

dizin des Häuptlings bereitest du so zu.« Die Stimmen schwiegen, er wachte auf. Am Morgen erhob er sich und ging auf die Felder. Dort arbeitete er schwer. Dann schlief er zwei Tage. In der Zwischenzeit waren zwei fremde Männer auf der Suche nach einem Heilkundigen ins Dorf gekommen. Der junge Mann befand sich gerade im Haus, als die beiden mit seinem Herrn sprachen und zur Antwort erhielten: »Bei uns gibt es keinen Heilkundigen. Geht weiter und sucht woanders!« Da trat der junge Mann aus dem Haus und fragte die Männer: »Meine Herren, was fehlt denn dem Kranken?« – »Die Krankheit muß erst festgestellt werden, niemand kennt sie.« – »Gebt mir etwas, ich werde ihn behandeln«, sagte er. »Wieviel verlangst du denn?« – »Ein Stück Baumwollstoff«, gab er zur Antwort. »Damit sind wir einverstanden«, sagten sie und überreichten ihm das Stück Stoff. Sein Herr sprach dazwischen: »Der da will etwas von Heilkunst verstehen? Er ist nur ein Angeber. Du, seit wir zusammenleben, kennst du nicht einmal eine Pflanze gegen Fadenwürmer. Auf einmal willst du einen Kranken heilen! Woher willst du denn die Kräuter kennen?« Aber der junge Mann erwiderte: »Herr, ich lerne es gerade.« Da wandte sich sein Herr noch einmal an die beiden Fremden: »Wenn er den Kranken nicht heilt, dann schlagt ihn tüchtig, weil er anmaßend war!«

Die Männer machten sich mit dem jungen Mann auf den Weg und erreichten bald das Haus, in dem der Kranke lebte. Der junge Mann sah ihn sich sehr genau an und meinte dann: »Ich kann ihn heilen.« Jeden Tag behandelte er ihn. Was er noch nicht wußte, erfuhr er im Schlaf. Zwanzig Tage später war der Kranke genesen, und der junge Mann meinte: »Bezahlt mich, ich will nun wieder abreisen.« – »Wieviel sollen wir dir zahlen?« – »Eine junge Kuh.« Die Dorfbewohner waren einverstanden, denn alle anderen hatten dem Kranken nicht helfen können. Nach seiner Rückkehr traf er mit seinem Herrn zusammen: »Na, hattest du Erfolg?« erkundigte er sich. »Der Kranke ist geheilt«, erwiderte der junge Mann, »als Lohn habe ich eine junge Kuh erhalten.« – »Na schön«, sagte der Herr. Der junge Mann nahm seine Kuh; ein paar Tage vergingen.

Da erschienen wieder fremde Männer im Dorf, die auf der Su-

che nach einem Heilkundigen waren. Auch ihnen bot der junge Mann seine Hilfe an, er heilte den Kranken, und man entlohnte ihn wieder mit einer Kuh. Nach seiner Rückkehr verbreitete sich sein Ruhm in Windeseile. Überall sagte man von ihm: »Das ist wahrhaftig ein Heilkundiger.«
Nach drei Jahren schon war er stolzer Besitzer von sechs Stück Großvieh. »Jetzt werde ich mich selbst freikaufen!« Sofort ging er zu seinem Herrn und fragte ihn: »Herr, ich möchte hingehen, wo es mir gefällt. Wieviel muß ich bezahlen, um mich freizukaufen?« Der Herr antwortete: »Bring mir drei tragende Kühe, dann sind wir einig.« Der junge Mann übergab sie ihm und verließ das Dorf. Er begab sich in ein Land, das ihm gefiel. Dort ließ er sich nieder, heiratete, lebte glücklich und wirkte als Heilkundiger. Innerhalb von sechs Jahren hatte er eine große Rinderherde erworben und war ein reicher Mann geworden.
Unser Freund, der in Knechtschaft geraten war und viel Unglück erlebte, ihm gab der Fluß die Kraft zu heilen. Er erwarb Vieh, kaufte sich los und war bald ein berühmter und reicher Mann. Die Heilkunst machte auch ihn gesund. In diesen Tagen entstand ein bis heute gültiges Sprichwort; das lautet:

›Hacke, bis der Baum umfällt!
Sprich, bis du ausgesprochen hast!
Streck dich in der Jugend, so hoch du reichen kannst!‹

Ich habe erzählt und erzählt, wenn ihr zugehört habt, seid still und haltet den Mund. Ich habe gehalten, was ich versprochen habe, nun ist Schluß.

Der undankbare Leopard

Eines Tages nahm Nianga dia Ngenga sein Gewehr und ging auf die Jagd. Er streifte durch den Wald, konnte aber keine Beute aufstöbern und beschloß: ›Ich kehre zurück.‹
Auf dem Rückweg entdeckte er den Leoparden, der in der Astgabel eines Baumes hing. Kaum hatte der Leopard den jungen Mann erblickt, rief er ihm zu: »Vater Ngenga, hilf mir

herunter!« – »Wer hat dich denn da hingehängt?« erkundigte sich der Jäger. »Hol mich erst herunter, dann erzähle ich es dir.« Nianga dia Ngenga griff zu und setzte den Leoparden auf den Waldboden. »Der Elefant war's«, berichtete ihm der Leopard nun und fuhr fort: »Herr, wem man das Leben gerettet hat, den läßt man auch dann nicht im Stich. Zwei volle Tage hänge ich schon auf diesem Baum fest. Ich hab furchtbaren Hunger, bitte, gib mir etwas zu essen.« – »Kannst du mir vielleicht sagen, wo ich hier etwas Eßbares finden soll?« – »Irgendwo. Du wirst's schon wissen«, meinte der Leopard. Nianga dia Ngenga überließ dem Leoparden einen seiner Hunde. Der Leopard fraß ihn bis zum letzten Knöchlein auf und jammerte dann: »Ich hab noch nicht genug!« Ngenga opferte auch noch den zweiten Hund. Nachdem auch der aufgefressen war, brüllte der Leopard: »Satt bin ich noch längst nicht!« Da warf Nianga ihm seine Patronentasche zum Fraß vor. Aber als der Leopard auch sie verschlungen hatte, brüllte er wieder: »Satt bin ich noch längst nicht.« Der Hase kam vorbei und erkundigte sich: »Warum streitet ihr miteinander?« Nianga dia Ngenga erklärte: »Der Leopard hing in dieser Astgabel und flehte mich um Hilfe an. Ich hob ihn herunter. Dann verlangte er etwas zu essen. Ich habe ihm meine beiden Hunde und meine Patronentasche gegeben, aber er ist immer noch nicht zufrieden. Wir streiten, weil er noch mehr verlangt.« Der Hase bat Ngenga, den Leoparden wieder auf den Baum zu setzen. »Mit eigenen Augen will ich sehen, wie es gewesen ist«, sagte er. Und ehe der Leopard begriff, was vorging, saß er wieder auf dem Baum. Der Hase ging ein Stück beiseite, rief Ngenga zu sich und flüsterte ihm ins Ohr: »Nianga, du bist vielleicht dumm! Weißt du denn nicht, daß der Leopard ein wildes Tier ist, das am liebsten Menschen frißt? Der, den du retten wolltest, hatte nichts anderes im Sinn, als dich zu verschlingen. Erschieß ihn doch!« Und Nianga erschoß den Leoparden.

Die Menschen und die Schildkröte

Eines Tages fing ein Mann im Wald eine Schildkröte und brachte sie in sein Dorf. Die Dorfbewohner freuten sich und sagten: »Wir wollen sie töten!« – »Aber wie wollen wir es anstellen?« fragten ein paar Leute. – »Den Panzer spalten wir mit einem Beil«, schlugen einige vor. Die Schildkröte antwortete: »Das Beil ist mein Freund, es kann mich nicht töten!« Da fragten sich die Leute: »Was machen wir nun?« Einige meinten: »Vielleicht können wir sie mit Steinen töten!« Furcht ergriff nun die Schildkröte. Sie dachte bei sich: ›Mit mir ist es aus.‹ Aber lautstark behauptete sie trotzdem: »Auch Steine können mich nicht vernichten.« – »Dann werfen wir dich eben ins Feuer!« riefen ein paar andere. Auch diesmal wußte die Schildkröte einen Ausweg und entgegnete: »Feuer kann mich nicht töten, denn mein Panzer gleicht einem Stein und kann kein Feuer fangen.« – »Vielleicht gelingt es uns mit Messern?« Doch die Schildkröte wandte wieder ein: »Auch die Messer vermögen nichts gegen meinen steinharten Panzer.« Ratlos sahen die Dorfbewohner einander an. Da kam der Vorschlag: »Tragt sie zu einem Fluß und werft sie ins tiefe Wasser, damit sie ertrinkt.« – »Oh, jetzt werde ich sterben müssen!« jammerte da die Schildkröte. »Was mache ich nur?« – »Jetzt haben wir's!« frohlockten die Menschen. Schnell packte man die Schildkröte, lief zum Fluß und warf sie in die Tiefe. Die Schildkröte tauchte unter, aber nach einer Weile erschien sie an der Wasseroberfläche, und schwimmend rief sie mit froher Stimme: »Das Wasser ist mein Zuhause, das Wasser ist mein Zuhause!« Die Menschen aber kehrten enttäuscht ins Dorf zurück. – Deshalb lebt die Schildkröte im Wasser.

Das Rebhuhn und die Schildkröte

Eines Tages sagte das Rebhuhn zur Schildkröte: »Mein lieber Freund, eigentlich bist du doch recht übel dran, mit deinem Panzer kannst du gar nicht rennen. Wenn nun Feuer ausbräche, dann müßtest du doch verbrennen.« – »Aber ich kann doch nicht verbrannt werden«, entgegnete die Schildkröte und fuhr fort: »Ich glaube, eher wirst du brennen, mein liebes Rebhuhn.« – »Ich habe meine Flügel, und sollte eine Gefahr drohen, dann erhebe ich mich in die Lüfte und fliege einfach fort. Aber du kannst ja nicht fliegen, kannst nicht einmal rennen, du wirst verbrennen, wo du gerade bist.« Nach dieser Unterhaltung trennten sich beide.

Es vergingen einige Tage, dann kam die Trockenzeit, und Feuer breitete sich über das Land aus. Die Savanne, in der sich die Schildkröte und das Rebhuhn aufhielten, wurde auch vom Feuer erfaßt. Das Feuer näherte sich der Stelle, an der die Schildkröte hockte, und sie verkroch sich in einem Ameisenhaufen. Als sich die lodernden Flammen dem Rebhuhn näherten, rannte es schnell davon, aber das Feuer breitete sich immer weiter aus. Da wollte das Rebhuhn wegfliegen, aber die Flammen hatten bereits sein Gefieder erfaßt, und es verbrannte jämmerlich.

Schließlich war die Feuersbrunst vorüber. Die Jäger, die zur Jagd gekommen waren, hatten sich wieder zerstreut. Die Schildkröte kroch aus ihrem Ameisenhaufen hervor und betrachtete die Umgebung. Da sah sie: Das Rebhuhn war verbrannt; und sie erinnerte sich an ihre gemeinsame Unterhaltung. Die Schildkröte zog das Rebhuhn am Bein und nahm sich einen von den beiden Sporen. Sie spielte damit und sang:

»Das Rebhuhn ist tot,
das Rebhuhn ist tot,
es blieb nur ein Stückchen Horn!«

Zwei Männer und eine Frau

Ein alter Mann hatte eine Tochter mit dem Namen Samba. Viele Männer begehrten sie zur Frau, doch ihr Vater wollte sie keinem von ihnen geben. Jedesmal, wenn ein Bräutigam erschien, forderte der Vater von ihm ein lebend gefangenes Wildtier. So gern die jungen Männer das Mädchen auch zur Frau gehabt hätten, lehnten sie die Forderung des alten Mannes aber mit der Begründung ab: »Ein Wildtier können wir niemals lebend fangen!«

Eines Tages erschienen wieder zwei Bewerber und sagten zu den Leuten im Dorf: »Wir kommen zu dem alten Mann, der eine Tochter mit dem Namen Samba hat!« Der alte Mann trat aus seiner Hütte, und man begrüßte einander. Dann fragte er die Männer: »Was wünscht ihr?« Der eine erwiderte: »Ich bin hierher gekommen, um dich um die Hand deiner Tochter zu bitten, die ich sehr begehre.« Der Alte drehte sich zu dem anderen um und fragte auch ihn, was ihn hierher geführt hätte. Auch der erzählte ihm, er sei gekommen, weil er um die Tochter werben wolle. Darauf gab ihnen der Vater zur Antwort: »Es ist nur ein Mädchen da, aber ihr seid zu zweit. Wer von euch mir ein lebendes Wildtier bringt, dem werde ich meine Tochter zur Frau geben.«

Sogleich machten sie sich auf den Weg. Während ihrer Wanderschaft sagte der eine zum anderen: »Morgen werde ich in den Wald gehen und ein Wildtier aufstöbern.« Und der andere erwiderte: »Auch ich werde morgen nach einem Wildtier suchen. Wo wollen wir uns treffen?« Sie verabredeten für den nächsten Morgen einen Treffpunkt. Jeder von ihnen ging dann nach Hause und legte sich früh schlafen. Am nächsten Tag standen sie zeitig auf, kleideten sich an, nahmen ihre Macheten und begaben sich zur verabredeten Stelle. Gemeinsam durchquerten sie den Wald. Plötzlich begegneten sie einem Wildtier, und sofort nahmen sie die Verfolgung auf. Der eine von ihnen jagte so lange hinterher, bis ihn seine Kräfte verließen. Während er sich von seiner Erschöpfung ein wenig er-

holte, sprach er zu sich: ›Diese Frau zerstört mein Leben. Soll ich mich wegen einer Frau etwa quälen? Es könnte ja auch geschehen, daß sie nicht lange lebt, dann müßte ich mir eine andere suchen. Ich gebe auf, jage nicht weiter. Noch nie habe ich erlebt, daß als Brautgeschenk ein lebendes Wildtier verlangt wurde! Ich warte hier, ob mein Gefährte auch aufgibt, dann können wir zurückkehren.‹

Wie erstaunt war er, den anderen jungen Mann nach einer Weile mit einem Wildtier an der Leine auf sich zukommen zu sehen. Mit Bewunderung stellte er fest: »O Freund, du hast das Tier tatsächlich lebend gefangen.« Stolz erwiderte der junge Mann: »Ich mußte es einfach tun. Das Mädchen hat mich so sehr gereizt. Lieber hätte ich im Wald übernachtet als aufgehört, das Wild zu verfolgen.«

Gemeinsam kehrten sie zu dem Vater zurück und überreichten ihm das Tier. »Behaltet das Tier«, erklärte ihnen der Alte, »die Angelegenheit werden wir noch besprechen.«

Er befahl, Speisen für sie zu bringen. Nach der Mahlzeit rief Sambas Vater vier alte Männer zu sich und sprach:

»Liebe Freunde, ihr wißt, ich habe nur eine Tochter, leider habe ich keinen Sohn, daher brauche ich einen guten und edelmütigen Schwiegersohn. Darum habe ich immer von denen, die um meine Tochter freiten, gefordert, sie sollten ein lebendes Wildtier fangen. Gestern kamen zwei junge Männer und verlangten meine Tochter zur Frau. Wie gewöhnlich erklärte ich ihnen meine Bedingung. Heute brachten sie nun das Wild. Beide freiten um das Mädchen, doch nur einer fing ein Tier. Was mag den anderen bewogen haben, ohne Tier zu erscheinen? Ihr weisen Männer und Nachbarn, wem soll ich nun meine Tochter zur Frau geben? Wählt einen von ihnen als Schwiegersohn!«

Nach einer Weile fragten die alten Männer: »Gestern habt ihr euch beide um das Mädchen beworben, aber nur einer erfüllte die Bedingung. Warum brachte der andere kein Tier?« Darauf antwortete der eine junge Mann: »Wir beide gingen heute früh zusammen in den Wald, um ein Wildtier zu fangen. Nach einer Weile entdeckten wir auch eins. Mein Kamerad verfolgte das Tier ebenfalls, aber er gab die Jagd auf. Eure Tochter hat

mich durch ihren Liebreiz bis ins Innerste verzaubert, deshalb verfolgte ich das Tier so lange, bis es sich selbst ergab. Dann fing ich es ein, band es fest und kehrte zu meinem Kameraden zurück. Mein Freund hat mich heute nur hierher begleitet.«
Um eine richtige Entscheidung treffen zu können, befragten die alten Männer den anderen: »Und du, junger Mann, warum hast du aufgegeben, wenn du doch auch unsere Tochter zur Frau haben wolltest?« – »Ich habe noch niemals gehört, daß man als Brautpreis ein Wildtier lebend einfangen mußte. Ja, ich nahm zusammen mit meinem Kameraden die Verfolgung auf. Vielleicht hätte ich das Tier auch fangen können. Aber als es mir zuviel wurde, sagte ich mir: ›Nein, diese Frau würde mich das Leben kosten!‹ Es gibt ja genug andere Frauen. Ich setzte mich, als ich erschöpft war, nieder, um auf meinen Kameraden zu warten. Aber er hatte Glück. Heute bin ich nur sein Begleiter.«
Danach verkündeten die alten Männer ihre Entscheidung: »Du hast die Verfolgung des Wildtiers aufgegeben, du bist unser Schwiegersohn. Dieser Herr, der das Tier fing, kann es mitnehmen, er kann es essen oder verkaufen, denn er ist ein starrköpfiger Mensch. Wenn er töten will, dann tötet er sofort. Er hört nicht auf jemanden, der mit ihm schilt oder ihm Ratschläge erteilt. Gäben wir ihm unsere Tochter zur Frau und sie beginge eines Tages einen Fehler, dann würde er sie schlagen, ohne auf den zu hören, der für sie um Gnade bittet. Wir wünschen ihn nicht als Schwiegersohn, er kann gehen. Der Junge, der die Verfolgung aufgab, ist unser Schwiegersohn. Sollte unsere Tochter einen Fehler begehen, dann könnten wir ihn beruhigen, er würde uns anhören.
Auch wenn er großen Ärger hätte, nach einem Gespräch mit uns würde er den Ärger vergessen. Er wird uns ein guter, edelmütiger Schwiegersohn sein, ihn haben wir erwählt.«

Die Löwen und Kimona-Ngombe

Die Löwen hatten sich in einer Gegend niedergelassen, in der ein Jahr später eine große Hungersnot ausbrach. Es gab überhaupt keine Stelle mehr, wo man etwas zum Essen finden konnte. »Was sollen wir nur tun? Der Hunger plagt uns so sehr«, jammerten sie. »Die Menschen besitzen Viehherden, man müßte ihnen Vieh stehlen.«

Die Entfernung zu den Menschen betrug einen Tagesmarsch. Aus Verzweiflung machten sie sich auf den Weg und erreichten bald das Randgebiet des Kraals.

Eine junge Löwin verwandelte sich in ein menschliches Wesen. Man kleidete sie prachtvoll und richtete auch ihre Haare her. Dann erteilte man ihr folgende Anweisungen: »Du wirst zu dem Mann, dem Häuptling, gehen, er besitzt sehr viele Rinder. Sein Name ist Kimona-Ngombe. Wenn du an seinem Haus vorübergehst, dann erzähle: ›Ich bin auf dem Weg zu meinem Bruder.‹ Erblickt dich Kimona-Ngombe, wird er mit dir sprechen und dich heiraten wollen. In der Brautnacht mußt du ihn töten. Wir können dann seine Herde fangen und haben endlich etwas zu essen.«

Mit diesem Plan war die junge Löwin einverstanden und marschierte bald von dannen. Sie kam zum Häuptling, der vor dem Eingang seines Hauses saß. Beeindruckt von ihrer Schönheit sprach er zu ihr: »Oh, junge Frau, wohin des Weges?« Freundlich gab sie Auskunft: »Ich gehe zu meinem Bruder. Ach, ich bin schon so müde, gib mir doch einen Schluck Wasser, damit ich mich etwas erfrischen kann.« Man reichte ihr Wasser. Neugierig fragte der Häuptling sie weiter: »Bist du schon verheiratet, junge Frau?« – »Nein, noch nicht.« Da machte er ihr auf der Stelle einen Heiratsantrag. Sie nahm an und erwiderte: »Laß mich aber erst einmal nach Hause gehen, damit ich meine Eltern benachrichtigen kann. In zwei Tagen bin ich wieder zurück.«

Wieder bei ihren Freunden, erzählte sie von ihrem Erfolg bei Kimona-Ngombe. Alle waren darüber sehr erfreut, und die

junge Löwin schlief zwei volle Tage und Nächte, dann kehrte sie zu dem Mann zurück. Man schlachtete bei ihrer Ankunft eine Ziege, und sie aß. Man baute ihr ein Haus, und sie zog ein.
Kimona-Ngombe freute sich und sprach: »Ich werde im Haus meiner Braut schlafen.« Doch sein Sohn Ndala, der von seiner Hauptfrau stammte und der noch klein war, klammerte sich an seinen Vater und rief: »Ich will bei dir schlafen, Papa!« Seine Mutter versuchte, ihn zu besänftigen: »Dein Vater wird heute nacht im Hause seiner Braut schlafen, und du kannst bei mir bleiben.« Aber das Kind war damit nicht einverstanden und lief schreiend seinem Vater nach, bis dieser schließlich einwilligte: »Das Kind hat mich gern, ich nehme es mit.«
Die Braut wunderte sich: »Seit wann bringt der Häuptling ein Kind mit zu seiner Braut?« – »Er hängt an mir und wollte nicht bei seiner Mutter bleiben«, antwortete der Häuptling. Dann legten sie sich schlafen, Kimona-Ngombe und sein kleiner Sohn ruhten auf dem Fußboden, während die Löwin im Bett schlief.
Gegen Mitternacht stand die junge Frau auf, verwandelte sich wieder in einen Löwen und wollte den Mann packen. Der Knabe hatte sie jedoch beobachtet, weckte schnell den Vater und sagte: »Vater, am Boden sticht etwas!« Während der Vater sich langsam erhob, verwandelte sich die Löwin wieder in eine Frau.
Der Tag dämmerte bereits, man verbrachte ihn wie gewöhnlich, und der Abend kam heran. Wieder erschien der Vater zusammen mit seinem Sohn. Die junge Frau war sehr verärgert und schalt ihren Mann: »Häuptling, das Kind hat dich bereits in der letzten Nacht geweckt, warum bringst du es denn heute wieder mit?« Kimona-Ngombe verteidigte seinen kleinen Sohn, und sie schliefen bald ein.
Mitten in der Nacht riefen die Löwen, und nach einer Weile verstand die junge Frau auch den Sinn der Worte: »Warum tötest du Kimona-Ngombe nicht, warum hast du es noch nicht getan?«
Die junge Frau sandte ihre Antwort in Form eines Liedes, das lautete:

»Die Ziege von Kimona-Ngombe schläft,
der Diener von Kimona-Ngombe schläft,
das Huhn von Kimona-Ngombe schläft,
das Schwein von Kimona-Ngombe schläft,
das Schaf von Kimona-Ngombe schläft,
Kimona-Ngombe selbst schläft,
Ndala schläft nicht, pooh!
Ndala schläft nicht, pooh!«

Kaum hatte die junge Frau ihren Gesang beendet, verwandelte sie sich wieder in eine Löwin und wollte den Mann ergreifen. Auch diesmal weckte der Knabe seinen Vater und sprach: »Irgend etwas am Boden sticht mich!« – »Das Haus ist gerade erst gebaut worden«, antwortete ihm der Vater, »was soll dich denn da stechen!« Der Knabe blieb beharrlich, er sagte: »Silberfischlein und Maden gibt es auf dem Boden.« Sein Vater wollte davon nichts hören, drehte sich auf die andere Seite und schlief wieder ein. Währenddessen vernahm die junge Frau noch einmal die Stimme ihrer Leute, die sich erkundigten, warum sie Kimona-Ngombe noch immer nicht getötet hätte, und sie antwortete ihnen mit dem gleichen Lied.

Noch einmal weckte Ndala seinen Vater und sagte zu ihm: »Vater, steh auf, in diesem Haus ist ein wildes Tier.« Nun wurde der Vater doch ärgerlich. »Komm«, sprach er, »laß uns gehen, ich bringe dich zu deiner Mutter. Du störst meinen Schlaf!« Beide gingen sie in die finstere Nacht hinaus. Draußen sagte der kleine Sohn zu seinem Vater: »Deine Frau hat sich in ein wildes Tier verwandelt.« – »Junge, du lügst doch!« – »Aber nein, es ist wirklich wahr, Vater! Kehren wir ins Haus zurück, du stellst dich schlafend und beobachtest sie heimlich.« Erneut betraten sie das Haus und legten sich nieder. Wütend rief die Frau: »Du wolltest doch das Kind zu seiner Mutter bringen, warum seid ihr zurückgekommen?« – »Das Kind wollte dort nicht bleiben«, antwortete kurz der Mann. Nachdem sie sich wieder hingelegt hatten, bedeckte der Mann seinen Kopf mit einem Kleidungsstück, so daß er Schlaf vortäuschte und trotzdem alles beobachten konnte. Die Frau vernahm wieder das Rufen ihrer Kameraden und sang als Antwort:

»Es schläft die Ziege des Kimona-Ngombe,
es schläft der Sklave des Kimona-Ngombe,
es schläft das Huhn des Kimona-Ngombe,
es schläft das Schwein des Kimona-Ngombe,
es schläft das Schaf des Kimona-Ngombe,
Kimona-Ngombe tut so, als schliefe er,
Ndala hat keinen Schlaf.«

Danach verwandelte sie sich in einen Löwen und versteckte sich. Kimona-Ngombe beobachtete sie und wußte, daß Ndala ihm die Wahrheit gesagt hatte. Er nahm den Kleinen und brachte ihn schnell zu seiner Mutter. Dann erklärte er alles den anderen Dorfbewohnern und seinen Sklaven und sprach: »Steckt das neue Haus sofort in Brand, die Frau darin verwandelte sich nachts in eine Löwin.« Von allen Seiten zündeten sie das Haus an. Bald brannte es lichterloh, und die Löwin verbrannte darin. Dann brach der neue Tag an. Seitdem sagt man: »Zeugung ist Wahrheit.« Das Kind rettete dem Vater das Leben.

Der Frosch und seine zwei Frauen

Der Frosch hatte zwei Frauen geheiratet. Für die eine baute er im Osten ein Haus, für die andere eins im Westen, er selbst ließ sich in der Mitte nieder. Abwechselnd stattete er jeder von ihnen einen Besuch ab, keine bevorzugte er, um sie nicht zu erzürnen.

Nun geschah es, daß beide Frauen ihrem Mann an ein und demselben Tag den Lieblingsbrei kochten. Die Hauptfrau schickte ihr ältestes Kind mit dem Auftrag: »Geh, hol deinen Vater.« Auch die zweite Frau sandte ihr Kind, um den Vater zum Essen einzuladen.

Gleichzeitig trafen beide Kinder bei Vater Frosch ein und übermittelten ihm die Einladung zum Mittagessen. ›Was soll ich nur tun‹, fragte sich der Frosch, ›beide Frauen haben mich eingeladen. Suche ich zuerst die Hauptfrau auf, dann ist die

andere darüber verärgert. Gehe ich zuerst zur zweiten Frau, ist die Hauptfrau eifersüchtig.‹ Der Frosch überdachte die Angelegenheit immer wieder und konnte doch keinen Entschluß fassen.
Hin und her hüpfend, begann er zu singen:

»Ich habe Sorgen! Ich habe Sorgen!
Ich habe Sorgen! Ich habe Sorgen!«

Immer wenn ein Frosch quakt: »kuó-kuó, kuó-kuó«, sagen die Leute: »Der Frosch quakt«. Aber das stimmt nicht, denn er jammert:

»Ich habe Sorgen!«

Wie das Zicklein den Leoparden überlistete

Vor langer Zeit war das Leopardenjunge mit dem Zicklein eng befreundet. Eines Tages lud das Zicklein den Leoparden wieder zu sich nach Hause ein, um mit ihm zu spielen. Aber das Leopardenjunge lehnte die Einladung ab und sagte: »Ich kann nicht mit zu dir kommen, weil mein Vater, der auf den Feldern arbeitet, mich zu Hause läßt, damit ich den Eingang unseres Hauses bewache, du mußt zu uns kommen.«
Kabidibidi, die kleine Ziege, war damit einverstanden. Bald trennten sich beide, und jeder ging in sein Haus.
Am nächsten Morgen besuchte die kleine Ziege den Leoparden. Sie spielten zusammen, bis die Sonne unterging, dann erst kehrte die Ziege wieder nach Hause zurück. Jeden Tag besuchte sie nun ihren Freund.
Eines Tages erzählte der Leopard seinem Vater: »Vater, Kabidibidi, das Zicklein, ist mein Freund. Jeden Tag kommt es mich besuchen.« – »Mein Kind, du bist aber dumm«, entgegnete der Vater, »Ziegen sind unsere Nahrung, gerade ihr Fleisch essen wir gern. Wenn dein Freund wiederkommt, läßt du ihn nicht wieder gehen! Willst du ihn nicht fangen, damit wir ihn essen können? Sieh, hier ist ein Sack. Wenn er heute wieder erscheint, so schlag ihm doch vor, Sackhüpfen zu spie-

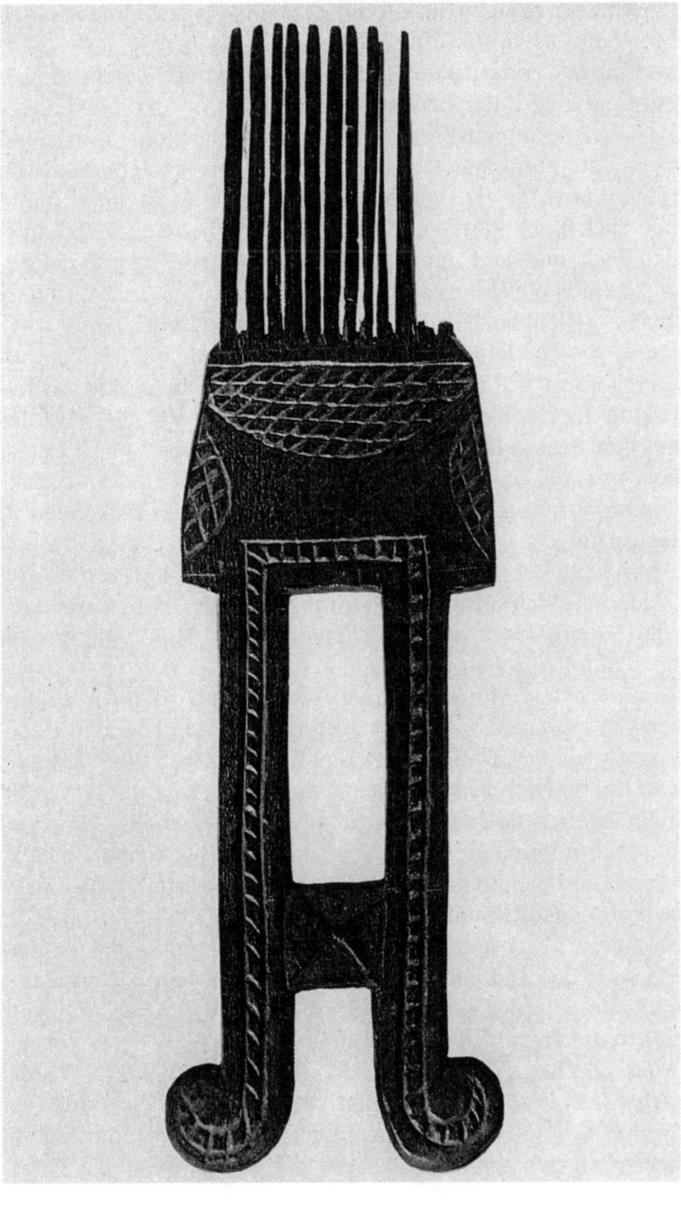

len. Sitzt er dann im Sack, bindest du ihn fest zu, nimmst einen Stock und schlägst kräftig auf die Ziege ein.«
Der junge Leopard nahm die Ratschläge seines Vaters an, und beruhigt ging Vater Leopard mit seiner Frau auf die Felder.
Es dauerte gar nicht so lange, da erschien die kleine Ziege, und sie spielten miteinander. Der junge Leopard nahm den Sack und erklärte ihr, daß er ein neues Spiel kenne, sie müsse nur in den Sack hineinklettern. Ahnungslos krabbelte das Zicklein in den Sack, und der Freund band ihn schnell mit einem Strick zu. Nach einer Weile jammerte es: »O mein Freund, laß mich heraus!« – »Bleib noch drin«, kam die Antwort. Noch lauter wimmerte das Zicklein: »Laß mich heraus, wenn du mich nicht sofort herausläßt, dann pinkle ich.« – »Dann pinkle doch«, brüllte der Leopard. »Ich beschmutze ihn«, erklang es wieder aus dem Sack. »Dann geh aus dem Sack meines Vaters heraus, beschmutzen darfst du ihn nicht!« Er band ihn auf, das Zicklein kroch heraus, und sie spielten weiter, bis das Zicklein nach Hause ging.
Am Abend kehrte Vater Leopard von den Feldern zurück und erkundigte sich sofort nach der jungen Ziege. Der Leopard erzählte dem Vater von ihrem Spiel. »Mein Kind, wie bist du doch dumm«, schalt ihn sein Vater.
Am nächsten Morgen sprach Vater Leopard noch einmal ernsthaft mit seinem Sohn: »Wenn dein Freund heute wiederkommt, dann laß ihn noch einmal in den Sack kriechen. Er darf ihn beschmutzen. Verstehst du, der Sack gehört mir, es ist mein eigener, und wir können ihn wieder waschen!« Während sie noch miteinander sprachen, erschien das kleine Zicklein bereits und konnte hören, was gesprochen wurde. Flink rannte es hinter das Haus und versteckte sich dort.
Nachdem Vater und Mutter Leopard das Haus verlassen hatten, kam das Zicklein zum Vorschein, und sie spielten zusammen. Bald darauf nahm der junge Leopard den Sack und verführte die kleine Ziege zu dem gleichen Spiel wie am Vortag. Aber der Leopard befolgte die Anweisungen seines Vaters nicht. Als sein Freund ihm zu verstehen gab, er werde den Sack beschmutzen, rief der junge Leopard: »Komm schnell heraus!« Nach einer Weile sagte Kabidibidi, die junge Ziege:

»Jetzt kriechst du einmal in den Sack.« Der junge Leopard kroch ohne Argwohn in den Sack, schnell band die Ziege ihn zu. »Laß mich heraus«, schrie er. »Bleib noch ein Weilchen drin.« – »Ich muß pinkeln«, jammerte er. »Dann tue es doch«, rief die Ziege. »Ich verschmutze den Sack«, klagte der Leopard. »Dann verschmutze ihn«, brüllte die junge Ziege. Sie ergriff einen Knüppel und schlug so lange auf den jungen Leoparden ein, bis er starb.

Danach legte sie sich in das Bett des Leoparden, deckte sich mit einer Decke zu und verhielt sich ganz ruhig. Nach seiner Rückkehr fragte Vater Leopard: »Mein liebes Kind, wo bist du?« Die junge Ziege verstellte ihre Stimme und wisperte: »Papa, ich bin hier im Bett, ich habe Kopfweh. Die junge Ziege habe ich getötet, sie befindet sich im Sack, aber binde ihn noch nicht auf!« Der Vater war sehr zufrieden. Mutter Leopard stellte einen großen Topf mit Wasser auf den Herd. Sie steckte dann die vermeintliche Ziege samt Sack in das kochende Wasser, und der junge Leopard wurde gebrüht. Vom Bett her rief die junge Ziege: »Warte, Papa, ich werde sie säubern!« In die Decke des Leoparden gehüllt ging das Zicklein hinter das Haus, zog dem jungen Leoparden das Fell ab und schnitt seine Pfoten ab. Ins Haus zurückgekehrt, legte sie sich nieder, und Mutter Leopard kochte das Fleisch. Der Vater rief seinen vermeintlichen Sohn zum Essen, aber die junge Ziege jammerte: »Ach, Vater, im Haus kann ich nicht recht sitzen, hier ist es mir zu heiß. Gebt mir ein bißchen Fleisch, ich werde an die frische Luft gehen.« Man reichte ihr Speise, und mit der Decke verließ sie das Haus und lief weg. Aus großer Entfernung schrie sie zurück: »Herr Leopard, du hältst dich für klug, aber das stimmt nicht. Deinen Sohn hast du gegessen! Ich bin Kabidibidi, die kleine Ziege. Ich gehe jetzt nach Hause!«

Vater Leopard stürzte aus dem Haus und stellte fest, daß es wirklich die junge Ziege war, die eilends davonsauste. Er verfolgte sie, erreichte sie aber nicht mehr.

Aus diesem Grund haßt der Leopard die Ziegen. Einst spielten sie miteinander, doch dann bewirkte das kleine Zicklein, daß der Leopard seinen eigenen Sohn aufaß.

Samba überlistet die Kixis

An einem fruchtbaren Platz hatten sich Menschen niedergelassen. Sie erbauten Häuser und bestellten das Land. Als die Trockenzeit kam, sprachen sie: »Laßt uns die Grassteppe abbrennen!« Alle Männer und Frauen beteiligten sich daran. Die Männer töteten das Wild, die Frauen suchten die Schlupflöcher der Xinjis und fingen sie. Es dämmerte, und alle waren bereits heimgekehrt, nur eine junge Frau hielt sich noch in der Steppe auf. Sie ließ nicht ab, nach einer großen Xinji zu graben. Während sie eifrig bei der Arbeit war, erschien ein Kixi. Er entdeckte die junge Frau sofort. Weil sie jung und hübsch war, sagte er zu ihr: »Du gefällst mir!« Furcht befiel die junge Frau, als sie den Kixi bemerkte, denn Kixis fressen Menschen. Aber er fragte sie höflich: »Wie heißt du?« – »Ich heiße Samba.« – »Mit wem bist du eigentlich in die Steppe gegangen? Komm mit zu mir nach Hause«, forderte er sie auf. Die junge Frau sang als Antwort ein Liedchen:

»Wir suchten Xinjis auf der Pflanzung!
Wir suchten Xinjis auf der Pflanzung!
Die anderen fingen zehn,
ich fing nur eine,
auf der Pflanzung, auf der Pflanzung!«

Der Kixi lachte und sprach: »Das Liedchen gefällt mir, komm, laß uns nach Hause gehen!« Sie machten sich auf den Weg. Währenddessen suchten die Dorfbewohner die junge Frau, nirgends war sie zu finden, und alle wehklagten: »Samba ist verloren!«

Mit der jungen Frau in seinem Dorf angelangt, prahlte der Kixi: »Seht mal her, Freunde, ich habe ein junges Mädchen mitgebracht, das ein wunderschönes Liedchen singen kann!« – »Sie soll es uns auch vorsingen«, sagten die anderen Kixis. »Samba, komm, sing es noch einmal«, bat der Kixi, und Samba sang das Lied noch einmal. Auch die anderen Kixis lachten und riefen: »Es ist wunderschön!«

Und so lebte Samba eine Weile zusammen mit den Kixis. Aber

nachdem einige Zeit verstrichen war, versuchten die Kixis, ihren Freund, der die junge Frau mitgebracht hatte, zu überreden: »Wir wollen sie essen, sonst läuft sie uns eines Tages noch weg!« Der Kixi wollte davon aber nichts hören: »Ich werde sie heiraten!« antwortete er. Er baute Samba eine Hütte, und sie zog ein. Nachdem ein paar Jahre vergangen waren, hatten Samba und der Kixi drei Söhne bekommen.
Eines Tages versammelten sich die anderen Kixis und schmiedeten ein Komplott. »Morgen werden wir ein Kind verspeisen«, war das Ergebnis ihrer Unterredung. Die Kinder hatten jedoch das Gespräch belauscht, rannten zu ihrer Mutter und überbrachten ihr die Nachricht: »Sie wollen uns töten«, weinten und jammerten sie. Die Mutter besänftigte das älteste Kind, Ngunda, Kadinga, das zweite, und den kleinen Papa. Dann legten sie sich zur Ruhe.
Am nächsten Morgen sagte die Frau zu ihrem Ehemann: »Heute fühle ich mich schwach und elend, ich kann nicht mit auf die Felder zum Hacken gehen.« – »Dann bleib hier, wir werden uns ja bald wiedersehen«, tröstete ihr Mann sie. Alle anderen gingen zur Arbeit auf die Felder.
Als Samba sah, daß bis auf die Kinder niemand mehr im Dorf war, packte sie eilig ihre Sachen, nahm ihre Jungen und machte sich auf den Weg. Die beiden Älteren ließ sie vor sich hergehen, den kleinen Papa trug sie auf dem Rücken. Bald erreichten sie die Straße. Ein paar Kinder von den Kixis hatten ihr Fortgehen bemerkt. Sie rannten zu Sambas Mann und riefen ihm zu: »Samba ist davongelaufen!« Er ließ seine Arbeit liegen, eilte nach Hause und mußte feststellen, daß Samba wirklich mit den Kindern verschwunden war.
Er folgte dem Weg, den sie genommen hatte. Bald erspähte er sie in der Ferne, begann zu rufen und sang dann:

»Ngunda hat mich verlassen.
Kadinga geht mit ihm.
Ngunda hat mich verlassen.
Kadinga geht mit ihm.
Ngunda hat mich verlassen.
Kadinga geht mit ihm.«

Und die junge Frau sang als Antwort:

»Ngunda ist ein Kind.
Kadinga ist ein Kind.
Papa, Ngunda
und Kadinga gehen fort.«

Samba nahm aus ihrem Gepäck eine Kalebasse mit Hirse und streute die Hirse auf den Boden. Bald erreichte ihr Mann die Stelle, fand die Hirse, hob sie auf, wobei er sang:

»Heb es auf,
heb es auf,
vergeude die Frucht nicht!«

Beim Weitermarsch sangen beide noch einmal ihr Lied. Dann warf Samba Sesam auf den Boden, und ihr Mann las ihn auf und sang dabei:

»Lies es auf, lies es auf,
heb es auf, heb es auf,
vergeude die Nahrung nicht!«

Nachdem Samba noch einmal Korn auf den Boden gestreut hatte, erreichte sie mit ihren drei Kindern den großen Fluß. Sie konnte ihn gerade noch überqueren, dann stieg das Wasser, so daß ihr Mann ihr nicht folgen konnte.

Samba gelangte in ihr Heimatdorf. O wie glücklich waren da alle Leute: »Samba ist zurückgekommen! Wir glaubten, du seiest tot, woher kommst du?« riefen alle durcheinander. »Ein Kixi hatte mich verschleppt. Seht, ich bekam drei Kinder von ihm: das hier ist Ngunda, das ist Kadinga, und der Jüngste heißt Papa. Jetzt bin ich fortgelaufen«, erzählte sie ihnen. Ihre Verwandten umarmten sie, und man schlachtete vor Freude eine Ziege.

Traurig kehrte der Kixi nach Hause zurück, und alle anderen Kixis lachten ihn aus und riefen: »Freund, hatten wir dir nicht damals gesagt: Essen wir sie lieber, eines Tages wird sie uns davonlaufen? Aber du wolltest nicht. Jetzt ist deine Frau mit den Kindern für immer entwischt.« –

»Ihr habt recht, aber was kann ich jetzt noch tun«, antwortete er. Und damit ist die Geschichte aus.

Der Fuchs und der Maulwurf

Bei einem gemeinsamen Essen schlossen Fuchs und Maulwurf Freundschaft. »Immer werde ich Küken fangen, mein lieber Maulwurf«, versicherte ihm der Fuchs. Und der Maulwurf beteuerte: »Und ich werde stets für Mehl sorgen.« Nach dieser Übereinkunft begaben sie sich zur Ruhe.
Am nächsten Morgen fing der Fuchs ein Huhn, und der Maulwurf grub einen Gang bis zu der Stelle, wo die Frauen Mehl bereiteten. Dort bohrte er ein Loch in den Mehlsack und füllte seinen Beutel, bis er randvoll war. Im Haus des Maulwurfs wartete schon der Fuchs mit dem Huhn. Gemeinsam bereiteten sie das Essen, und nachdem sie ausgiebig gespeist hatten, legten sie sich schlafen.
Am folgenden Morgen erklärte der Fuchs: »O Freund, ich werde wieder ein Huhn fangen.« Auch der Maulwurf wollte die Freundschaft bekräftigen und sprach: »Ich kümmere mich um das Mehl für den Brei.« Jeder entfernte sich in eine andere Richtung und erledigte seine Arbeit. Gemeinsam bereiteten sie wieder das Mahl, und als es fertig war, schlug der Fuchs vor: »Wir wollen vor dem Essen ein Bad nehmen.« Der Maulwurf war sofort einverstanden, und die beiden wanderten zum Fluß. Der Maulwurf aber hatte vom Haus bis zum Fluß einen Tunnel gegraben.
Als erster ging der Fuchs ins Wasser. Er schwamm bis zur Mitte des Flusses und kehrte dann ans Ufer zurück. Der Maulwurf meinte: »Wenn ich jetzt ins Wasser gehe, wirst du mich lange nicht sehen.« – »Geh erst einmal hinein, dann werde ich schon merken, was geschieht«, entgegnete der Fuchs. Der Maulwurf verschwand, kroch durch seinen Tunnel ins Haus und aß die ganze Mahlzeit allein auf. Satt und zufrieden gelangte er durch seinen geheimen Gang wieder zum Fluß. Seinen Kopf aus dem Wasser steckend, rief er: »Fuchs, komm, wir gehen jetzt!« Und so machten sich beide wieder auf den Weg. Zu Hause war von den Speisen nichts mehr übrig. Verwundert fragte der Fuchs: »O Freund, wer hat wohl unser

Mahl aufgegessen?« Scheinheilig entgegnete der Maulwurf: »Das weiß ich nicht. Wir waren doch beide baden, wie soll ich da wissen, wer das getan hat?« Dann schwiegen sie.
Am nächsten Morgen verkündete der Fuchs: »Heute lege ich mich wieder auf die Lauer, um ein Huhn zu fangen.« Auch der Maulwurf versprach: »Ich sorge für den Brei.« Diesmal fing der Fuchs eine dicke Glucke, und noch bevor der Maulwurf nach Hause zurückgekehrt war, hatte er sie schon zubereitet, so daß beide nur noch den Brei kochen mußten. Diesmal schlug der Maulwurf vor, zuerst zu baden. Nur zögernd stimmte der Fuchs zu: »Hast du vergessen, daß gestern, als wir vom Baden kamen, nichts mehr von dem schönen Essen da war?« – »Dann dürfen wir keine Zeit verlieren, damit wir schnell wieder hier sind.« So begaben sich beide zum Fluß, und der Maulwurf hinterging seinen Freund wie am vorangegangenen Tag. Mit vollem Bauch mahnte er den Fuchs zur Heimkehr.
Als der Fuchs entdeckte, daß wieder nichts mehr da war, jammerte er: »O Freund, wer war das nur?«, denn er war sehr hungrig. »Ich weiß es nicht«, erwiderte der Maulwurf. »So etwas hatte ich schon befürchtet. Deshalb wollte ich ja auch zuerst essen und erst anschließend zum Fluß gehen. Aber du wolltest unbedingt zuerst baden! Nun hat ein anderer alles weggegessen.«
Einen Tag später teilte der Fuchs dem Maulwurf mit, daß er erst in der Mittagszeit ein Huhn fangen wollte. »Sicher, du kannst bis dahin warten«, meinte der Maulwurf, »aber ich muß jetzt gehen, denn mittags haben sich die Frauen bereits zerstreut, und ich bekomme kein Mehl mehr!« Und eilig begab er sich zu dem Platz, wo das Mehl bereitet wurde.
Der Fuchs überlegte: ›Vielleicht ist der Maulwurf selbst der Dieb?‹ Daher suchte er das Gras rings um die Behausung ab, und schließlich fand er einen Maulwurfshügel und den Tunnel, der vom Haus bis an den Fluß reichte. Um sich Gewißheit zu verschaffen, brachte er eine Falle an. Danach legte er sich auf die Lauer, fing ein Huhn und bereitete gemeinsam mit dem Maulwurf das Essen zu. Anschließend begaben sich die beiden wieder zum Fluß.

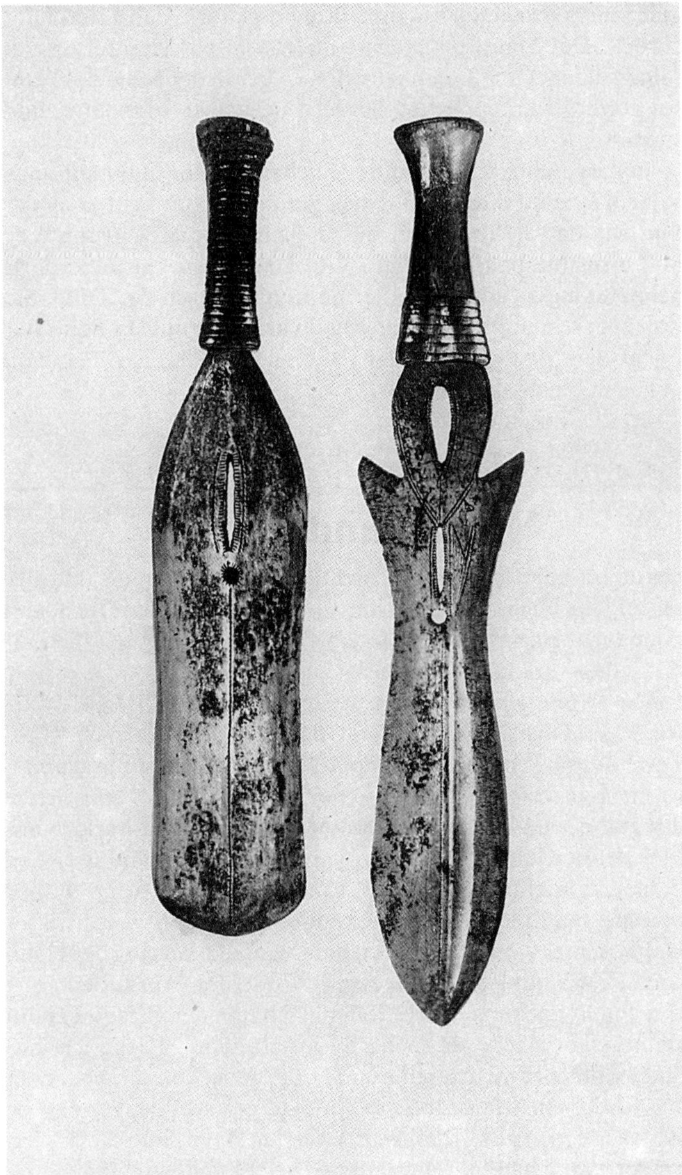

Der Fuchs schwamm bis zur Mitte und kehrte dann zum Ufer zurück. Der Maulwurf tauchte im Wasser sofort unter, betrat seinen Tunnel und kroch vorwärts. Aber in der Nähe des Hauses geriet er in die Falle, die der Fuchs ausgelegt hatte, und starb.
In der Zwischenzeit stand der Fuchs am Ufer und hielt nach seinem Freund Ausschau. Nach geraumer Zeit kam er zu der Ansicht, daß er ihn suchen müsse. Er machte sich auf den Weg und erreichte bald das Haus. Oh! Das Essen war unberührt! Schnell ging er ums Haus herum und sah nach der Falle. Sie war zugeschnappt, und der Maulwurf war tot. Da holte der Fuchs den Maulwurf aus der Falle und fraß ihn auf. Und von nun an lebte er allein weiter.

Hahn und Fuchs

Schon oft habe ich die Geschichte von dem Hahn erzählt, der mit einem Fuchs Freundschaft geschlossen hatte. Der Hahn blieb nicht gern zu Hause; jeden Tag ging er weg, um die Zeit mit seinem Freund, dem Fuchs, zu verbringen.
Eines Tages, als der Hahn wieder bei ihm zu Besuch war, fragte der Fuchs: »Mein Freund, das Ding da auf deinem Kopf, wenn du mit jemandem kämpfst, und du schlägst ihn damit – ist er dann verwundet?« – »Aber, mein Lieber«, antwortete der Hahn, »du bist ja verrückt! Mein Kamm, der ist doch aus Fleisch, der kann niemanden verwunden.« – »Und ich habe immer befürchtet, du könntest mich verletzen, wenn du mir bei unseren Spielen zu nahe kamst!« meinte der Fuchs. Der Hahn lachte. Sie spielten noch eine Weile, dann ging der Hahn nach Hause, und der Fuchs zog sich in seinen Bau zurück.
Der Fuchs dachte bei sich: ›Da bin ich nun dem Freund Hahn stets ausgewichen, weil ich mir gesagt habe: ‚Packe ich ihn, dann schlägt er mich mit diesem Ding, dem Kamm.' Aber nein – es ist nur ein Stück Fleisch!‹ Er legte sich schlafen.
Als es Morgen geworden war, kam der Hahn, und die beiden spielten miteinander. Da stellte sich der Fuchs auf einmal hin-

ter den Hahn und packte ihn im Genick. Sie kämpften. »Schäme dich!« rief der Hahn. »Wie behandelst du mich, du, mein Freund!« Der Fuchs biß kräftig zu, und der Hahn war tot. Der Hahn hatte mit einem Fuchs Freundschaft geschlossen. Früher wagte sich der Fuchs, wenn er alt war, höchstens einmal an eine Henne. An einen Hahn traute er sich nicht heran, weil er sich sagte: ›Der wird mich verletzen!‹ Erst als der Hahn selbst ihn darüber aufklärte: »Mein Kamm ist aus Fleisch und kann niemandem gefährlich werden«, änderte der Fuchs seine Meinung. Seitdem tötet er auch Hähne. Ich habe meine kleine Geschichte erzählt, sie ist zu Ende.

Nianga und seine Hunde

Ich will von Nianga dia Ngenga erzählen, dem Jäger. Er heiratete zwei Frauen. Nianga hatte zwei Hunde, eine Hündin und einen Rüden. Auf der Jagd erlegte er viel Wild, aber eines Tages mußte er feststellen, daß er kein Tier mehr schießen konnte. In seiner Not faßte er den Entschluß: »Ich will einen Medizinmann aufsuchen, der soll mir eine Medizin zubereiten.«

Er ging zum Medizinmann und erzählte ihm von seinen Schwierigkeiten. Der Medizinmann bereitete ihm etwas zu und gab ihm dann folgende Verhaltensregeln: »Wenn du im Hause deiner älteren Frau geschlafen hast, dann darfst du auf den Hochsitz klettern. Hast du die Nacht aber im Haus deiner jüngeren Frau verbracht, darfst du den Hochsitz nicht benutzen, du mußt dich auf einen Termitenhügel setzen.« Der Jäger bedankte sich und ging. Wochenlang jagte er nun wieder erfolgreich.

Eines Tages begab er sich wieder zusammen mit seinen beiden Hunden auf die Jagd. Als er den Hochsitz erreicht hatte, kletterte er hinauf. Seine Hunde setzten sich darunter. Nach einer Weile kam ein Tier. Nianga legte das Gewehr an und schoß. Sofort stürzte das Tier zu Boden, und die Hunde töteten es endgültig. Jetzt wollte der Jäger wieder vom Baum herabstei-

gen, aber er war dazu nicht imstande. Mit allen Kräften versuchte er, hinunterzugelangen, aber alle Versuche blieben erfolglos. Die Sonne war bereits untergegangen, und noch immer saß der Jäger verzweifelt auf dem Hochsitz.
Der Rüde überlegte und sprach zu sich: ›Wenn ich nichts sage, kann mein Herr nicht wieder vom Baum herunter.‹ Und so rief er laut: »Wirf mir das Beil zu, damit wir dein Leben retten können.«
Nianga ließ sein Beil auf den Boden fallen. Der Hund hob es auf und fällte einen Baum, die Hündin schleppte ihn zum Hochsitz und lehnte ihn daran. Der Rüde befahl seinem Herrn: »Setz einen Fuß auf den gefällten Baum!« Nianga befolgte die Anweisung und gelangte auf den Boden. Dann zog er dem erlegten Tier das Fell ab, zerteilte es und band alles in dem Fell zusammen.
Bevor sie sich auf den Heimweg machten, sagten die Hunde zu ihm: »Herr, du hast heute die Anweisungen des Medizinmannes vergessen und bist auf den Baum geklettert, aber wir haben dich heruntergeholt. Was wir zu dir gesagt haben, hast du verstanden. In Zukunft wirst du alle Tiersprachen verstehen. Was das Huhn spricht, wirst du hören, was die Ziege spricht, wirst du vernehmen, was der Hund sagt, kannst du verstehen, auch dem kleinen Vogel im Wald kannst du lauschen. Alle Tiersprachen verstehst du, aber du mußt darüber schweigen. Läßt du über deine Fähigkeiten auch nur ein Wort verlauten, wirst du sterben.« Der Jäger erwiderte: »Es ist in Ordnung.« Er hob die Beute auf und kehrte mit den beiden Hunden nach Hause zurück.
Am nächsten Morgen kochten die Frauen Brei. Der Jäger nahm das Fleisch, legte es mit Soße und Brei auf einen Teller und stellte es den Hunden hin. Überrascht fragten seine Frauen: »Warum gibst du den Hunden das Fleisch?« – »Ich gebe es ihnen, weil ich täglich mit ihnen unterwegs bin und sie mir helfen.« Die Frauen schwiegen. Die übrigen Teile des erlegten Tieres hatte Nianga an die anderen Dorfbewohner verteilt.
So vergingen einige Tage. Wenn die Tiere miteinander sprachen, verstand sie der Jäger, aber er schwieg darüber. Eines

Tages saß er vor seinem Haus. Die Hunde hatten sich ihm zu Füßen niedergelegt. Seine Hauptfrau stampfte gerade Korn im Mörser. Die Hühner flüsterten mit der Ziege, und die Ziege sagte: »Heute kommt Besuch, man wird ein Huhn schlachten.« Aber die Hühner erwiderten: »Dich wird man schlachten, Ziege, weil du so fett geworden bist.« Und die Ziege gab zur Antwort: »Zuerst töten sie dich, mein liebes Huhn, aber morgen bringen sie leider auch mich um.«

Als Nianga das hörte, fing er laut an zu lachen. Seine Frau blickte von ihrer Arbeit auf, drehte sich nach ihm um, um zu erkunden, warum er lachte. Im gleichen Augenblick bemerkte sie in der Ferne ihre Mutter, die sich ihnen, mit Lumpen beladen, näherte. Die Frau fragte ihren Mann: »Warum lachst du über meine Mutter, die dort kommt und Lumpen trägt?« – »Deine Mutter habe ich nicht kommen sehen. Ich lache über meine eigene Angelegenheit, habe an etwas anderes gedacht.« Aber seine Frau glaubte ihm nicht: »Du lügst, du hast über meine Mutter gelacht.« Als die Mutter das hörte, war sie sehr ungehalten und meinte: »Schwiegersohn, du hast mich beleidigt.« Sie weigerte sich, das Haus ihrer Tochter zu betreten, und suchte jemand anderen im Dorf auf. Ihre Tochter bereitete das Mittagessen und brachte es dorthin, aber die Mutter nahm es nicht an.

Zu Hause schalt sie ihren Mann aus: »Du hast meine Mutter beleidigt!« Nianga verteidigte sich: »Aber ich habe dir doch erzählt, daß es meine eigene Angelegenheit war, über die ich gelacht habe. Ich dachte an etwas ganz anderes.« Doch die Frau schrie wütend: »Dann bestehe ich darauf, daß du mir von dieser Angelegenheit berichtest. Wenn du mir nichts erzählst, dann hast du über meine Mutter gelacht.« – »Komm, laß uns erst einmal schlafen gehen«, beschwichtigte sie der Mann, »morgen werde ich darüber sprechen.« Dann legten sie sich schlafen.

Am Morgen ließ der Mann alle Einwohner des Dorfes zusammenrufen. Vollzählig erschienen sie. »Liebe Freunde, hört bitte, was ich euch mitzuteilen habe. Ich spreche zu euch, denn ich werde sterben. Aber denkt jetzt bitte nicht an meinen Tod«, und er fuhr fort: »Liebe Freunde, ich bin Jäger. Eines

Tages begab ich mich zu einem Medizinmann, der mir Medizin bereitete und mir folgende Weisung erteilte: ›Wenn du im Hause deiner jüngeren Frau geschlafen hast, dann steig nicht auf den Hochsitz.‹ Vor einigen Wochen ging ich mit meinen Hunden jagen. Diesmal vergaß ich die Vorschrift, die mir der Medizinmann erteilt hatte. Ich schoß ein Tier, das zu Boden stürzte, aber ich konnte nicht mehr vom Hochsitz herabsteigen. Meine Hunde haben mir geholfen und erklärten mir dann: ›Wir haben dich vom Hochsitz heruntergeholt. Von jetzt an bist du in der Lage, alle Tiere zu verstehen. Aber sprich zu niemandem ein Wort darüber. Erzählst du es doch jemandem, mußt du sterben.‹ Ich war damit einverstanden und lebte eine Zeitlang recht zufrieden. Gestern flüsterten die Hühner mit der Ziege. Ich verstand, was sie sagten, und mußte lachen. Daß meine Schwiegermutter gerade in dem Augenblick kam, wußte ich nicht. Meine Frau stritt mit mir und zwang mich, die Vorschrift, die mir meine Hunde gaben, heute zu brechen, denn sie bestand darauf, zu erfahren, worüber ich gelacht hatte. Liebe Freunde, um euch das mitzuteilen, habe ich euch alle zusammengerufen. Ich werde jetzt sterben. Lebt wohl.« Und die Bewohner erwiderten: »Geh mit Gott.« Nianga stand auf und betrat sein Haus. Lange blieb er allein dort. Als seine Frau das Haus betrat, war er bereits tot.

Niangas Verwandte kamen zu der Frau und sagten: »Frau, du hast schuld am Tod unseres Verwandten. Hättest du ihn nicht gezwungen, sein Geheimnis preiszugeben, könnte er jetzt noch leben. Nun mußt du für ihn bezahlen.« – »Wieviel muß sie denn zahlen?« erkundigten sich die Onkel der Frau. »Sie muß uns sechs Rinder geben.« Die Onkel brachten die sechs Rinder und beglichen die Schuld. An dem Tag, als der Jäger Nianga starb, ließen auch seine treuen Hunde ihr Leben.

Wenn wir noch mehr erzählen wollen, laßt uns erzählen. Aber wenn wir müde sind, laßt uns zur Ruhe gehen. Die Geschichte ist zu Ende.

Die Jungverheiratete und ihre Schwäger

Ich will eine kleine Geschichte erzählen. Ein junger Mann hatte vier Brüder. Eines Tages begegnete er einem Mädchen, das ihm sehr gefiel, und er heiratete es. Vier Tage schlief die junge Frau in ihrem Brautgemach, dann erst kehrte sie zu den anderen zurück, um die üblichen Tätigkeiten zu verrichten. Sie stellte einen Topf mit Brei auf den Herd und wartete, bis er gar war. Eine Schüssel füllte sie für ihren Mann, vier andere für ihre Schwäger und ging, ihnen den Brei zu bringen.

Die vier Brüder sagten: »Bevor wir deinen Brei essen, mußt du erst unsere Namen nennen.« – »Aber ich kenne sie doch nicht«, erwiderte die junge Frau. »Wenn du nicht weißt, wie wir heißen, nimm deinen Brei wieder mit!« Sie nahm die Schüsseln und ging nach Hause. Gemeinsam aßen der Mann und seine Frau den Brei, dann legten sie sich schlafen.

Am nächsten Morgen kochte sie wieder Brei, aber ihre Schwäger weigerten sich auch diesmal, ihn anzunehmen, weil die junge Frau ihre Namen nicht nennen konnte. Sie überlegte, wie sie die Namen wohl erfahren könnte.

Den folgenden Tag verbrachte man wie gewöhnlich. Als sich der Abend näherte, nahm die junge Frau eine getrocknete Maniokwurzel, sagte ihrem Mann, daß sie Mehl bereiten wolle, und lief zum Mörser. Sie legte die Maniokwurzel hinein und fing an zu stampfen. In der Nähe stand ein Baum, und in seinem Wipfel saß ein kleiner Vogel. Als die junge Frau beim Stampfen war, sang er:

»Du kennst die Namen deiner Schwäger nicht?
Hör zu, ich sag sie dir!
Sie stampft!
Hör zu, ich sag sie dir!
Der eine ist Tumba Sikundu!
Der andere ist Tumba Sikundu Muná!
Hör zu, ich sag sie dir!
Sie stampft!
Hör zu, ich sag sie dir!

Der eine heißt Tumba Kaulu,
der andere Tumba Kaulu Muná!
Hör zu, ich sag sie dir!
Sie stampft!
Die Namen weißt du nun!«

Die junge Frau warf den Stößel hin, verjagte den Vogel mit einem Stein und rief: »Mach doch nicht so einen Lärm!« Danach stampfte sie weiter, und als sie fertig war, ging sie nach Hause, um den Brei zu kochen. Die Schwäger lehnten ihn wieder ab, weil die junge Frau die Namen noch immer nicht wußte. Als sie am folgenden Tag zum Mörser kam, flog auch der kleine Vogel hin und sang sein Lied noch einmal. Nachdem die junge Frau ihn verjagt hatte, stutzte sie auf einmal: ›Was hat der kleine Vogel da gesungen? – Jetzt verstehe ich! Er hat mir ja die Namen meiner Schwäger verraten!‹

Sie kochte Brei und brachte ihn zu ihren Schwägern. »Wenn wir den Brei essen sollen, sag unsere Namen«, empfingen die vier Brüder sie. Die junge Frau stellte die Schüsseln ab, ging dann von einem zum andern und sagte: »Das ist Tumba Sikundu, das ist Tumba Sikundu Muná, du bist Tumba Kaulu und du Tumba Kaulu Muná.« Da freuten sich die Brüder und lachten. Natürlich aßen sie nun den Brei auf. Von nun an wohnten die vier Schwäger mit im Haus ihres Bruders und seiner Frau.

Von der Frau, die nur Fisch essen wollte

Die Geschichte erzählt von Kimalauezu Kia Tumb'a Ndala und seiner Frau. Sie lebten vor sehr langer Zeit. Als Kimalauezus Frau schwanger war, aß sie kein Fleisch, nur nach Fisch verlangte sie. Jeden Tag fing der Mann viele Fische, und so kam es, daß die Fische in einen anderen Fluß flohen.

»Bereite mir Essen«, sagte Kimalauezu zu seiner Frau. Die

Frau kochte Essen, und Kimalauezu wanderte zu dem Fluß, in den die Fische geflohen waren. Dort baute er sich ein Schutzdach, setzte sich und aß. Dann beschloß er: ›Ich werde fischen.‹ Er warf sein Netz aus, aber er fing keinen Fisch. Er warf das Netz ein zweites Mal ins Wasser und fing wieder nichts. Beim dritten Mal merkte er, daß das Netz sehr schwer war, und nach einer Weile hörte er eine Stimme: »Warte, denn dein Freund ist Vater einer Familie.« Kimalauezu wartete, da ertönte die Stimme ein zweites Mal: »Zieh jetzt!« Kimalauezu zog einen großen Fisch heraus, legte ihn in seinen Korb und machte sich auf den Heimweg. Aber alle anderen Fische folgten dem großen Fisch, und Kimalauezu hörte noch im Gras das Geräusch, das sie verursachten: »Ualalá, ualalá.«
In der Nähe seines Hauses kamen ihm seine Frau und die Nachbarn entgegen. Zu Hause übergab der Mann den Fisch seiner Frau, damit sie ihn zubereite. »Nein«, bat die Frau, »schuppe du den Fisch.« Doch der Mann wollte das nicht tun, und so begann die Frau selbst, ihn abzuschuppen. Dabei sang der Fisch:

»Wenn du mich abschuppst, dann schuppe mich gut!
Wenn du mich abschuppst, dann schuppe mich gut!«

Als sie fertig war, legte die Frau den großen Fisch in einen Topf. Aber der Fisch ließ nicht ab von seinem Gesang. Nachdem er gekocht war, verteilte die Frau ihn auf fünf Teller und lud ihren Mann und die Nachbarn zum Essen ein. Alle lehnten ab. Da aß die Frau ganz allein.
Nach dem Essen holte sie ihre Pfeife, rollte die Matte vor ihrem Haus aus, setzte sich gemütlich nieder und rauchte. Während sie so dasaß, ertönte eine Stimme aus ihrem Bauch, die fragte: »Wo soll ich herauskommen?« Die Frau erwiderte: »Komm aus meinen Fußsohlen.« – »Aus deinen Fußsohlen, auf denen du im Schmutz herumgelaufen bist, kann ich nicht kommen!« – »Komm doch aus meinem Mund«, meinte die Frau. »Durch deinen Mund, der mich verschlungen hat!« entrüstete sich der Fisch. »Dann komm doch, woher du willst«, antwortete die Frau gleichgültig.
»Vielleicht hier?« fragte der Fisch. Und in dem Moment barst die Frau mittendurch. Der Fisch aber kehrte zum Fluß zurück.

Die treuen Hunde

Vor sehr langer Zeit lebten in einem Dorf zwei Männer, Ndala der Ältere und Ndala der Jüngere. Eines Tages sprachen sie zueinander: »Wir wollen auf die Jagd gehen.« Der jüngere Mann besaß zwei Hunde, der eine hieß Mutelembe, und der andere wurde Ngunga gerufen. Diese beiden Hunde nahm er auch mit zur Jagd. Im Jagdgebiet angekommen, bauten sie sich zuerst eine Grashütte, in der sie einige Nächte übernachten konnten. Jeden Tag durchstreiften sie den Wald, und der jüngere Mann schoß viele Tiere, der ältere dagegen hatte überhaupt keinen Erfolg. Nachdem ein Monat vergangen war, schlug der Jüngere vor: »Wir wollen nun nach Hause zurückkehren.«
Sie machten sich auf den Weg. Der Ältere überlegte: ›Gemeinsam gingen wir jagen, das Kind tötete das Wild, aber ich, der Ältere, schoß nicht ein Tier. Wenn ich zu Hause ankomme, muß ich mich schämen!« Und so tötete er den Jüngeren. Er nahm die Eingeweide heraus und warf sie Mutelembe hin. Mutelembe roch daran und weigerte sich, die Innereien zu essen. Da gab er sie dem anderen Hund, dem Ngunga, aber auch der fraß sie nicht. Der Mann hob nun den Korb mit dem erjagten Wild auf und ging weiter. Die Hunde blickten auf ihren Herrn, der getötet worden war, und begannen zu singen:

»Ndala der Ältere
und Ndala der Jüngere,
sie zogen aus,
um einander zu vernichten.
Wir preisen
Mutelembe und Ngunga,
denn sie haben nicht gegessen,
was man ihnen vorwarf.«

Ndala der Ältere verstand die Hunde, er setzte seinen Korb mit Fleisch nieder und tötete einen Hund, damit er bei der Rückkehr den Mord an dem Jüngeren nicht verriet. Dann griff er wieder nach seinem Korb und schritt weiter. Aber der Hund, den er getötet hatte, erwachte wieder zum Leben und sang das Lied noch einmal. Wieder setzte er den Korb ab, legte

eine Pause ein, tötete diesmal beide Hunde und grub auch noch ein tiefes Loch, in das er sie warf. Die Hunde krochen wieder aus dem Grab und sangen beide:

»Ndala der Ältere
und Ndala der Jüngere,
sie zogen aus,
um einander zu vernichten.
Wir preisen
Mutelembe und Ngunga,
denn sie haben nicht gegessen,
was man ihnen vorwarf.«

Der Mann erreichte das Dorf und betrat dann sein Haus. Kurz darauf fragten ihn die anderen Dorfbewohner: »Ihr seid doch zu zweit jagen gegangen? Wo ist denn der jüngere Ndala?« – »Er stattet seiner Heimat einen kurzen Besuch ab«, erwiderte der Ältere. In dem Moment kamen die beiden Hunde angelaufen. Sie betraten das Haus ihres Herrn und sangen noch einmal sehr laut das Lied. Alle Bewohner näherten sich dem Haus und riefen: »Hört, die Hunde singen! Du, Ndala, gingst mit dem Jüngeren und hast ihn getötet. Seine Hunde erzählen es uns gerade!« Dann begannen sie mit der Totenklage.

Der Löwe und der Wolf

Eines Tages brüllte der Löwe in der Gegend herum: »Auf der ganzen Welt gibt es niemanden, der mir an Stärke gleicht! Nur mein Freund, der Elefant, und die rote Ameise sind mir ebenbürtig!«

Zufällig lag der Wolf gerade zu der Zeit in einem Dickicht und hatte die Worte des Löwen vernommen. Er sprang auf, und in einiger Entfernung vom Löwen stellte er ihn zur Rede: »Mein Freund«, sprach er, »du lügst, wenn du behauptest, daß dir auf der ganzen Welt niemand gleicht. Der Allwissende ist stärker!« Wütend lief er ein Stück davon, drehte sich noch einmal um und rief dem Löwen nach: »Der Waffenträger ist stärker!«

Voller Zorn sah der Löwe den Wolf an, und seine Mähne

sträubte sich. Mit einem Sprung versuchte er, sich auf den Wolf zu stürzen, doch der rannte in großen Sätzen davon. Der Löwe verfolgte ihn, mußte aber nach einer Weile die Jagd aufgeben.
Deshalb hassen Löwe und Wolf einander. Der Löwe hatte gelogen, und der Wolf stellte ihn bloß.

Der Schmied und die Krähen

Eines Tages machte sich ein Schmied auf den Weg, seine Hakken zu verkaufen. Er kam in ein Dorf und traf dort die Krähen. Laut pries er seine Ware an und rief: »Hacken zu verkaufen! Biete wunderschöne Hacken!« Als die Krähen das vernahmen, sagten sie: »Uns gefallen deine Hacken. Laß sie uns hier. Später werden wir dir Bienenwachs dafür geben. In genau drei Monaten leeren wir die Waben, dann kannst du wiederkommen und deine Bezahlung abholen.« Der Schmied war einverstanden und überließ den Krähen alle Hacken.
Dann ging er wieder seiner Arbeit nach. Als drei Monate vergangen waren, besann er sich auf die Worte der Krähen und meinte: »Jetzt ist wohl der richtige Zeitpunkt, den versprochenen Lohn zu holen.« Er fand sie alle in ihrem Dorf versammelt. Nach einer höflichen Begrüßung forderte er: »Gebt mir nun das Wachs!« Listig erkundigten sich die Krähen: »Wem hast du denn die Hacken übergeben?« – »Na, euch«, sagte er laut und bestimmt. »Bevor man die Fasern des Baobab verarbeitet, muß man erst die Rinde abschälen. Du mußt die Krähe benennen, der du deine Hacken gegeben hast. Du kannst nicht einfach sagen, ich habe sie euch gegeben. Wir sind hier alle versammelt, unsere Gesichter ähneln sich, und wir haben die gleiche Farbe, deshalb mußt du den Namen der Krähe sagen, der du die Hacken gegeben hast. War es Petele oder Lumingu? Diese Krähe wird dich dann bezahlen.« Als der Schmied das gehört hatte, war er so betroffen, daß er im ersten Moment keine passende Antwort fand. Nach langem Schweigen sprach

er schließlich verärgert: »Ich werde euch vor den Richter bringen!«
Traurig ging er nach Hause und begab sich zur Ruhe. Am nächsten Morgen suchte er den Richter auf und schilderte ihm seinen Handel mit den Krähen. Der Richter versprach, ihm zu helfen, und ließ alle Krähen rufen. Vollzählig erschienen sie. Ringsum war alles schwarz vor Krähen. Der Schmied verkündete noch einmal laut und deutlich seine Klage, dann ergriff der Richter das Wort und sprach: »Stimmt es wirklich, ihr Krähen, daß der Schmied für seine Ware nicht bezahlt wurde?« – »Ja, Herr, er hat die Wahrheit gesagt, aber«, rechtfertigten sie sich, »der Mann muß genau sagen, welche Krähe eine Hacke bekommen hat. Wir sind hier vollzählig versammelt. Der Schmied sitzt gleichfalls in unserer Mitte, laß ihn die Krähe heraussuchen, der er die Hacken gegeben hat. Sie muß ihn dann bezahlen.« Der Richter schüttelte bedenklich den Kopf, dann bemerkte er mit ernster Stimme: »Die Angelegenheit ist für mich zu schwierig. Schmied, nenn die Krähe, der du die Hacken überreicht hast.« Aber der arme Mann konnte nur erwidern: »Den Krähen!« Noch einmal erhoben die Krähen ihre Stimme und sagten: »Wir sind alle hier versammelt. Such diejenige aus unserem Kreis, die deine Hacken besitzt, und sie soll dich entlohnen.« Der Schmied konnte sie natürlich nicht herausfinden, und der Richter war auch nicht in der Lage, eine Entscheidung zu treffen.
Er schwieg. Auf einmal kam eine Taube geflogen. Vom Ast eines nahen Baumes erkundigte sie sich nach der Ursache des Streites. Voller Verzweiflung berichtete der Schmied von seinem Ärgernis mit den Krähen. Nachdem die Taube ein wenig überlegt hatte, sagte sie bestimmt: »Ich werde die Angelegenheit sofort entscheiden.« Einmal flog sie um die Krähen herum, blickte hierhin und dorthin, ließ sich wieder auf dem Baum nieder und befahl in ernstem Ton: »Schmied, binde die da und jene dort drüben, die hier vorn und die kleine da, aber fest!« Der Mann handelte, wie ihm die Taube befohlen hatte. Und wirklich beichtete die eine: »Ja, ich besitze Hacken«, während die andere jammerte: »Ich habe keine. Bindet mich los, dann bin ich auch bereit, den Schuldigen zu suchen.«

Schließlich gaben ihm alle Festgebundenen Wachs, so daß die Schuld beglichen war.
Durch die Klugheit der Taube konnte der Streit zwischen dem Schmied und den Krähen beigelegt werden. Es heißt immer, die Taube gurrt. Aber das stimmt nicht, sie richtet in dem Augenblick den Streitfall des Schmieds.

Der Hund und die Eidechse

Der Hund war mit der Eidechse befreundet. Jeden Tag besuchte er sie. Während sie eines Tages so miteinander plauderten, meinte die Eidechse: »Ach, ihr Hunde, ihr lebt zusammen mit den Menschen, begleitet sie auf der Jagd in den Busch. Nach Herzenslust könnt ihr Fleisch essen!« – »Aber, meine liebe Freundin, wir bekommen sehr wenig Fleisch«, widersprach der Hund. »Das kann nicht möglich sein, ihr geht doch immer jagen und fangt Wild.« – »Weißt du, meine Liebe«, sagte der Hund, »übermorgen werden wir wieder zur Jagd aufbrechen. Gewöhnlich wird das Fleisch unter dem großen Baum auf der Lichtung dort drüben verteilt. Am besten, du kletterst hinauf und beobachtest uns. Wenn ich mir ein Stück Fleisch nehme, wirst du sehen, daß die Menschen mich mit Stöcken schlagen!«
Danach begaben sie sich zur Ruhe. Am Morgen riefen die Männer all ihre Hunde: »Kommt, wir wollen zur Jagd!« Im Wald angekommen, töteten sie viele wilde Tiere, die sie zu dem großen Baum schleppten und dort verteilten. Während die Menschen mit der Aufteilung des Fleisches beschäftigt waren, schnappte sich der Hund ein winzig kleines Stückchen. Kaum hatten die Männer das gesehen, stürzten sich einige auf ihn und schlugen ihn heftig, so daß der Arme jaulte: »Ué! Ué!« Er schaute zum Baum hinauf. Seine Freundin blickte mitleidig auf ihn herunter, nickte und meinte: »Du hast die Wahrheit gesprochen.«

Der Elefant und der Frosch

Der Elefant und der Frosch verbrachten den gößten Teil ihrer Zeit zusammen. Eines Tages sagte der Frosch zur Braut des Elefanten: »Dein Bräutigam, der Elefant, ist mein Pferd.« Als der Elefant am Abend die Mädchen besuchte, meinten sie hämisch: »Du bist ja das Pferd des Herrn Frosch!«
Wütend kehrte der Elefant nach Hause zurück und stellte seinen Freund zur Rede: »Hast du zu meiner Braut gesagt, ich wäre dein Pferd?« Selbstverständlich leugnete der Frosch: »So etwas habe ich nie gesagt!« Gemeinsam machten sich beide auf den Weg zur Braut des Elefanten. Sie waren noch nicht weit gewandert, da jammerte der Frosch schon: »Großvater, ich kann nicht mehr, laß mich doch bitte auf deinen Rücken klettern.« Der gutmütige Elefant erlaubte das dem Frosch. Nach einer Weile klagte der Frosch wieder: »Großvater, ich falle gleich herunter. Darf ich mir einen Strick suchen, den ich um dein Maul lege, damit ich mich daran festhalten kann?« Auch das gestattete ihm der Elefant.
Nach geraumer Zeit ertönte das jämmerlich klagende Stimmchen des Froschs zum dritten Mal: »Großvater, Großvater, ich muß mir einen grünen Zweig suchen, um die Moskitos zu verjagen.« So ausgerüstet gelangten sie zum Dorf der Mädchen. Als die Mädchen die beiden erblickten, liefen sie ihnen entgegen, schrien und lachten: »Oh, Elefant, du bist wirklich das Pferd des Herrn Frosch!«

Der junge Mann und der Schädel

Es ist schon lange her, da begab sich ein junger Mann auf Wanderschaft. Plötzlich entdeckte er mitten auf dem Weg den Schädel eines Menschen. Während die anderen Wanderer einen großen Bogen darum gemacht hatten, stieß der junge

Mann den Schädel mit einem Stock an, betrachtete ihn und meinte dann laut: »Dummheit hat dich getötet.« Zu seiner größten Überraschung antwortete ihm der Schädel: »Ja, du hast recht, Dummheit hat mich getötet. Du aber wirst bald an deiner Schlauheit sterben!« – ›Daß ein Schädel zu mir spricht, ist ein schlechtes Zeichen für meine Reise‹, sagte sich der junge Mann und entschloß sich kurzerhand zur Rückkehr.
Zu Hause wandte er sich sogleich an die Alten und sprach zu ihnen: »Liebe Freunde, mir ist auf meiner Wanderung etwas Eigenartiges geschehen, geradezu ein Wunder.« – »Was für ein Wunder?« wollten die Alten wissen. »Der Schädel eines Menschen hat zu mir gesprochen«, berichtete er ihnen, »er liegt auf unserem Wanderweg.« Da lachten alle und sagten: »Oh, Mann, du erzählst uns aber eine große Lüge. Wir alle sind schon auf diesem Weg gegangen, sahen den Schädel dort liegen, aber zu keinem von uns hat er jemals etwas gesagt. Und zu dir soll er gesprochen haben? Ha, ha, ha!« Der junge Mann verteidigte sich und wollte ihnen den Beweis erbringen. Er schlug daher vor, gemeinsam zu der Stelle zu gehen, und fuhr fort: »Ich werde den Schädel mit einem Stock stoßen. Sollte er kein Wort zu mir sagen, dann könnt ihr mir den Kopf abschlagen.«
Nicht nur die Alten, auch alle anderen Dorfbewohner gingen mit zu der Stelle, wo der Schädel lag. Der junge Mann stieß ihn wieder mit seinem Stock an und rief: »Dummheit hat dich getötet!« Aber der Schädel schwieg. Erneut schlug er mit seinem Stock auf ihn ein und schrie noch lauter: »Dummheit tötete dich!« Aber der Schädel schwieg. Immer wieder versuchte der junge Mann, den Schädel zum Sprechen zu bewegen, doch alle seine Mühe war vergebens. Der Schädel blieb stumm. Ungeduldig schrie die Menge: »Oh, Mann, du hast uns belogen!« Dann schlugen sie ihm den Kopf ab. Aber nachdem sie das getan hatten, vernahmen sie zu ihrem Entsetzen die Stimme des Schädels. »Dummheit tötete mich, Schlauheit hat dich umgebracht!« – »O weh, wir haben unseren Freund zu Unrecht getötet, der Schädel hat wirklich gesprochen«, jammerten die Leute.

Vergebliches Jagdglück

Eines Tages nahm Dinianga dia Ngombe sein Gewehr und sprach: »Ich werde auf die Jagd gehen.« Im Busch beobachtete er, wie eine Antilope an einem Kaffeebaum knabberte. Er baute sich in diesem Baum einen Hochsitz und kehrte dann nach Hause zurück. Als die Zeit zum Äsen kam, lief er zu seinem Hochsitz, kletterte hinauf und wartete.

Nach einer Weile erschien die Antilope. Dinianga dia Ngombe legte sofort an und schoß. Getroffen fiel sie zu Boden. Der Jäger kletterte vom Baum, stieß das Tier mit dem Fuß an und schlug noch einmal kräftig mit dem Beil zu. Es war tot. Dinianga nahm sein Messer aus dem Gürtel und zog der Antilope das Fell ab.

Aber wie staunte er, als sich die Antilope auf einmal erhob und schnell davonrannte. Erst ein gutes Stück von ihm entfernt blieb sie stehen. Das Fell in der Hand, fragte sich der Jäger: »Welch ein Wunder! Ich habe die Antilope getötet, aber sie läuft trotzdem weg, und ich habe nur das Fell in der Hand. Antilope!« rief er ihr zu, »Schande wird dich treffen, wenn du zu deinen Eltern zurückkehrst! Sie werden dich fragen, warum du nackt bist und wo du dein Fell gelassen hast!«

»Dinianga«, antwortete die Antilope, »du wirst dich nicht weniger schämen müssen als ich! Wenn du zu Hause erzählst, daß du ein Tier erlegt hast, das dann doch davonlief, so daß dir nur das Fell blieb, wirst du für den Spott nicht zu sorgen brauchen!«

Dinianga blieb der Antilope die Antwort schuldig und ging nach Hause. Als er seinen Leuten von dem großen Wunder berichtete, daß eine Antilope, der er schon das Fell abgezogen hatte, trotzdem davongelaufen sei, lachten ihn alle aus. Die Antilope hatte gewonnen, Dinianga war der Verlierer.

Der Schakal und der Hase

Der Schakal von Ngonga und der Hase waren die allerbesten Freunde. Eines Morgens sagte der Schakal zum Hasen: »Wollen wir heute einmal im Wald spielen?« Der Hase war sofort einverstanden, und so sausten sie vergnügt in den Wald und spielten dort. »Häschen, mein Freund, ich kenne ein sehr schönes Spiel. Ich werde mich verstecken, und du mußt mich suchen.« Der Schakal rannte auch schon davon und versteckte sich. Sofort machte sich der Hase auf die Suche und fand ihn auch bald: »Hier hockst du, Schakal!« rief er. Lachend stand der Schakal auf und versteckte sich noch ein zweites Mal. Wieder entdeckte ihn der Hase.

Jetzt schlug der Hase dem Schakal vor, daß nun er ihn suchen müsse. »Auch ich werde dich finden, mein Freund«, meinte der Schakal. Der Hase kroch in eine Grube und riß seine Augen weit auf. Nach einer Weile sah der Schakal in die Grube. Welch ein Entsetzen packte ihn! Er bekam furchtbare Angst, als ihn zwei riesengroße Augen anstarrten! Schreiend sauste er davon und rief: »Was will man mir Schlechtes antun, mir, dem Schakal! Warum starren mich die Augen so an!« Und während er lief und lief, wiederholte er diese Worte immer wieder. Schließlich kam der Hase lachend aus seinem Versteck hervor und fragte den Schakal: »Sag mal, mein Freund, du bist wohl völlig übergeschnappt, derart schreiend in der Gegend herumzulaufen? Ich habe mich versteckt, und du wolltest mich finden. Aber was tust du? Nachdem du mich gesehen hast, rennst du fort!« Dann kehrten beide wieder nach Hause zurück.

Die Freundschaft ist so stark wie ein Löwe

Vor langer Zeit lebten einmal zwei Freunde. Eines Tages kam der eine zu Besuch in das Haus des anderen, und sie erzählten einander und rauchten. Der eine meinte schließlich: »Mein Freund, ich habe gehört, in der Nähe sollen sich Löwen aufhalten. Verschließ dein Haus gut. Aber schieß nicht auf sie, wenn sie kommen!« – »Sei unbesorgt, Freund«, erwiderte der andere, »die Löwen können nicht in mein Haus eindringen, ich besitze ja mein Gewehr und meinen Speer.« – »Na, nun übertreibst du aber, du kannst doch niemals mit einem Löwen kämpfen«, lachte sein Freund. »Du irrst dich, ich werde mit ihm kämpfen, sollte er versuchen, in mein Haus zu gelangen.« Nachdem sie noch eine Weile geplaudert hatten, trennten sie sich.

Aber der eine Mann besorgte sich eine Medizin, die ihm die Gestalt eines Löwen verleihen konnte. Einen Monat später trank er sie und wollte noch in derselben Nacht seinen Freund aufsuchen, seinen Freund, der die Stärke des Löwen anzweifelte.

Mitten in der Nacht schlich er sich zum Haus des Freundes. Dort verwandelte er sich in einen Löwen und brüllte einmal, zweimal und noch ein drittes Mal. Dann öffnete er mit einer Pfote die Haustür. Da fand er seinen Freund fest schlafend. Er packte ihn und warf ihn ins Freie. Zuerst zerstörte er die Trennwände, dann machte er das gesamte Haus dem Erdboden gleich. Während der Freund an dem verwüsteten Platz zurückblieb, kehrte er nach Hause zurück und verwandelte sich wieder in einen Mann.

Am nächsten Morgen sagte er: »Ich will nach meinem Freund sehen.« Der Freund berichtete ihm von den Ereignissen in der vergangenen Nacht. Da fragte er ihn: »Warum hast du denn nicht auf den Löwen geschossen oder ihn mit dem Speer getötet?« Leider konnte der andere ihm keine Antwort darauf geben. Schließlich meinte er: »Mein Lieber, der Löwe ist genauso stark wie die Freundschaft zwischen zwei Menschen.« Diese Äußerung legte ihre Meinungsverschiedenheit über die Stärke des Löwen bei.

Der Streit zwischen Leopard und Gazelle

Die Gazelle besaß eine Geiß, und der Leopard hatte einen Bock. Eines Tages bat die Gazelle den Leoparden, er möge ihr für eine Zeit von drei Schwangerschaften seinen Bock zum Decken für ihre Ziege leihen. Als Gegenleistung wollte sie ihm ein junges Geißlein geben. Der Leopard war mit dem Geschäft einverstanden und brachte ihr seinen Bock.

Nachdem die Geiß der Gazelle dreimal Junge bekommen hatte, nahm die Gazelle ein junges Geißlein und den Bock des Leoparden, um ihm die Tiere, wie es zwischen ihnen vereinbart war, zurückzubringen. Aber der Leopard lehnte ab: »Ich habe noch keinen Stall gebaut. Kehr mit den Ziegen zurück, behalte sie bei deiner Herde«, sprach er. »Wenn ich mir einen Stall gebaut habe, hole ich sie mir selbst.«

Der Gazelle blieb nichts anderes übrig, als mit den beiden Ziegen zurückzukehren und sie zu den anderen zu stecken. Natürlich stürzte sich der Bock wieder auf die Geißmutter. Nach zehn Schwangerschaften begab sich die Gazelle wieder zum Leoparden, doch auch diesmal weigerte er sich, die junge Geiß und seinen Bock anzunehmen, bemerkte aber nach einigen Wochen, daß die Gazelle inzwischen vierzig Ziegen besaß, und sprach zu ihr: »Jetzt teilen wir deine Ziegenherde.«

Die Gazelle war damit ganz und gar nicht einverstanden. Sie bot ihm an: »Ich will dir zwei Geißen zu deinem Bock geben.« Aber dem Leoparden war das zuwenig.

Schließlich kam die ganze Angelegenheit vor den Richter, den Herrn Elefanten. Ein Wildtier benachrichtigte die Gazelle:

»Übermorgen mußt du vor dem Richter, dem Herrn Elefanten, erscheinen, und dort wird der Streit zwischen dir und dem Leoparden rechtmäßig entschieden. Die Ziegen bring mit!« Als die Gazelle das vernahm, fing sie bitterlich an zu weinen und wußte nicht, was sie tun sollte. Die Schopfantilope kam eben vorbei, hörte das Klagen und erkundigte sich nach der Ursache. »Ich will den Streit zu deinen Gunsten entscheiden«, sprach sie, als die Gazelle ihr alles berichtet hatte, »aber was bezahlst du mir dafür?« Da rief die Gazelle zornig: »Verschwinde, du verärgerst mich nur noch mehr, geh weiter, sonst geht es dir schlecht!« Aus Angst vor der Gazelle eilte die Schopfantilope von dannen.

Die zwei Tage waren vergangen, und der armen Gazelle blieb nichts anderes übrig, als all ihre Ziegen zu nehmen und vor Gericht zu erscheinen. Bei ihrem Eintreffen war der Platz schon gefüllt, eine Menge Tiere waren versammelt, der Löwe, der Büffel, viele Antilopenarten und natürlich der Leopard. Die Gazelle grüßte den Herrn Elefanten. Er bat sie, Platz zu nehmen.

Nach einer Weile sah man, ein Mützchen auf dem Kopf, die Schopfantilope eilig vorüberspringen. Aus der Entfernung grüßte sie den Elefanten und die anderen Tiere. Zornig rief der Elefant: »Wer ist das, der da vorbeieilt und grüßt, ohne den Hut vom Kopf zu nehmen!« Er befahl seinem Diener, die Schopfantilope zu fangen und zu ihm zu bringen. Sollte sie sich weigern, müsse der Diener sie sofort töten. Die Schopfantilope wurde gefangen und zum Elefanten gebracht. Auf Anordnung des Richters fesselte man sie sogar. Sie erkundigte sich, welches Verbrechen man ihr zur Last lege. »Mangel an Respekt!« wütete der Elefant. »Du eilst an mir vorüber, ohne den Hut zu ziehen!« – »Entschuldige, großer Herr«, verteidigte sich die Gefangene, »ich bin sehr in Eile, denn mein Vater kommt gerade nieder, und ich bin auf dem Wege, meine Mutter zu holen, die sich auf dem Schlachtfeld befindet.« Erstaunt über diese Worte erhoben sich Löwe, Elefant und die anderen Tiere von ihren Plätzen und fragten: »Ist denn das möglich? Dein Vater bekommt Junge?« – »Aber, meine Herren, warum zweifelt ihr?« fragte hinterlistig die Schopfanti-

lope. »Wir haben noch nie erlebt, daß ein männliches Tier Junge bekommt«, erwiderten alle. »Und der Streit zwischen der Gazelle und dem Leoparden, den das Gericht gerade zu entscheiden hat?« fragte scheinheilig die schlaue Schopfantilope.
Nach einer kurzen Bedenkpause verkündeten Elefant und Löwe: »Bindet sie los! Der Streit ist entschieden. Du, Leopard, bist der Besitzer eines Bockes. Die Gazelle bat dich, ihn ihr zum Decken ihrer Geiß zu leihen. Du bekommst zwei Geißen und deinen Bock. Die Herde wird nicht geteilt, denn männliche Tiere können keine Jungen zur Welt bringen!«

Warum der Hund nicht König wurde

Der Hund sollte einmal zum König gekrönt werden. Alle erforderlichen Insignien wurden beschafft, die Krone, das Zepter, die Ringe und sogar das Fell des Mukaka. Als alles vorhanden war, sagten die Leute: »Der Tag der Krönung ist gekommen!«
Die Häuptlinge erschienen vollzählig; auch nach Musikanten mit Trommeln und Marimbas hatte man gesandt. Auf dem Fußboden lagen überall grobe und feine Matten. Unter den Stuhl des künftigen Herrschers legte man zuerst eine grobe und darüber noch eine feine Matte. »Laßt ihn Platz nehmen!« hieß es. Der Hund setzte sich. Dann verteilten die Leute die Speisen.
Kaum hatte der Hund eine Hühnerbrust entdeckt, stürzte er sich gierig darauf und rannte damit in den Wald. Enttäuscht gingen die Leute auseinander. Die Krönung fand nicht statt.
Weil der Hund sich nicht beherrschen konnte und gestohlen hatte, verlor er seinen Anspruch auf die Königswürde.

MÄRCHEN DER OVAMBO UND OVIMBUNDU

Die Lieblingsfrau

Es war einmal ein reicher Mann namens Nasilenge, der hatte drei Frauen. Die eine von ihnen war noch nicht lange mit ihm verheiratet, aber Nasilenge liebte sie am meisten. Ihr Name war Melodi.

Nasilenge ging gewöhnlich zum Weideplatz, wo sich das Vieh während der Trockenzeit aufhielt. Als er sich eines Tages um die Rinder kümmerte, hörte er in der Nähe des Wassertümpels zwei Vögel wunderschön singen. Er folgte den Stimmen und fand die Vögel in einem Loch beim Tümpel. Prachtvoll sahen sie aus, ihr Gefieder glänzte herrlich. Und welch ein Wunder, der Mann, der bisher stumm gewesen war, konnte auf einmal sprechen! Er blieb stehen und pries die Vögel, hob sie auf, brachte sie zu seiner Hütte am Weideplatz und setzte sie in einen Topf. Die ganze Nacht hindurch sangen die Vögel.

Am nächsten Tag kehrte er mit ihnen in seinen Kraal zurück. Er trug sie in dem Topf, und obwohl der Topf fest verschlossen war, blieben die Vögel am Leben. Er stellte sie in Melodis Schlafhütte ab, und von da an kümmerte sich die junge Frau sorgsam um die Tiere. Nasilenge sprach zu ihr: »Erzähle niemandem davon und, vor allem, laß die Vögel nicht wegfliegen. Sollte das geschehen, verliere ich die Sprache wieder. Dann werde ich dich töten!« – »Ich will gut für sie sorgen«, versprach Melodi ihm. Sie war glücklich, daß ihr Mann sprechen konnte wie die anderen Menschen. Jeden Tag kehrte Nasilenge nun in den Kraal zurück, hob den Deckel des Topfes an, sang, und die Vögel antworteten ihm.

Einmal stritten die drei Frauen miteinander, wer von ihnen

wohl am meisten geliebt würde. Die erste Frau sprach: »Am meisten werde ich geliebt, denn Nasilenge, unser Ehemann, läßt mich seinen Kriegsgürtel aufbewahren.« – »Das ist doch überhaupt nichts«, meinte die zweite Frau. »Mir gibt er seinen Speer, seinen Schmuck und noch alle anderen Waffen in Obhut!« Melodi schwieg dazu, und die anderen betrachteten sie als arme Frau und sagten verächtlich zu ihr: »Für dich hat unser Ehemann gar nichts übrig.« Melodi wurde das Herz schwer, denn die Frauen hörten nicht auf, sie zu verspotten und zu beschimpfen. Eines Tages konnte sie das nicht mehr ertragen und erwiderte: »Der Besitzer dieses Kraals gab mir etwas viel Besseres als euch, etwas, das mehr wert ist als sein Kriegsgürtel oder seine Waffen. Mich liebt er nämlich am meisten!«

Nun drängten die beiden sie, doch zu erzählen, was Nasilenge ihr gegeben hatte, aber Melodi blieb stumm. Da ärgerten die zwei Frauen sie mehr als je zuvor. Schließlich sagte Melodi: »Was ihr aufbewahrt, ist nichts wert, denn es lebt nicht. Ich dagegen bewahre in meiner Schlafhütte etwas sehr Lebendiges und auch sehr Nützliches auf. Mehr darf ich darüber nicht sagen, es ist ein Geheimnis!« Jetzt gaben die Frauen erst recht keine Ruhe, immer und immer wieder versuchten sie, Melodi zu bewegen, ihr Geheimnis preiszugeben. Melodi gab nach. »Was ich aufbewahre«, sagte sie, »verleiht unserem Ehemann Nasilenge die Sprache.« – »Oh! Er kann sprechen?« staunten die anderen. »Hört ihr ihn denn nicht?« fragte Melodi und fügte hinzu, »wenn ihr nur zuhören wolltet, könntet ihr ihn schon verstehen.« Nun dauerte es nicht mehr lange, und Melodi mußte die beiden anderen Frauen in ihre Hütte lassen und ihnen die Vögel zeigen. Sie ließ die beiden ein und schloß die Tür. Zunächst betrachteten die Frauen die Vögel mit tiefem Respekt, klatschten dann vor Freude in die Hände, und schließlich waren sie nicht mehr in der Hütte zu halten, sie trugen die Vögel auf ihren Handflächen ins Sonnenlicht. Wie glänzte da erst ihr Gefieder! Die Frauen kreischten vor Entzücken, aber o weh, es dauerte nicht lange, und die Vögel flogen davon.

Nasilenge war dabei, die Kühe in den Kraal zu treiben. Er sang, aber plötzlich versagte ihm die Stimme, und er war

stumm wie früher. Im Kraal eilte er zu Melodis Hütte, doch die junge Frau war längst weggegangen, zurückgekehrt ins Dorf ihrer Mutter, von wo sie einst gekommen war. Nasilenge suchte seine Vögel, doch vergebens, sie waren entflogen.
Nachdem Nasilenge herausgefunden hatte, was geschehen war, konnte er vor Ärger in der ganzen Nacht kein Auge schließen. Als der Morgen graute, sandte er einen Boten in Melodis Dorf, der sie zurückrufen sollte. Der Bote machte sich auf den Weg, stieg auf einen Hügel und sang seine Botschaft hinab ins Tal, in dem sich Melodis Dorf befand.
Melodi näherte sich. Sie war prächtig gekleidet und stützte sich auf einen eisernen Wanderstab. Ihre Eltern hatten sie so herrlich geschmückt, in der Hoffnung, daß Nasilenge, sähe er sie so, seinen Ärger verwinden und sich mit ihr versöhnen sollte. Im Näherkommen sang Melodi: »Ich werde zurückkommen, trotz allem, irgendwann werde ich kommen und Nasilenge die Vögel bringen!«
Nachdem der erste Bote unverrichteterdinge in den Kraal zurückgekehrt war, sandte Nasilenge Boten auf Boten. Jedesmal ereignete sich das gleiche: Melodi näherte sich, erstieg den Hügel bis zur Hälfte und kehrte wieder um, wenn sie ihren Gesang beendet hatte. Viele Male sangen die Boten ihr Lied, bis sie es schließlich leid waren. Und das war ihre Botschaft:

»Das Kind, ich nahm es zu früh zur Frau!
Ich glaubte, sie wäre die Älteste, aber
das jüngste Kind habe ich geheiratet!
Tränenüberströmt ist mein Gesicht,
ich weine, weine,
und man lacht über mich,
weil ich in Trauer bin um meine Frau!
Das Herz der Jüngsten gleicht nicht
dem Herzen der älteren Schwestern!«

Eines Tages erschien Melodi im Kraal ihres Mannes. Kaum hatte Nasilenge sie erspäht, gab er seinen Dienern ein Zeichen, die junge Frau zu töten. Ihr Körper wurde von Speeren durchbohrt und von scharfen Messern in kleine Stücke zerteilt. Melodis Vater kam und sammelte alle Stücke auf, steckte sie in eine Tasche und nahm sie mit nach Hause. Die Tasche hängte

er am Dach seiner Schlafhütte auf und wartete, aber Melodi kehrte nicht ins Leben zurück. Hatte ein Kraalbewohner vielleicht einen bösen Zauber in die Tasche gesteckt? Schließlich ragten Melodis Hände, eine nach der andern, aus der Tasche heraus, danach ein Fuß und bald darauf der zweite, und man sah, wie sich im Innern der Tasche Kopf und Antlitz abbildeten. Da holten die Leute Melodi heraus und gaben ihr reichlich zu essen, und sie war wieder ein Mensch geworden, schöner noch, als sie vorher gewesen war.
Eines Tages gab Nasilenge ein großes Fest. Man aß, trank und tanzte. Melodis Eltern kleideten die Tochter in herrliche Gewänder, schmückten die Arme mit Reifen; sie sah wunderschön aus. Als Melodi mit allem versehen war, begab sie sich ebenfalls zum Fest. »Ist das nicht Melodi, meine Frau?« rief Nasilenge aus, als er sie erblickte. Die Leute um ihn herum bestätigten es: »Ja, das ist sie!« Nasilenge wandte sich ihr zu und sagte laut: »Geh nicht fort, Melodi, bleib bei mir und werde meine Frau!«
Und so wurde Melodi noch einmal Nasilenges Frau. Auch die beiden Vögel kehrten noch einmal zu ihrem Besitzer zurück, und im selben Augenblick besaß Nasilenge wieder Macht über sein Sprechvermögen. Nasilenge gab Melodis Eltern viele Rinder und heiratete Melodi ein zweites Mal, sie blieb seine Lieblingsfrau, wie sie es schon in früherer Zeit gewesen war.

Nambaisita, der sich selbst erschuf

Vor vielen Jahren lebte einmal ein nettes, hübsches Mädchen, das in ein entferntes Land verheiratet wurde. Nach ihrer Hochzeit begann sie auf einmal Eier zu legen. Jedesmal, wenn sie ein Ei gelegt hatte, bedankte sie sich und sprach: »Mein Kind! Mein Kind!« Aber kaum hatte sie danach ihren Platz verlassen, zerbrach das Ei. Deshalb reiste sie zu ihrer Mutter und bat sie um Rat. Die Mutter trug ihr auf, das nächste Ei oben auf den Kornspeicher zu legen.

Bald wurde die junge Frau wieder schwanger, sie ging zu ihrer Mutter und blieb bis zur Geburt des Kindes dort. Auch diesmal brachte sie ein Ei zur Welt. Sie legte es auf den Kornspeicher. Als das Ei zerbrach, schlüpfte ein Kind heraus, das sofort sprechen konnte und laut verkündete: »Mein Name ist Nambaisita. Ich habe mich selbst erschaffen. Es gibt keinen Herrscher, der mir befehlen kann, nicht einmal Kalunga hat Macht über mich!«

Diese Worte hatte auch Kalunga vernommen. Er sandte einen Boten aus und ließ Nambaisita mitteilen: »Mein Freund, der du aus einem Ei geschlüpft bist, also nicht von einem Schöpfer stammst, komm zu mir!«

Als Nambaisita herangewachsen war, dienten ihm alle Tiere der Welt und gehorchten ihm als seine Untertanen. Elefanten, Löwen, Leoparden, Kaninchen, Hasen, Kudus, Spinnen, tatsächlich alle Tierarten führten seine Wünsche und Befehle aus.

Nun war die Zeit da, Kalunga aufzusuchen und die magischen Kräfte unter Beweis zu stellen. Der Herrscher erfuhr von Nambaisitas Aufbruch und setzte ihn unterwegs unzähligen Gefahren aus, um ihn am Weitergehen zu hindern. In weiser Voraussicht hatte der Junge aber alle Tiere auf die Wanderschaft mitgenommen. Plötzlich breitete sich ein riesengroßes Feld voller Disteln vor ihnen aus. Nambaisita forderte die Maulwürfe auf, Erdhügel aufzuwerfen, damit er, sein Gefolge und alle anderen Menschen den Weg weiter benutzen konnten. Nachdem sie das Distelfeld überwunden hatten, gelangten sie an einen großen Fluß. Der Junge bat die Spinnen, über dem Wasser ihre Netze auszuspannen, damit jeder die Möglichkeit hätte, den Fluß zu überqueren. Kaum waren sie am anderen Ufer, erreichte die Gruppe einen dichten Wald. Der Jüngling ließ die Elefanten einen Weg durch den Urwald bahnen, so daß auch die Menschen hindurchgehen konnten. Von dort aus stießen sie auf ein großes Kornfeld, das von einer dichten Dornenhecke umgeben war. Der Junge rief die Elefanten und die Hasen, und sie zerstörten die Hecke und auch das Kornfeld.

Bei Kalunga angekommen, stellten sie fest, daß auf dem langen Weg zum Kraal spitze Stöcke aus dem Boden ragten. Da

kamen die Elefanten, zogen die Stöcke heraus und zerbrachen sie. Als die Gruppe den Kraal betrat, begrüßte Kalunga sie, aber er war nicht besonders glücklich. Er bot ihnen Brei aus Menschenknochen und Menschenfleisch an, aber Nambaisita sprach: »Nein, so etwas essen wir ganz gewiß nicht!«
Danach kamen die Besucher in den Kraal des Herrschers und betraten den Hauptaufenthaltsraum. Hier standen Holzstühle, unter denen man aber Gruben ausgehoben und wieder bedeckt hatte. Die Ankömmlinge durchschauten die böse Absicht und setzten sich nicht nieder. Hätten sie auf den Stühlen Platz genommen, wären sie zweifellos in die Gruben gestürzt, die mit heißem Wasser angefüllt waren. Schließlich bot man ihnen ein Frühstück an, das ihren Wünschen entsprach, und danach lud Kalunga den Jungen ein, die Rinder im Viehkraal zu besichtigen.
Dort zeigte er ihnen einen seiner Bullen, der die Gewohnheit hatte, sich auf Menschen zu stürzen. Kaum hatten sie sich genähert, warf sich der Bulle auch schon Nambaisita entgegen, der aber flink auf den Lattenzaun kletterte. Kalunga rief: »Latte, lauf weg! Latte, lauf weg!« Darauf war der Junge vorbereitet. Bevor er auf den Zaun geklettert war, hatte er Kalunga eine Tasche zugeworfen, und während die Latte sich nun langsam in Bewegung setzte, rief er auch seine Zauberworte: »Kleine Tasche, erwürge ihn! Kleine Tasche, erwürge ihn!« Die Tasche spannte sich bereits fest um Kalungas Hals, da gab der Herrscher voller Angst der Latte den Befehl zur Rückkehr. Als die Latte wieder an Ort und Stelle war, sprang der Junge herunter. Nach dem kleinen Zwischenfall begaben sie sich zurück in den Kraal und verbrachten die Nacht in Frieden.
Am nächsten Morgen lud Kalunga den Jungen ein: »Komm mit mir, ich will dir mein Korn zeigen. Du wirst sehen, was für eine reiche Ernte ich in diesem Jahr haben werde.« Sie betraten die Felder, und der Herrscher bemerkte: »Du siehst hier mein Korn, aber um alles genau überblicken zu können, mußt du, mein Freund, auf den Baum dort steigen.« Ohne zu zögern stieg der junge Mann hinauf, aber beim Klettern befahl er Kalunga doch, sich die kleine Tasche um den Hals zu hängen. Kaum war Nambaisita im Wipfel des Baumes angekommen,

sprach Kalunga seinen Zauber aus: »Baum, lauf weg! Baum, lauf weg!« Sofort setzte der Jüngling seinen Gegenzauber ein und rief: »Kleine Tasche, erwürge ihn! Kleine Tasche, erwürge ihn!«
Sie kehrten wieder in den Kraal zurück, und Kalunga führte sie in eine Schlafhütte, wo sie die Nacht verbringen sollten. Er hatte aber die Absicht, die Hütte in Brand zu setzen, wenn alle fest schliefen, um sie bei lebendigem Leibe zu verbrennen.
Nachdem Nambaisita und seine Freunde die Hütte betreten hatten, gruben sie schnell einen Tunnel, der auf die Felder führte und durch den sie gegen Mitternacht entflohen. Sie hatten vorher noch ein paar Melonen gepflückt und in die Hütte gebracht. Kurz darauf steckte Kalunga die Hütte in Brand, eine Melone nach der anderen knallte laut, wenn sie vom Feuer erfaßt wurde. Kalunga sprang vor Entzücken von einem Bein aufs andere und freute sich, seinen Feind und dessen Freunde verbrannt zu wissen.
Nambaisita und seine Diener entkamen, aber sie mußten auch auf dem Rückweg viele Schwierigkeiten überwinden. Kaum hatte der Junge seinen eigenen Kraal erreicht, sandte er einen giftigen magischen Wind, der dem Herrscher so zusetzte, daß er Schwellungen, Flecken und Schmerzen der verschiedensten Art bekam und schließlich starb. Nambaisita wurde König und beherrschte die ganze Welt.

Der junge Mann und die Kixis

Vor langer Zeit lebte ein alter Mann, der nur einen Sohn hatte. Eines Tages trug es sich zu, daß der Junge mit einem Pfeil auf einen Hasen schoß, der trotz seiner Verletzung, den Pfeil im Rücken, davonrannte. Der Junge verfolgte ihn tief in den Urwald hinein.
Der Junge liebte die Tiere sehr, viele Urwaldtiere waren seine Freunde und begleiteten ihn ständig. So stieß er bei seinem Streifzug plötzlich auf die Behausung von Kixis. Er durch-

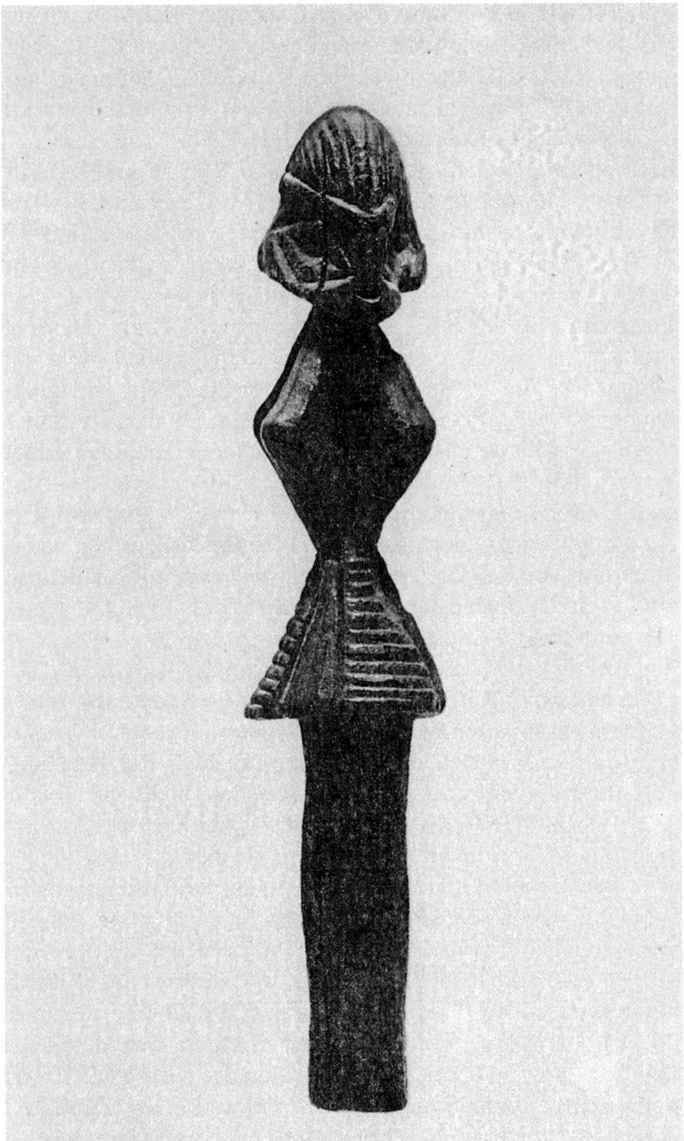

stöberte alle Hütten und mußte feststellen, daß sich nur ein Kixi zu Hause aufhielt, die anderen waren alle auf die Jagd gegangen. Der Kixi hatte etwas Fleisch in einen Kochtopf gelegt, und der Duft zog dem Jungen in die Nase. Erst jetzt bemerkte er, daß er lange nichts gegessen hatte.

Er fing einen Vogel, wandte sich dem Kixi zu und bat ihn: »Könnte ich wohl einen Vogel in deinem Feuer rösten?« Der Kixi antwortete ihm zuerst nicht, sondern pfiff ein Lied vor sich hin. Nach einer ganzen Weile sagte er schließlich: »Wenn du hier Fleisch röstest, dann werde ich dich sofort verprügeln.« Trotzdem warf der Junge seinen Vogel in das Feuer. Der Kixi wollte ihn schlagen, aber die Tiere des Jungen, die Löwen, die Leoparden, alle wilden Tiere, fletschten die Zähne und fauchten den Kixi wütend an. »Geh, mein Freund, und brate deinen Vogel«, erwiderte er da angstvoll. Nachdem der Junge seinen Vogel gegessen hatte, bat er den Kixi: »Gib mir etwas von deinem Fleisch, damit meine Tiere und ich essen können.« Der Kixi wagte nicht, dem Jungen das zu verweigern, denn er fürchtete, von den Tieren gefressen zu werden. Nachdem sie alles Fleisch aufgegessen hatten, kehrte der Junge mit seinen Tieren in den Urwald zurück.

Am Abend kehrten die anderen Kixis von der Jagd zurück. Als sie erfuhren, daß ihr Fleisch von einem Jungen aufgegessen worden war, wurden sie sehr böse auf ihren Freund, den sie zu Hause gelassen hatten, und beschimpften ihn heftig: »Du Feigling, du hast dich nicht gegen ein Kind zur Wehr setzen können! Warum hast du es nicht getötet?« Am nächsten Morgen gingen sie schon in der Dämmerung wieder zur Jagd, ließen aber diesmal einen sehr starken Kixi in der Behausung zurück.

Wieder erschien der Junge mit seinen Tieren, und wie am vorangegangenen Tag sprach auch der starke Kixi: »Ich verbiete dir, deinen Vogel im Feuer zu braten, aber sicher wirst du heute genauso ungehorsam sein wie gestern. Aber mich kannst du nicht betrügen.« Ohne ein Wort zu sagen, warf der Junge den Vogel in die Flammen. Sofort nahm der Kixi seinen Bogen und begann, mit dem Jungen zu kämpfen. Der rief seine Tiere zu sich, die den Kixi angriffen. Sobald er völlig zerfetzt war, aß der Junge das Fleisch im Topf auf. Dann zerteilte er den Kixi,

legte die Füße, die Finger, den Kopf, die Hoden und den Penis in den Topf und verschwand wieder im Wald.
Am Abend kehrten die anderen Kixis von der Jagd zurück. Als sie entdeckten, daß der Topf bis zum Rand mit Fleisch gefüllt war, freuten sie sich sehr. Und als sie sich in ihrer Behausung umsahen, bemerkten sie die Spuren eines Kampfes. Sie lobten ihren Kameraden: »Seht, was er für ein Kerl ist und wie er gekämpft hat!« Zufrieden nahmen sie ihre Mahlzeit ein. Nachdem sie das Fleisch beinahe aufgegessen hatten, sahen sie auf dem Grund des Topfes die Finger und die anderen Körperteile ihres Freundes. Sie erbrachen sich, weil sie nun merkten, daß sie das Fleisch ihres Kameraden verspeist hatten.
Am nächsten Morgen gingen die Kixis nicht zur Jagd. Statt dessen warteten sie alle geduldig auf den Jungen, um sich an ihm zu rächen. Sobald sie ihn sahen, stürzten sie sich auf ihn. Mit Hilfe seiner Tiere war der Junge aber in der Lage, sich ihrer zu erwehren. Die Kixis ergriffen die Flucht und versteckten sich in einem Ameisenhaufen. Der Junge verfolgte sie. Mit dem spitzen Ende seines Speeres stach er ziellos in den Ameisenhaufen hinein und traf das Auge eines Kixis. Seine Schreie drängten die anderen immer tiefer in die Höhle hinein, so daß der Junge und seine Tiere alle Kixis mühelos töten konnte.
Dann setzte der Junge seine Wanderung fort und gelangte eines Tages in den Kraal einer alten Frau. Dort befand sich auch ein hübsches Mädchen, das mit ihrer Mutter, der Kraalbesitzerin, zusammenlebte. Weil ihm das Mädchen gefiel, heiratete er sie. Eine Zeitlang lebten sie glücklich zusammen, doch eines Tages verriet ihm die junge Frau: »Meine Mutter ißt Menschenfleisch. Du mußt sehr auf dich achtgeben, damit sie dich nicht tötet.«
Eines Nachts war es dann soweit, die Alte wollte ihren Schwiegersohn töten. Während ihrer Nachtwanderung näherte sie sich seiner Hütte. Der junge Mann hatte sich bereits niedergelegt, aber seine Tiere bewachten den Eingang. Obwohl sie sich auf Zehenspitzen heranschlich, bemerkten die Tiere sie, fletschten sogleich die Zähne und fauchten sie an. Von dem Lärm erwacht, erkundigte sich der junge Mann: »Was suchst du denn hier?« – »Feuer brauch ich«, teilte sie ihm mit. Er

reichte ihr das Gewünschte und auch noch ein Holzscheit, dann begab sich die Alte zurück zu ihrem Haus. Die junge Frau, die bei ihrem Mann war, durchschaute die Absicht ihrer Mutter und bat: »Ziehen wir unverzüglich in dein Land! Meine Mutter wird all ihre Zauberkräfte aufbieten, um dich zu verschlingen. Ich will sie nicht mehr sehen, zu viele Ehemänner hat sie schon umgebracht«, erzählte die junge Frau.
Der Mann willigte ein. Sie nahmen eine große Trommel und legten sie unter die Bettdecke, dann schlichen sie sich fort. Es verging nicht viel Zeit, da erschien die Alte wieder vor der Hütte ihres Schwiegersohnes und war sehr froh, die wilden Tiere dort nicht mehr zu finden. Auf Zehenspitzen schlich sie sich an das Bett und schlitzte die Trommel auf in der Meinung, daß es der schlafende Schwiegersohn sei. Nachdem sie ihren Irrtum entdeckt hatte, machte sie sich sofort auf, um dem fliehenden jungen Paar zu folgen. Ihre kleine Axt, mit der sie gewöhnlich die Menschen tötete, nahm sie mit. Bald hatte sie die Flüchtenden eingeholt, und beide, der junge Mann wie seine Frau, spürten einen Lufthauch. Sofort wußte die junge Frau, daß ihre Mutter ihnen auf der Spur war, und gab ihrem Mann den Rat, auf den nächsten Baum zu steigen. Schnell kletterten sie auf den Baum, und die Tiere umlagerten ihn. Als die Alte dort ankam, begann sie sogleich mit ihrer Axt drauflos zu schlagen und sang dabei das Lied:

»Die kleine Axt wird mich niemals enttäuschen;
auch wenn der Baum noch so stark und grün ist,
wird er doch gefällt.«

Der junge Mann erbat die Hilfe seiner Tiere, und sie stürzten sich auf die Alte, zerfetzten sie und fraßen sie auf. Sie tranken ihr Blut, fraßen ihr Fleisch, verzehrten ihre Knochen, bis nichts mehr übrig war. Erleichtert setzten danach alle ihren Weg fort, aber ein Tier, das Blut aufgeleckt hatte, spuckte einige Tropfen wieder aus. Dieser Blutfleck verwandelte sich sofort in die alte Frau. Erneut setzte sie ihre Verfolgungsjagd fort. Die jungen Leute spürten wieder, wie eine frische Brise an ihnen vorüberstrich, und suchten auf einem Baum Schutz. Doch diesmal gelang es der Alten, den Baum zum Stürzen zu bringen. Aber die Tiere retteten die jungen Leute wieder vor

dem sicheren Tod. Diesmal zeigte man ihnen alle Blutstropfen auf dem Boden, aber trotzdem waren sie unsicher, ob die Alte nicht doch wieder zum Leben erwachen würde.
Sie beschleunigten den Marsch und erreichten auch bald ihr Ziel. Am Kraaleingang begegnete ihnen die Mutter des jungen Mannes, und er sagte: »Eine andere Frau, die genau wie du aussieht, verfolgt uns.« Die Mutter wußte, was sie zu tun hatte, und ging der Alten entgegen. Als sie einander begegneten, stürzte sie sich auf die Alte und verschlang sie. Aber aus dem After der Mutter gelangte die Alte wieder ins Freie. Völlig überrascht mußte es sich die Mutter gefallen lassen, nun selbst verschlungen zu werden. Auch ihr gelang die Flucht durch den After der Alten. Sie verschlang sie sofort wieder, verschloß aber diesmal ihren After mit dem Stein einer Frucht vom Omuongobaum.
Danach kehrte die Mutter in den Kraal zurück und gab den Leuten die Anweisung, einen Topf mit heißem Wasser zu bringen. Als das Wasser siedete, stellte sie sich auf den Rand des Topfes, zog den Stein heraus, so daß die Alte in das kochende Wasser fiel und starb. Dank ihrer Zauberkräfte wurde die Alte aber wieder lebendig. Jetzt verwandelte sie sich in eine Heuschrecke und flog aus dem Topf geradenwegs in ein Gebüsch im nahe gelegenen Garten des jungen Mannes.
Der junge Mann und seine Frau hatten das nicht bemerkt, und lange glaubten sie, die Gefahr überstanden zu haben. Als sich der junge Mann aber eines Tages in seinen Garten begab, mußte er feststellen, daß seine Sträucher riesengroß gewachsen waren, so groß, daß man annehmen mußte, sie wären niemals beschnitten worden. Er schnitt sie zurück. Da ihn die Sache beunruhigte, wollte er die Ursache ergründen und versteckte sich hinter einem Strauch. Während er sich noch in seinem Versteck aufhielt, schwirrte eine Heuschrecke herbei und sang:

»Busch, werde wieder so groß, wie du vorher gewesen bist!
Busch steh auf, Busch wachse!
Busch steh auf und bewege dich!«

Alle Büsche, die auf diese Art und Weise verzaubert wurden, wuchsen plötzlich so hoch, als ob sie noch niemals beschnitten worden wären. Als sich die Heuschrecke aber dem Busch näherte, hinter dem sich der junge Mann versteckt hatte, ergriff er sie, brachte sie in die Hütte, warf sie nochmals in einen Topf mit siedendem Wasser und verschloß ihn fest. Diesmal starb die Alte und erwachte nicht wieder zum Leben.

Enkembe

Ein Kraalbesitzer hatte zwei Kinder, ein Mädchen und einen Jungen. Der Junge hieß Enkembe. Die Mutter der beiden starb, und der Mann verheiratete sich wieder. Die zweite Frau hatte auch einen Sohn namens Lufufu, der eines Tages schwer erkrankte. Die Mutter brachte ihn zu einem Medizinmann. Der Medizinmann erklärte: »Für den Jungen muß Menschenfleisch geopfert werden.« Weil sie kein Menschenfleisch bekommen konnten, schlug die Frau ihrem Mann vor: »Töten wir Enkembe!«
Enkembes Schwester hatte gehört, daß ihr Bruder geopfert werden sollte. Sie lief schnell zum Viehkraal und rief: »Enkembe, Sohn meiner Mutter! Enkembe, Sohn meines Vaters! Wenn du heute die Buttervorratshütte betrittst, gieß keine Milch in die Butterkalebasse. Dein Vater sitzt darin, er will deine Leber, er will deine Innereien, Enkembe!« – »Ich habe dich verstanden!« antwortete der Bruder. »Sammle dein Holz, beeil dich und kehre nach Hause zurück!«
Als Enkembe nach Hause kam, molk er eine Kuh und goß die Milch auf den Boden. Die Frau beobachtete das und befahl ihm: »Gieß die Milch in die Kalebasse!« Enkembe widersprach: »Nein, das werde ich nicht tun! In der Kalebasse sitzt jemand!« Enkembes Vater stieg heraus, lachte und sprach: »Klug ist Enkembe, mein Sohn.«
Wenig später besprachen die Frau und der Mann wieder, wie sie Enkembe töten könnten: Der Mann sollte sich in der Kuh Naindongo verstecken, und wenn Enkembe beim Melken war, sollte er ihn ergreifen und töten. Die Schwester hatte auch das gehört, lief zu ihrem Bruder und sprach: »Enkembe,

Sohn meiner Mutter! Enkembe, Sohn meines Vaters! Wenn du Naindongo heute melken willst, geh nicht so dicht heran. Der Vater hat sich in ihr versteckt, er will deine Leber, er will deine Innereien!« – »Kleine Schwester, ich habe dich verstanden!« antwortete Enkembe. »Sammle dein Holz und kehre dann schnell nach Hause zurück!«
Nachdem Enkembe an diesem Abend das Vieh von der Weide getrieben hatte, führte er zuerst das Kalb zu Naindongo, er selbst versuchte nicht, die Mutterkuh zu melken. Die Frau beobachtete das und verlangte: »Melke Naindongo!« Enkembe begann, Naindongo zu melken. Auf einmal sprang sein Vater heraus, aber Enkembe tötete ihn. Er streifte sich die Haut seines Vaters über, so daß er dessen äußere Erscheinung hatte. In dieser Gestalt ging er zu seiner Stiefmutter. »Ich habe Enkembe getötet«, sprach er, »nun wird dein Sohn Lufufu sein Opfer haben!« Lufufus Mutter war froh. »Mein Sohn wird von seiner Krankheit genesen, wenn er von diesem Opfer gegessen haben wird«, sprach sie.
Enkembe kochte das Fleisch seines Vaters, verteilte es und gab Lufufu den Penis. Nachdem alle – bis auf Lufufu – aufgegessen hatten, kehrte er in seiner eigentlichen Gestalt zur Kochstelle zurück und verkündete: »Ich bin Enkembe!« Die Frau begriff, daß ihr Mann geopfert worden war. Zu Lufufu sagte Enkembe: »Du ißt gerade den Penis deines Vaters!« Die Frau schämte sich furchtbar und flehte ihren Sohn an: »Wirf ihn weg, er gehört nicht Enkembe, sondern deinem Vater!« Aber Lufufu entgegnete ihr: »Das Fleisch gehört mir. Ich werde es nicht wegwerfen, ich werde es aufessen!«
Tatsächlich geht die Geschichte so aus.

Der Streit zwischen dem Kafifi und der Hyäne

Eines Tages besuchte die Hyäne ihren Freund. Der Freund hatte für sie eine Ziege geschlachtet. Die Hyäne stopfte sich richtig voll und war sehr vergnügt. Auf dem Heimweg kam sie an einem Baum vorbei, in dessen Ästen sich ein Nest mit zwei jungen Vögeln befand. Die Vogeleltern waren nicht zu Hause, sie waren fortgeflogen, um Nahrung für ihre Kinder zu suchen. Als die Hyäne sich dem Baum näherte, rief sie den Kleinen böse Worte zu und beschimpfte sie. Bald kehrte die Vogelmutter zurück und fand ihre Kinder tränenüberströmt. Sie versuchte, ihnen die Nahrung zu geben, aber die Vögelchen weigerten sich zu fressen. Die Mutter erkundigte sich nach der Ursache ihres Kummers, und sie erzählten ihr, was sich ereignet hatte. Sie versicherten der Mutter, daß sie erst dann wieder fressen wollten, wenn die Hyäne sich mit ihnen versöhnt hätte. Liebevoll sprach die Vogelmutter auf ihre Kinder ein und versprach ihnen, die Hyäne aufzusuchen, um von ihr Rechenschaft zu fordern. »In der Zwischenzeit könnt ihr doch etwas fressen!«

Wirklich flog die Vogelmutter davon, um die Hyäne ausfindig zu machen, und sah sie bald im Schatten eines Baumes liegen, wo sie mit vollem Bauch fest schlief. Die Vogelmutter flog auf den Baum und versuchte die Hyäne zu wecken, die aber wachte nicht auf. Da hob sie ein Stöckchen auf, kehrte auf den Baum zurück und ließ es auf die Hyäne fallen. Der Stock fiel ihr mitten auf die Nase. Sofort erwachte sie, blickte umher, sah schließlich auf den Baum und entdeckte den Vogel. Mißmutig fragte die Hyäne: »Wer bist du, der es wagt, mich aus meinem wohlverdienten Schlaf zu wecken?« – »Hyäne«, antwortete die Vogelmutter, »ich bin der Kafifi und bin zu dir gekommen, weil ich meine beiden kleinen Kinder weinend vorgefunden habe. Sie verweigerten die Nahrung, weil du ihnen Beleidigungen zugerufen hast. Ich verlange von dir, daß du mich begleitest und dich bei meinen Kindern entschuldigst.« – »Was glaubst du denn, wer ich bin!« entgegnete scharf die Hyäne, »ich soll mit dir gehen und mit deinen Kindern Frieden schließen? Was habe ich überhaupt mit euch zu schaffen? Verschwinde! Geh und picke zusammen mit deinen ungezogenen Kindern die Würmer aus dem Dunghaufen!« Nun wurde die Vogelmutter sehr ärgerlich und sagte: »Also, wenn du nicht die Absicht hast, dich bei meinen Kindern zu entschuldigen, und auch mich noch beleidigst, werden wir miteinander Krieg führen. Und derjenige, der unterliegt, wird der Sklave des anderen.« Als die Hyäne das hörte, fing sie an zu lachen, konnte sich erst gar nicht mehr beruhigen und fragte dann: »Du willst mich töten? Womit willst du das tun? Vielleicht mit deinem kleinen Schnäbelchen oder mit deinen dünnen Klauen. Geh und sammle deine Armee. Auch ich will losziehen und meine Armee aufstellen. Danach können wir kämpfen.«

Der Kafifi flog davon und stellte seine Armee auf. Er musterte jedes lebende Geschöpf, das Flügel besaß. Zu seiner Armee gehörten nicht nur die Krähen, die Adler und die Falken. Er versammelte alle fliegenden Wesen, einschließlich der Moskitos, der Hornissen und der Bienen. Die Hyäne ihrerseits nahm in ihre Armee jedes Lebewesen auf, das vier Beine besaß, so die Elefanten, die Löwen, die Geparden und andere Tiere.

Vor dem Kampf legte jede Seite ihren Schlachtplan fest. Die Armee der Vogelmutter hatte Moskitos ausgesandt, die den Plan der Hyäne auskundschaften sollten. Moskitos sind so klein, daß sie kaum von der feindlichen Armee wahrgenommen werden konnten.

Zuerst erfuhren sie, daß der Schakal zum Kriegsführer ernannt worden war. Dann hörten sie, daß der Fuchs sagte: »Wenn ihr seht, daß mein Schwanz aufrecht steht, dann wißt ihr, daß wir den Feind gerade schlagen, sollte der Schwanz jedoch herunterhängen, dann müßt ihr wegrennen, weil unsere Seite geschlagen wird.« Nachdem die Moskitos das gehört hatten, kehrten sie zu den Ihren zurück und berichteten, was sie erfahren hatten. Dann wählte man die Skorpione zum Anführer der Armee. Sie erteilten den Bienen folgenden Befehl: »Wenn ihr seht, daß der Fuchs seinen Schwanz hebt, müßt ihr

euch schnell auf ihn stürzen und ihn dermaßen stechen, daß er ihn wieder fallen läßt.«
Als die beiden Armeen aufeinanderstießen, flogen die Bienen auf den Schwanz des Fuchses und stachen ihn mehrmals ganz heftig. Der Fuchs versuchte zwar, den Schmerz zu unterdrükken und seinen Schwanz hochzuhalten, aber es gelang ihm nicht, denn die Bienen hatten ihn zu heftig gestochen. So ließ er seinen Schwanz sinken. Sofort floh die Armee der Hyäne. Nun ließen die Bienen vom Fuchs ab, begaben sich zur Hyäne und setzten auch ihr dermaßen zu, daß sie jammernd rief: »Oh, oh, laßt mich frei, meine Könige! Ich werde mit den kleinen Vögeln Frieden schließen!« Mit schmerzenden Stichen machte sich die Hyäne auf den Weg und versöhnte sich wieder mit den jungen Kafifis.

Die Geschichte von Feti und Choya

Eines Tages fiel ein Mann vom Himmel, der den Namen Feti trug; das heißt ›Anfang‹. Feti war ein guter Mensch. Er durchstreifte das Land, und ihm fiel auf, daß es zwar viele Tiere gab, aber nur einen einzigen Menschen, und das war er selbst. Welchen Überdruß und welche Langeweile fühlt man nicht, so allein inmitten der großartigen Schöpfung!
Um sich abzulenken, überlegte Feti, daß er doch an den großen Kunene-Fluß gehen könnte, um ein wenig zu fischen und zu jagen. Er nahm also seine Waffen und ging auf die Suche nach einem Flußpferd; das sollte ihm Fleisch und Fett liefern. Unzählige Stunden hatte er schon gewartet, da sah er plötzlich statt des ersehnten Tieres eine menschliche Gestalt aus dem Wasser aufsteigen, und er bemerkte, daß die Gestalt ihm sehr ähnelte. Es war die erste Frau. Feti nannte sie Choya, das bedeutet soviel wie ›Schmuck, Zierde‹ oder ›Vollendung‹. So schön und so anziehend fand unser Feti die Choya, daß er sich sogleich in sie verliebte und mit ihr die erste Familie gründete, die es unter der Sonne gab.

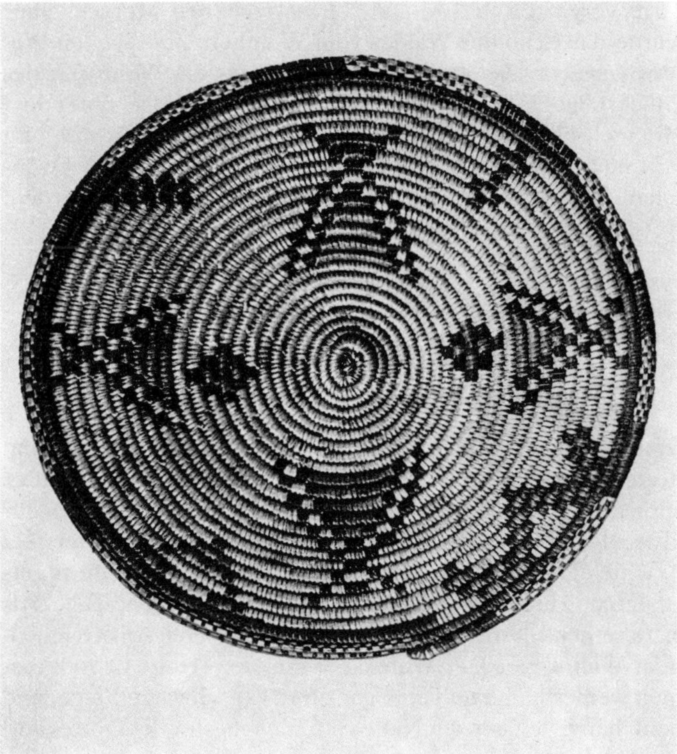

Tage vergingen und Monate. Eines schönen Morgens aber wurde das Echo des Waldes vom Wimmern eines neuen Wesens geweckt, das angekommen war, um die Wohnstatt des Glückspilzes Feti zu erfreuen. Es gab keinen Vogel unter dem Himmel, kein Tier im Walde, das nicht gekommen wäre, um Feti und Choya zu einem so frohen Ereignis zu beglückwünschen. Von soviel Glück ganz bezaubert, gaben die Eltern dem Neugeborenen den Namen Galange.

Warum Sühneopfer gebracht werden

Eines Tages hatte eine Frau ein Kind geboren, aber das Kind hörte nicht auf zu weinen. Es weinte und weinte. Seine Mutter sprach zu ihm: »Hör auf zu weinen, sonst bringe ich dich zur Hyäne!« Aber das half nichts, das Kind weinte weiter. Da brachte die Frau ihr Kind zur Hyäne. Die Hyäne nahm es entgegen, und in ihrem Versteck schlief das Kind sieben Tage. Als es zu seinen Eltern zurückgekehrt war, berieten sie sich mit einem Wahrsager. Der Wahrsager meinte: »Holt ein vollkommen weißes Huhn und eine ganz und gar schwarze Ziege, und dann hängt beide in der Nähe vom Eingangstor des Dorfes auf! Bindet das Huhn an der einen und die Ziege an der anderen Seite fest.«

Die Eltern handelten nach dem Rat des Wahrsagers. Als die Hyäne kam, verschlang sie das Huhn und dann auch die Ziege. Gleich drauf sprach sie: »Jetzt könnt ihr euer Kind behalten.« – Seitdem bringen die Ovimbundu Sühneopfer dar.

Die Zicklein und die Leoparden

Eines Tages luden die Leoparden die Zicklein zu einem Fest ein. »Morgen feiern wir in unserem Dorf ein großes Fest«, sprachen sie, »und weil ihr gute Tänzer seid, müßt ihr unbedingt kommen!« Die Zicklein, die für ihr Leben gern tanzten, willigten ein. Aber weil sie um die Gefahr wußten, in die sie sich begeben würden, vereinbarten sie untereinander: »Wir gehen zwar zu dem Fest, aber wenn wir singen, singen wir stets: ›Wo sind denn die Zicklein?‹, und mit geschlossenem Maul fügen wir hinzu: ›Hum, hum, hum.‹ Dabei muß das Maul unbedingt geschlossen bleiben, sonst klingt es wie ›Mäh, mäh, mäh‹! Die Leoparden würden uns entdecken und sich auf uns stürzen!«

Die Zicklein begaben sich also zu dem Fest und trafen die Leoparden schon beim Tanz an. Sie versteckten sich in einer Höhle und sangen: »Wo sind denn die Zicklein?« Und die hinten standen, antworteten durch die Nase: »Hum, hum, hum.« Ein Zicklein aber, das etwas langsam war, erkundigte sich, als es endlich im Dorf angelangt war, wo denn die anderen wären. »Zum Fest sind sie gegangen«, gab man ihm Bescheid. »Und wo findet das Fest statt?« – »Das wissen wir nicht. Sie haben uns nur gesagt, daß sie zu einem Fest gehen.« Das Zicklein folgte den Spuren seiner Gefährten und fand die anderen beim Tanz. Es kam gerade dazu, wie eins der Zicklein den Gesang anstimmte: »Wo sind denn die Zicklein?« Die anderen antworteten ihm im Chor mit geschlossenem Mund: »Hum, hum, hum«. Nur das kleine, zu spät gekommene Zicklein, das nichts von der Vereinbarung wußte, öffnete das Maul und antwortete: »Mäh, mäh, mäh.«

Kaum hatten die Leoparden das gehört, öffneten sie die Augen und riefen aus: »Da sind doch die Tiere, die wir so gern fressen!« Sie fielen über die Zicklein her und fraßen sie. Nur das kleine, langsame Zicklein, der Verursacher des Unglücks, entkam, denn es war noch weit genug entfernt gewesen.

Die Kröte und das Ei

Die Kröte und das Ei stritten miteinander, wer von beiden der größere sei. »Wir sind einander gleich«, meinte das Ei. »Nein«, antwortete die Kröte, »ich bin dir über, denn ich kann dich fressen.« – »Versuch es doch!« stichelte das Ei. Die Kröte stürzte sich auf das Ei und versuchte es zu zerbrechen, aber es gelang ihr nicht. Da lief sie mit dem Ei zu einem Baum und dachte: »Ich steige hinauf und werfe es hinunter. Es wird zerbrechen, und dann fresse ich es.«
Beim Hinaufsteigen aber verlor die Kröte das Gleichgewicht. Beide stürzten hinab. Das Ei brach entzwei, aber die Kröte starb.

Großmutter und die Laus

Das Großmütterchen suchte einmal den Kopf der Enkelin nach Läusen ab. Sie fand eine, zeigte sie der Enkelin und fragte: »Soll ich sie mit dem Fingernagel zerdrücken?« Als die Laus hörte, welches Schicksal ihr bevorstand, lehnte sie sich dagegen auf und meinte: »Eine Beilage zum Essen brauchst du? Aber es ist doch so wenig, daß es dir höchstens unter den Fingernagel paßt.« Ärgerlich drohte die Alte: »Ich werfe dich ins Feuer!« Die Laus versuchte, sich noch kleiner zu machen, als sie war, und sagte: »Du willst mich wohl braten, weil du Fleisch brauchst!« Die Antwort der Laus brachte die Alte auf, und sie entschied: »Ich werde dich ins Wasser werfen!« Übermütig lachte die Laus: »Ich kann schwimmen, du aber nicht!« Da ließ die Alte die Unterhaltung fahren und sagte: »Dann werfe ich dich eben hinaus.«
Die Laus, überaus eitel, spottete über die Alte: »Siehst du«, sprach sie zu ihr, »jetzt haben wir gestritten, du bist besiegt, und deshalb läßt du mich zufrieden!«

Der Löwe und der Hase

Eines Tages war der Hase in eine Falle geraten. Er strengte sich an, zerrte und zog, doch es wollte ihm nicht gelingen, sich zu befreien. Da kam der Löwe vorbei, und als er sah, wie der Hase sich abmühte, spottete er: »Na, Hase, haben sie dich geschnappt? Bist in die Falle gegangen!« – »Aber keineswegs!« antwortete ihm da der Hase. »Das ist keine Falle, das ist meine Schaukel. Sieh her, ich übe meine Muskeln!«

Der Löwe glaubte dem Hasen und meinte neidisch: »Das ist aber eine hübsche Schaukel. Laß es mich doch auch einmal versuchen!« – »Na, dann lockere den Knoten da, damit du auch hereinpaßt.« Der Löwe folgte der Aufforderung, aber seine Tatze blieb in der Schlinge stecken, die sich sofort zusammenzog.

Der Hase lief davon, so schnell er konnte, und schaute nicht einmal zurück.

Von den beiden Männern, die sich neue Namen gaben

Es waren einmal zwei Männer, die gaben sich neue Namen. Der erste überlegte und sprach: »Mein Name ist ›Klugheit, die lernen will‹. Was ich wissen möchte, erfahre ich von den anderen.« – »Ich bin der«, sprach der zweite, »der die Weisheit nur in seinem eigenen Kopf findet.«

Nachdem jeder von ihnen sein Feld abgebrannt und gerodet hatte, begaben sie sich in ein Dorf, um Sämereien zu beschaffen. Im Dorf stellte der zweite sich selbst und seinen Freund mit ihren neuen Namen vor und erzählte, sie wären gekommen, um Sämereien zu holen, denn sie hätten ihre Felder vorbereitet. Die Dorfbewohner sprachen untereinander: »Wir wollen doch sehen, wie es um die Klugheit dessen bestellt ist, der von sich behauptet, daß er die Weisheit nur in seinem eigenen Kopf findet.« Und ihre Frauen forderten sie auf, die Hirse zu bringen.

Insgeheim riefen sie inzwischen den ersten der beiden Männer zu sich und gaben ihm den Rat: »Wirbelt beim Schütteln der Hirse Staub auf, ist das ein Zeichen dafür, daß sie gut ist, und du kannst sie säen. Wenn nicht, laß ab davon, denn sie taugt dann zu nichts. Verrate aber dem, der mit dir gekommen ist, nichts davon.«

Am folgenden Tag gaben die Dorfbewohner dem, der Weisheit nur im eigenen Kopf zu finden glaubte, gekochte Hirse. Er nahm sie und sprach: »Es ist Zeit zum Säen, der Regen wird bald kommen.« Der andere ließ die Hirse durch die Finger gleiten, um zu sehen, ob Staub entstünde, und sprach dann: »Diesen Samen will ich nicht haben.« – »Warum streitest du?« fragte ihn sein Gefährte. »Ich nehme ihn.«

Die Dorfbewohner gaben dem ersten gute Hirse, und nachdem er sie geprüft hatte, ließ er sich einen Korb davon abfüllen. Die beiden säten ihren Samen aus. Die Hirse des ersten keimte schon nach drei Tagen. Auf dem Feld seines Gefährten dagegen war nicht ein Keim zu sehen. Da fragte der Mann: »Wie kommt es, daß deine Hirse aufgegangen ist und meine nicht?«

Der erste antwortete: »Du glaubtest alles zu wissen, und doch hast du gekochte Hirse angenommen. Ich aber ließ mich von den anderen belehren.«

Wahre Klugheit und Weisheit erwirbt nur, wer die Lehren der anderen nicht in den Wind schlägt.

Das Rebhuhn

Es waren einmal ein Mann und eine Frau. Die Frau war nicht gut zu ihrem Mann, sie verachtete ihn, weil er nicht geschickt genug war, regelmäßig Fleisch herbeizuschaffen. Trotzdem spannte der Mann eines Tages eine Falle, um ein Rebhuhn zu fangen. Am folgenden Tag war in der Falle ein lebendes Rebhuhn. Als der Mann sich anschickte, das Tier zu töten, sprach es: »Töte mich nicht, laß mich lieber frei!« Und nachdem das Rebhuhn dem Mann versprochen hatte: »Eines Tages werde

ich dich retten«, willigte der Mann ein und ließ das Rebhuhn in den Wald entlaufen.
Nachdem der Mann seiner Frau von diesem Erlebnis berichtet hatte, wurde sie sehr böse und verachtete ihn von nun an noch mehr. Sie ärgerte ihn, wo sie nur konnte, und zu essen bekam er nur noch Maniokbrei ohne Beilage. Eines Tages bereitete die Frau ein alkoholisches Getränk zu. Als ihr Mann nicht da war, drang ein Löwe in die Strohhütte ein, in der sich die Frau befand. Schnell füllte sie eine Kalebasse mit dem Getränk und wollte sie dem Löwen reichen. Aber der Löwe lehnte ab. »Ich habe meine eigene Kalebasse«, sagte er und holte aus seinem Jagdbeutel einen menschlichen Totenschädel. Die Frau goß ihm ein. »Das ist gut«, sagte der Löwe, »aber wenn ich ausgetrunken habe, werde ich dich fressen.«
Als sich der Löwe gerade bereit machte, die Frau zu fressen, klopfte das Rebhuhn an die Tür und trat ein. Die Frau nahm noch einmal von dem Getränk und bot es dem Rebhuhn an. Aber auch das Rebhuhn lehnte zunächst ab und sprach: »Ich habe meine eigene Kalebasse.« Aus seiner Jagdtasche zog es den Schädel eines Löwen, der noch vom gleichen Tag stammte, denn er war noch blutbeschmiert. »Wenn ich getrunken habe«, sagte das Rebhuhn, »werde ich den Löwen fressen.«
Beim Anblick dieses kleinen Vogels, der einen Löwenschädel zwischen seinen Krallen hielt, bekam der Löwe Angst und flüchtete. Das Rebhuhn aber wandte sich an die Frau: »Siehst du«, sprach es, »dein Mann, über den du dich immer so beklagst, hat mich gerettet. Hätte er anders gehandelt, was wäre dann heute aus dir geworden?«
Von nun an achtete die Frau ihren Mann und sagte: »Auch wenn ich nicht das Essen von Reichen habe, vertraue ich doch meinem Mann.«

Der Elefant, die Schildkröte und die anderen Tiere

Eine Frau hatte auf ihrem Feld Kürbisse gepflanzt. Es war eine Gegend, in der es viele Elefanten gab. Eines Tages kochte die Frau Kürbis. Der Elefant kam und begann Kürbisse zu essen, aber ein Kürbis blieb ihm im Halse stecken. Da rief er den Hasen und trug ihm auf: »Geh zum Fluß und hol Wasser, mir ist ein Kürbis im Hals steckengeblieben.«

Am Fluß traf der Hase eine kleine Kröte, die eine kleine Trommel schlug, und der Hase begann zu tanzen. Er blieb am Fluß und tanzte und kehrte nicht zum Elefanten zurück. Da rief der Elefant das Bambi und sprach: »Der Hase läßt sehr auf sich warten. Geh du zum Fluß und hol mir Wasser.«

Als das Bambi am Fluß anlangte, rührte die kleine Kröte noch immer ihre kleine Trommel, und kaum hatte das Bambi den Klang gehört, begann es ebenfalls zu tanzen. Der Elefant verging fast vor Durst, und so rief er das Nusi. »Lauf zum Fluß«, sprach er, »was machen wohl die, die ich bisher geschickt habe?«

Das Nusi schimpfte mit dem Hasen und mit dem Bambi: »Was macht ihr denn hier am Fluß! Der Elefant liegt im Sterben!« – »Oh, hier ist es wunderbar! Gleich wirst du es erleben!« antworteten die beiden. Weil alle, die er ausgeschickt hatte, nicht wiederkamen, wandte sich der Elefant nun an die Palanca: »Nun verstehe ich überhaupt nichts mehr! Schon drei Tiere habe ich nach Wasser geschickt, aber nicht eines ist zurückgekehrt.«

Am Fluß traf die Palanca den Hasen, das Bambi und das Nusi bereit zum Tanzen. Und kaum hatte die Palanca die Kalebasse genommen, um Wasser zu schöpfen, erschien die kleine Kröte mit der kleinen Trommel, und es dauerte nicht lange, da tanzte auch die Palanca. Der Elefant, dem noch immer der Kürbis im Hals steckte, rief den Leoparden und sprach: »Geh du und hol mir Wasser, denn bis jetzt hat mir noch keiner etwas ge-

bracht!« – »Auseinandertreiben werde ich sie, und Schläge bekommen sie auch«, versprach der Leopard.
Am Fluß angekommen, begann er auch wirklich zu schimpfen und zu toben. Aber die anderen Tiere lachten nur und riefen: »Gleich wirst du erleben, wie wunderschön es hier ist!« Kaum war die Trommel zu hören, war auch der Leopard nicht mehr zu halten und fing an zu tanzen. Der Elefant indessen konnte sich noch immer nicht von dem Kürbis befreien. »Löwe«, sprach er nun, »du bist doch ein ganzer Kerl. Lauf zum Fluß und versetz den treulosen Tieren ein paar kräftige Prankenhiebe.«
Auch der Löwe stieg zum Fluß hinab, und als er die anderen beim Tanz fand, fragte er zornig: »Was erlaubt ihr euch, während der Elefant im Sterben liegt!« Aber auch er hatte die Kalebasse noch nicht mit Wasser gefüllt, da fing er an zu tanzen, er tanzte und tanzte. In seiner Not rief der Elefant nun die Schildkröte. »Du bist die Älteste und die Besonnenste«, sagte er, »gewiß gelingt dir, was die anderen nicht vermochten.« – »Erlaube, daß ich dich allein lasse, lieber König Elefant«, sprach die Schildkröte und machte sich auf den Weg.
Am Fluß sah sie alle Tiere, die vor ihr geschickt worden waren, beim Tanzen. Sie machten sich über die Schildkröte lustig und fragten sie: »Willst du wirklich für den Elefanten Wasser holen, wo wir alle es nicht geschafft haben?« Aber die Schildkröte ließ sich nicht beirren. Sie öffnete den hinteren Teil ihres Panzers, packte das Krötlein, schöpfte Wasser und brachte es dem König Elefant. Der Elefant trank, der Kürbis in seinem Schlund löste sich, und nun dankten alle der Schildkröte und sprachen: »Unsere Alte, die Schildkröte, sie hat gewonnen.«

Der Löwe und das Mäuschen

Der Löwe schlief einen gerechten Schlaf. Als das Mäuschen ihn so fest schlafen sah, ging es unbesorgt auf Nahrungssuche.

Es setzte zum Sprung an, glitt aber aus, stürzte und landete mitten auf dem Maul des Löwen.
Wütend erwachte der Löwe. »Du Unglückliche«, fragte er, »wer bist du denn überhaupt, daß du es wagst, mich zu wekken?« Das Mäuschen zitterte voller Angst und jammerte über sein Mißgeschick: »Piep, piep, piep.« Als er das Mäuschen entdeckt hatte, spottete der Löwe: »Ach, du bist es! Wolltest mich wohl packen. Fressen werde ich dich, damit du dich erholen kannst!«
Um Verzeihung bat da das Mäuschen und beklagte seine Unvorsichtigkeit: »Ich habe es nicht absichtlich getan, Herr, verzeih mir. Friß mich bitte nicht, ich bin ja so klein, daß ich dich doch nicht satt mache. Läßt du mich frei, eile ich dir eines Tages zu Hilfe, wenn dir ein Unheil widerfahren ist.« – »Mir, dem Löwen, willst du helfen? Das soll wohl ein Scherz sein. Aber, sei's drum«, fuhr der Löwe fort, »scher dich weg!«
Die Zeit verging. Eines Tages war der Löwe in eine Falle geraten, die von den Jägern aufgestellt worden war. Vergebens versuchte er, sich zu befreien. Das Mäuschen hörte sein Klagen und lief herbei, um das Versprechen einzulösen. Es zernagte die Stricke, die Falle öffnete sich, und der Löwe sprang heraus.
Vom Mäuschen war der Löwe gerettet worden.

Die Heuschreckenwolke

Es war einmal ein Soba, der eine Tochter im heiratsfähigen Alter hatte. Sein größtes Vergnügen bestand darin, Geschichten zu hören, und so ließ er ausrufen: »Wer mir eine Geschichte erzählen kann, die niemals endet, erhält meine Tochter zur Frau!«
Die Erzähler erschienen vor dem Soba, und die einen brachten kurze Geschichten mit, die anderen lange, aber alle, auch die längste Geschichte, waren schließlich einmal zu Ende. Traurig schüttelte der Soba den Kopf: »Nein, so habe ich mir das nicht vorgestellt«, sprach er, »ich habe eine Geschichte im Sinn, die

am Morgen beginnt und die, wenn es Nacht wird, noch immer am Anfang zu sein scheint.
Die Leute raunten einander zu: »Der Wald kann zwar riesengroß sein, aber er hat eine Grenze; jedes Feld ist groß, doch auch das größte hat einmal ein Ende«, und sie gingen auseinander. Die Erzähler blieben von nun an aus.
Aber es gab noch einen Alten, der die Tochter des Sobas gar zu gern für seinen Sohn gewinnen wollte. Der Alte hatte die Heuschreckenplage miterlebt und dachte bei sich: ›Nun, ich werde aus der Plage eine Geschichte machen und so lange erzählen, bis der Soba müde ist.‹ Kaum hatte er den Beschluß gefaßt, begab er sich zum Soba und fragte ihn: »Freund, wann bist du bereit, mich anzuhören? Meine Geschichte ist lang, nimm dir einen Tag Zeit, denk an eine Woche, halte dich einen Monat bereit oder sogar ein ganzes Jahr, denn ich werde nicht aufhören zu erzählen, bis alles gesagt ist, was ich mir vorgenommen habe.« – »Fang schon an«, erwiderte der Soba begierig, »ich will sehen, ob du mich zufriedenstellst.«
Der Alte begann zu singen: »Mein Sohn, weine nicht, daß die Heuschrecken schon in Sicht sind!« – »Von Heuschrecken willst du mir erzählen«, unterbrach ihn der Soba. »Ich weiß sehr wohl, um was es da geht, ich habe sie ja gesehen, und den Gesang kenne ich auch!« – »Gedulde dich ein Weilchen«, antwortete der Alte, »und laß mich fortfahren. – Mein Sohn, weine nicht, daß die Heuschrecken schon in Sicht sind!« – »Höre, Alter«, unterbrach ihn der Soba aufs neue, »denk bei deiner Geschichte daran, wie es zu der Zeit, als die Warnung kam: ›Leute, bringt euch in Sicherheit, die Heuschrecken sind in Sicht, und es wird Hunger geben‹ in meinem Gebiet, das nicht einmal klein ist, aussah!« – »Aber gewiß, das erzähle ich schon«, fuhr der Alte fort. »Die Warnung kam in der Trockenzeit, als alle ohne Unterlaß beschäftigt waren. Die einen ernteten den Mais, die anderen bereiteten die Speicher vor, die das Eingebrachte aufnehmen sollten. Eins folgte aufs andere. Die Trommeln waren verstummt, alle Trinkgelage vergessen, alles Tun drehte sich um den Mais, der zu ernten war, und um die Speicher. Aber in der Eile dachte niemand an die Spalten in den Speicherwänden. Das wichtigste schien zu sein, daß der

Mais hineinkam, und tatsächlich wurden auch alle Speicher bis zum Rand gefüllt.
Das Gerede von den Heuschrecken war kein Gerücht gewesen. Auf einmal war es soweit. Der Tag war heiß, die Sonne strahlte, doch die Heuschreckenwolke kam, und Dunkelheit breitete sich aus. Von Mittag an bis zum Untergang der Sonne riß die Wolke nicht ab. Die Kinder zitterten vor Angst, während die Alten sich drein fanden und sagten: ›Wenigstens werden wir gebratene Heuschrecken zu essen haben. – Mein Sohn, weine nicht, daß die Heuschrecken schon in Sicht sind!‹ –
Sie ließen sich auf den Feldern nieder und fraßen alles, was sie fanden. Bald war die Erde kahl, als wenn ein Feuer über sie hinweggefegt wäre. Dann flogen sie auf die Bäume. Nicht ein einziges Blatt ließen sie übrig. Unersättlich waren die Heuschrecken, sogar die Erde gruben sie auf, um an die Wurzeln heranzukommen. Als auch der Wald kahl war und sie nicht ein Büschelchen Gras mehr fanden, kamen sie ins Dorf.
Sie stellten sich in Reihen auf, um nun die Speicher anzugreifen. Und jetzt werde ich die erste Reihe zählen, die anderen lasse ich für später, und beobachte nur eine kleine Öffnung im Dachstroh des ersten Speichers. In diese kleine Öffnung flog eine Heuschrecke hinein, holte sich ein Maiskorn und flog davon, wieder eine Heuschrecke flog hinein, holte sich ein Maiskorn und flog davon, noch eine Heuschrecke flog hinein, holte sich ein Maiskorn und flog davon, und noch eine Heuschrecke flog hinein, holte sich ein Maiskorn und flog davon . . .«
Die Nacht brach herein, das Zusammensein dauerte an, und noch immer zählte der Alte die erste Reihe: »Eine Heuschrecke flog hinein, holte sich ein Maiskorn und flog davon, eine Heuschrecke flog hinein, holte sich ein Maiskorn und flog davon, eine Heuschrecke flog hinein, holte sich ein Maiskorn und flog davon . . .«
Unter Zählen ging die Nacht vorüber. Da unterbrach der Soba den Alten: »Schneller! Das wissen wir doch schon, mach weiter!« – »Aber ich zähle doch erst die erste Reihe«, verteidigte sich der Alte, »damit bin ich noch nicht fertig, wie soll ich denn da zur zweiten Reihe übergehen? Gedulde dich nur, das Ende

der Geschichte erfährst du schon noch.« – »Na gut«, stimmte der Soba zu, »mach schon weiter.« Und der Alte fuhr fort: »Eine Heuschrecke flog hinein, holte sich ein Maiskorn und flog davon, eine Heuschrecke flog hinein, holte sich ein Maiskorn und flog davon, eine Heuschrecke flog hinein, holte sich ein Maiskorn und flog davon . . «
Auch während des ganzen folgenden Tages zählte der Alte: »Eine Heuschrecke flog hinein, holte sich ein Maiskorn und flog davon . . .« Die Leute, die ihm außer dem Soba noch zugehört hatten, waren längst davongeschlichen, um ihre Feldarbeit zu verrichten, aber das Zählen nahm kein Ende: »Eine Heuschrecke flog hinein, holte sich ein Maiskorn und flog davon, eine Heu . . .« Da riß dem Soba die Geduld, und er rief dazwischen: »Wann hörst du endlich damit auf, Alter!«
Der Alte wollte den Preis des Sobas unbedingt gewinnen. Er unterbrach sein Zählen, und um den Grund herauszukehren, der ihn zu dieser nicht enden wollenden Zählerei getrieben hatte, stellte er dem Soba ein paar Fragen: »Lieber Freund«, hub er an, »wenn man dich zum Fluß schickt, die Wassertropfen zu zählen, hast du soviel Macht, die Strömung anzuhalten, um die Tropfen einzeln zu zählen?« – »Die Frage ist zu heikel, ich kann keine Antwort darauf geben.« – »Freilich ist das ein schwieriges und verwirrendes Unternehmen. Aber stell dir erst eine Wolke von Heuschrecken vor! Dem Sand am Meer ist sie vergleichbar. Ich nehme ein Korn, darauf ein weiteres und immer so fort, in der Absicht, alle zu zählen und dabei kein einziges zu übergehen. Wäre das wohl möglich?« – »Was soll das«, fragte der Soba, »das ist doch keine Geschichte!« – »Warte ab, bester Freund«, sprach der Alte, »und hör nur zu. Hast du schon einmal versucht, die Sterne zu zählen? Du zählst und zählst, auf einmal verhaspelst du dich und mußt von vorn beginnen. Und dabei stehen die Sterne nicht so dicht beieinander wie die Heuschrecken in einer Wolke.« Und schon wollte der Alte im Zählen fortfahren, da erkannte der Soba, wie leichtsinnig er gewesen war, als er forderte, daß man ihm eine unendliche Geschichte erzählen solle. Er überdachte die Worte des Alten und meinte schließlich: »Du hast gewonnen. Ich habe meine Tochter versprochen und halte mein Wort, du

bekommst sie. Aber – vergiß nun endlich diese fürchterliche Heuschreckenplage, die uns um den Verstand gebracht hat und die den Hunger heraufbeschwor!«

NACHWORT

Auf dem Territorium Angolas leben elf große Völkerschaften, die jeweils noch in zahlreiche Untergruppen gegliedert sind. Aus dem umfangreichen Märchenschatz angolanischer Völker kann daher in diesem Band nur eine kleine Auswahl vorgestellt werden. Allerdings ist das kulturelle Erbe der Bakongo, der Tschokwe und Lunda, der Ambundu sowie der Ovambo und Ovimbundu, von denen Märchen in unserer Sammlung Aufnahme fanden, für die kulturelle Struktur des gesamten Landes repräsentativ.

Angolas Grenzen sind, wie die aller afrikanischen Länder, ein Ergebnis der Kolonialeroberung und zahlreicher Rivalitäten zwischen den europäischen Kolonialmächten. Wesentliche Festlegungen erfolgten auf der sogenannten Berliner Kongo-Konferenz in den Jahren 1884 bis 1885, die auch die Teilung einiger Völkerschaften nach sich zogen. So leben beispielsweise die Bakongo im Nordwesten der heutigen Volksrepublik Angola, aber auch in der Republik Zaire. Ein großer Teil der Lunda ist dort ebenfalls zu Hause, während die Ovambo und Herero vorwiegend im heutigen Namibia leben.

In sprachlicher Hinsicht gehört die Mehrzahl der in Angola lebenden Menschen zu den Bantuvölkern, deren Siedlungsgebiet sich, ausgehend von Kamerun, Kongo, Uganda und Kenia, über den gesamten südlichen Teil des Kontinents erstreckt; auch die hier vorgestellten Völker zählen zu ihnen. Von sprachlichen Gemeinsamkeiten darf aber nicht mechanisch auf Übereinstimmungen in der Sozialstruktur und auf eine Gleichartigkeit der kulturellen Entwicklung geschlossen werden. Spezifische Züge gesellschaftlicher Verhältnisse, die vorkapitalistische ökonomische und politische Beziehungen reflektieren, die Stellung des Häuptlingstums und der ethnischen Strukturen etwa oder die Dominanz landwirtschaftlicher Produktion nach traditionellen Methoden, blieben bei allen von ihnen erhalten, obgleich der portugiesische Kolonialismus bedeutende soziale Veränderungen durch Sklavenhandel, Zwangsarbeit und Plantagenwirtschaft herbeiführte. Einige angolanische Völker hatten einst einflußreiche Staaten ausgebildet, deren historische und kulturelle Traditionen noch heute lebendig sind.

Als die Portugiesen im Jahre 1492 zur Mündung des Kongo gelangten, stießen sie auf das mächtige Kongo-Reich, das aus den vier Teilstaaten Loango, Ngoyo, Kakongo und Kongo bestand und das schon im 14. Jahrhundert die Vorherrschaft über andere Häuptlingsgebiete erworben hatte. Der König, der Mani Kongo, war zugleich höchster Priester, er vermittelte zwischen den Ahnen und den Lebenden. Gemeinsam mit der Aristokratie hatte er ein gut funktionierendes Steuer- und Abhängigkeitssystem errichtet. Er allein durfte die Mani der Provinzen ernennen oder abberufen. Dennoch waren seiner Macht, zumindest bis zur Ankunft der Portugiesen, auch gewisse Grenzen gesetzt, sei es durch die Rechte und Privilegien der anderen Häuptlinge oder durch die Pflicht, sich vor allem bei wichtigen Entscheidungen mit den Ältesten zu beraten. In der Frühphase des Kongo-Reiches herrschte das Bemühen um ein soziales Gleichgewicht vor, was die Anhäufung übermäßigen Reichtums in der Hand des einzelnen nicht zuließ. Der Grund und Boden blieb symbolisches Eigentum des Königs, und nach seinem Tod fielen die Güter seinem Nachfolger oder den Mani der Provinzen zu, die sie weiterverteilten. Obgleich teilweise nach einem Erbsystem verfahren wurde, war die Akkumulation materieller Güter in einer Familie über einen längeren Zeitraum dennoch ausgeschlossen.

Die Bakongo, deren Sprache sich einst in Form des Kishi-Kongo zur Verkehrssprache des Kongo-Reiches entwickelt hatte, stellten die wichtigste ethnische Gruppe dieses bedeutenden mittelalterlichen Staates auf dem Boden Afrikas dar. Ihre Ackerbaukultur, vorwiegend befaßt mit dem Anbau von Bataten, Hirse und Bananen, war vergleichsweise hoch entwickelt. Entgegen dem in weiten Teilen Afrikas verbreiteten Hackbau benutzten die Bakongo schon frühzeitig den Pflug mit eisernem Schar. Als die Portugiesen Mais und Maniok aus Amerika einführten, verbreiteten sich auch diese Nahrungsmittel bei den Bakongo und bei anderen Völkern Westafrikas sehr rasch. Obwohl die Bauern die überwiegende Mehrheit der Bakongo bildeten, hatten sie auch in der Weberei, in der Schnitzkunst, in der Metallbearbeitung und in der Töpferei Hervorragendes geleistet. Aus dem Bakongo-Adel (Mfumu) ernannte der Herrscher des Kongo-Reiches die höchsten Beamten und die Oberhäupter der Provinzen.

Mit der Kolonialexpansion Portugals gegen Ende des 15. Jahrhunderts begann für das Kongo-Reich und für die umliegenden kleineren Dynastien eine sehr bewegte Geschichte. Die Einführung des Christentums und die damit verbundene Unterdrückung animistischer Glaubensvorstellungen, insbesondere des Ahnenkults, riefen frühzeitig eine Oppositionsbewegung hervor. Immer wieder aufflackernde kriegerische Auseinandersetzungen mit der portugiesischen Kolonialmacht, von dieser durch Intrigen und Verschwörungen angezettelte und geschürte Zwistigkeiten, vor allem aber der transatlantische Sklavenhandel und die damit verbundenen Kriege führten zur sozialen und kulturellen Stagnation der frühfeudalen Reiche. Die Volksdichtung reflektierte diese gesellschaftlichen Erschütterungen. Von den Auswirkungen des Sklavenhandels beispielsweise lebt die Geschichte ›Die singende Trommel‹. Nicht vergleichbar aber mit den barbarischen Praktiken des transatlantischen Sklavenhandels, der weite Teile Angolas entvölkerte, sind jene Formen patriarchalischer Haussklaverei, die sich bereits vor der Ankunft der Europäer ausgebildet hatten. Märchen wie ›Der junge Mann und der Fluß‹ geben zu erkennen, daß der Sklave nicht nur in den Familienverband seines Herrn eingegliedert war, sondern daß er auch in der produktiven Arbeit, besonders in der Landwirtschaft und im Handwerk, eine gewisse Eigenständigkeit genoß – und daß ihm der Weg in die Freiheit nicht versperrt blieb.

Eine der größten ethnischen Gruppen Nordostangolas sind die Tschokwe. Heute in den Verwaltungsdistrikten Lunda und

Bié lebend, soll ihre Heimat ursprünglich im Gebiet des Kasai gewesen sein. Im Laufe ihrer friedlichen, aber recht zügigen Expansion hatten die Tschokwe verschiedene Völker des ehemaligen Lunda-Reiches assimiliert, bis sie sich am Ende des 19. Jahrhunderts des Lunda-Reiches (des Reiches des Mwata Yamwo) bemächtigten.

Noch in der Gegenwart sind die Tschokwe bekannt durch kunstvoll gefertigte Masken aus Holz und Bast. Die Maskenzeremonie hatte eine rituelle Bedeutung. Sie diente dem Ziel, das Individuum oder die gesamte Gemeinschaft mit den spirituellen Kräften des Universums zu verbinden, und oft wurde sie als körperliche Manifestation einer unerreichbaren Kraft, als zeitweilige, nur für den Menschen bestimmte Inkarnation angesehen. Der Maskenträger galt als vermittelnde Gestalt zwischen den Lebenden und den Gottheiten oder Ahnengeistern. Während des Zeremoniells hörte er auf, ein individueller Mensch zu sein, er begriff sich als übernatürliches Wesen.

Ihre Hütten bauten die Tschokwe sehr gern im Wald. Die Anlage der Dörfer ist kreisförmig. In der Mitte befindet sich der öffentliche Platz. Das Versammlungshaus, die Tshota, ist häufig mit einem strohgedeckten Kegeldach versehen und wird von kunstvoll geschnitzten Säulen getragen. Außerdem gehören zahlreiche Kornspeicher zum Dorf, in denen Maniok und Hirse aufbewahrt werden. Als Genußmittel bauten die Tschokwe auch Hanf an, der dann in der Wasserpfeife geraucht wurde. Im Märchen ›Unbedachte Liebe‹ ist davon die Rede.

Neben den Tschokwe und den Ngangela bilden die Lunda die dritte ethnische Gruppe in Ostangola. Sie leben im Verwaltungsdistrikt Lunda. Sie und die ihnen verwandten Stämme stellten die Hauptbevölkerung des ehemaligen Lunda-Reiches, das seit der portugiesischen Kolonialexpansion bekannt ist. Ihre politische Hegemonie hatten sie am Oberlauf des Kasai errichtet. Durch den Verkauf von Sklaven, die sie auf Kriegszügen erbeuteten, an die europäischen Küstenfaktoreien, gelang es der herrschenden Lunda-Aristokratie, ihre soziale und politische Machtposition auszubauen. Diese kriegerischen Überfälle führten zu einer stärkeren sozialen Differen-

zierung. Sie trugen einerseits zur Herausbildung einer administrativ-militärischen Oberschicht bei, konservierten aber andererseits in den betroffenen Gebieten urgesellschaftliche Formen des Zusammenlebens.
In den Verwaltungsdistrikten Luanda, Cuanza Norte und Malanja leben die Ambundu (oder Kimbundu), die zweitgrößte Völkerschaft Angolas. Die Ngola, eine Untergruppe der Ambundu, führen ihren Ursprung auf den Schmied Musuri oder Bumbu-Mbulu zurück. Er soll die Ambundu-Stämme um sich geschart und ihre Hauptstadt erbaut haben. Entsprechend dieser Überlieferung mußten alle Herrscher des Landes unter den Schmieden gewählt werden. Ngola, ehemals auch der Name für den Herrscher des Ndongo-Reiches, gab der heutigen Republik ihren Namen. Die Erbfolge bei den Ambundu hatte auch eine mutterrechtliche Komponente. Nicht nur die einfachen Ambundufrauen, sondern auch die Frauen der Aristokratie verfügten über besondere Rechte und Machtbefugnisse. Eine der bekanntesten Frauen in der Geschichte Angolas ist Mbandi Ngola. In der Mitte des 17. Jahrhunderts war sie Herrscherin des Matamba-Reiches, und unter ihrer Führung gelang es, dem Vordringen der Portugiesen zwanzig Jahre lang Einhalt zu gebieten. Während des bewaffneten Befreiungskampfes von 1961 bis 1974 wurde Nzinga Mbandi zum Symbol für Unabhängigkeit und Freiheit. In seinem gleichnamigen Roman (1975) setzte ihr der angolanische Schriftsteller Manuel Pedro Pacavira (geb. 1939) ein Denkmal.
Im Süden Angolas siedeln einige Stämme der Ovambo, so die Ombandja, die Esinga, Okashima, die Ongwagwa und die Kwanyama. Von den Kwanyama stammen die Ovambo-Märchen in unserem Band. Ihre Siedlungsform ist nicht das Dorf, sondern der Kraal: mehrere in Kreisform angeordnete Rundhütten mit kegelförmigen, grasgedeckten Dächern. Die Hütten des Kraalherrn, seiner Frauen und deren Kinder, die Gästehütten, aber auch die Stallungen sind durch einzelne Pfahlzäune voneinander getrennt. Der gesamte Kraal ist nochmals von einem Pfahlzaun oder einer Hecke umgeben, hinter der die Gärten, die Felder und weitere Viehkraale liegen. Gewöhnlich findet sich ein solcher Kraal an höhergelegenen Plät-

zen mit einem Wasserresérvoir. Feldbauarbeiten, Hauswirtschaft und Kindererziehung obliegen weitgehend den Frauen, während sich die Männer hauptsächlich der Aufzucht und Pflege der Rinderherden widmen. Die Hirten, die das Vieh zu den entfernt gelegenen Weideplätzen begleiten, halten sich oft wochenlang dort auf – in der Geschichte ›Die Lieblingsfrau‹ klingt das an. Auch die Verarbeitung von Fleisch und Milch der Rinder gehörte in alter Zeit zum Aufgabenbereich der Männer. Die Butterbereitung, in ›Enkembe‹ spielt sie eine Rolle, war körperlich schwere Arbeit. Man goß die Milch in eine große Kalebasse, die an einer zwischen zwei dicken Stökken befestigten Stange hing. Ständige Schüttelbewegungen erzeugten die Butter. Von den Ovambo sind kunstvoll geschmiedete Waffen aus Eisen und Kupfer bekannt, nicht weniger aber ihre geschickten Lederarbeiten. Der Kriegsgürtel (Osekilelifo) im Märchen ›Die Lieblingsfrau‹, den eine der drei Frauen zur Aufbewahrung erhielt, ist aus Leder gefertigt und wie ein bis in Brusthöhe reichender Panzer geformt.
Die Ovamboherrscher übten ehemals auch religiös-rituelle Funktionen aus. Ursprünglich glaubten die Ovambo an die Existenz dreier Welten. Den verstorbenen Seelen der Edlen war die obere Welt, das Domizil des Hochgottes Kalunga, vorbehalten. Die Erde mit all ihren Bewohnern bildete die zweite Welt, und in der unteren Welt hatten die Seelen der einfachen Menschen ihre Heimstatt gefunden. Das Oberhaupt der Kwanyama, der Ohama, häufig auch als König bezeichnet, war zum Beispiel für den Regenzauber verantwortlich. Die Ohama starben nie eines natürlichen Todes, entweder wurden sie von ihren Dienern erhängt oder vergiftet – ein natürlicher Tod hätte sie in der Welt der Ahnen daran gehindert, ihre regenspendenden Kräfte zu nutzen. Nach dem Tod des Regenten Haimbili, der in der Mitte des vorigen Jahrhunderts verstarb, verloren die Ohama allmählich ihre sakrale Funktion.
Nach dem Gesetz war der Ohama symbolischer Eigentümer am gesamten Grund und Boden, den Rindern und allen Lebewesen. Der Ohamatitel war erblich, die ihm unterstehenden Edlen erhielten von ihm Land, das sie wiederum kleineren Besitzern, gegen die Leistung von Abgaben, zur Nutzung überlie-

ßen. Nach dem Tode des Ohama Mandume im Jahre 1917 wurden die Kwanyama von der portugiesischen Administration über einen Häuptlingsrat verwaltet.
Auch die Ovimbundu setzten sich aus zahlreichen Untergruppen zusammen, deren Namen den früheren Häuptlingstümern entsprechen. Die wichtigsten sind die Namba, Sanga, Bié, Ndulu, Huambo, Sambu, Galange, Caconda, die Caluquembe und – als Kernvolk der Ovimbundu – die Bailundu. Von der Anzahl her eine der größten Völkerschaften im heutigen Angola, leben sie in den Verwaltungsdistrikten Cuanza Sul, Huambo und Benguela. Ihr Siedlungsgebiet im Hochland von Benguela trug ihnen bei den Nachbarvölkern die Bezeichnung Banano (Vakwa Nano), Leute aus dem Norden, ein. Die Ovimbundu erkannten nie eine zentrale politische Macht an. Es gab zweiundzwanzig von Häuptlingen beherrschte Stammesgebiete, von denen dreizehn unabhängig und die restlichen neun den anderen tributpflichtig waren.
Nördlich des Ovimbundugebietes hatten sich die Portugiesen schon am Ende des 16. Jahrhunderts niedergelassen. Aber es war ihnen nicht gelungen, die Ovimbundu zu unterwerfen, weder in den kriegerischen Auseinandersetzungen von 1645, 1650 oder 1661 noch im Krieg von 1774 bis 1776. Erst nach dem Bailundu-Krieg von 1902 konnten die Portugiesen ihre Kolonialherrschaft auch auf das Hochland ausdehnen.
Obwohl die Ovimbundu vor allem ein Bauernvolk sind, bereicherte seit langem auch der Handel ihre Wirtschaft, und zwar so beträchtlich, daß seine Durchführung durch Verträge untereinander – das förderte die Einheit der einzelnen Gruppen – und mit den wichtigsten Nachbarn gesichert werden mußte. Nicht nur bei den Europäern begehrtes Elfenbein, Wachs und Gummi zählten zu den Handelsobjekten, auch an der Jagd nach Sklaven waren die Ovimbundu beteiligt. Der Bau der Benguela-Eisenbahn (1904) quer durch das Ovimbundu-Gebiet schränkte die traditionelle Handelstätigkeit weitgehend ein.
Märchen widerspiegeln Einsichten der Menschen in Vorgänge des individuellen und gesellschaftlichen Zusammenlebens und ihr Verhältnis zur Natur, sie werden somit zum Träger historischer und kultureller Überlieferungen sowie zum Vermittler

sozialer Verhaltensregeln. Ihr Ursprung liegt vielfach in prähistorischer Zeit, und über einen langen, Jahrhunderte währenden Zeitraum wurden sie ausschließlich mündlich weitergegeben. Die Märchen der angolanischen Völker bilden darin keine Ausnahme. Erste Aufzeichnungen datieren aus der Mitte des vergangenen Jahrhunderts. Hauptsächlich Missionare oder von Missionsgesellschaften beauftragte Forscher sammelten Volksdichtung und fixierten sie schriftlich, und zwar meist zweisprachig. Die Textfassung der in diesem Band vorgestellten Märchen basiert zum großen Teil auf solchen frühen Aufzeichnungen. Die Tatsache, daß unseren Übertragungen eine Fassung des Märchens in der Originalsprache zugrunde liegt oder zu ihrer Herstellung herangezogen wurde, ermöglichte weitgehend, daß die ideelle und strukturelle Ursprünglichkeit der Märchen gewahrt werden konnte. Allerdings ist zu bedenken, daß es sich – schon bei den originalsprachigen Texten – um die Fixierung bisher mündlich überlieferten Erzählgutes handelt. Der Reiz des mündlichen Vortrags, der erst durch das Hinzutreten des Mimischen und Gestischen lebendig wird, kann mit anderen Mitteln kaum eingefangen werden.
Der Märchenerzähler bleibt nicht unbeteiligt. Er ahmt beispielsweise die Bitten der Mädchen nach, die, auf der Flucht vor den Kixis, den Habicht um Hilfe anflehen (›Die Mädchen und die Kixis‹), oder er gibt die wechselnden Stimmungen der Schildkröte wieder, die von den Menschen getötet werden soll, am Ende aber doch ihre Peiniger überlistet (›Die Menschen und die Schildkröte‹). Und nicht nur dies. Er versteht es, sein Publikum so einzubeziehen, daß Geschichtenerzählen zu einer wahrhaft kollektiven Handlung wird. Diesem Ziel dienen unter anderem auch die zahlreichen Lieder und Gesänge, von denen die Märchen begleitet werden oder die, wie in ›Die Lieblingsfrau‹, ›Sudika-Mbambi‹ oder ›Die singende Trommel‹ Bestandteil der Handlung sind. Die Zuhörerschar stimmt in den Gesang ein, der nicht selten die Form eines dialogischen Wechselgesanges annimmt, und oft singen sie nicht nur mit, von Trommeln und Musikinstrumenten begleitet, tanzen sie auch zu den Gesängen.
Die historischen, sozialen und kulturellen Prozesse der ver-

gangenen Jahrhunderte und die damit verbundenen Wandlungen im Denken und Fühlen der Menschen sind natürlich auch an den Märchen nicht spurlos vorübergegangen, und so finden sich neben Themen und Motiven, die unverkennbar aus Gegebenheiten der Vorklassengesellschaft zu erklären sind, Elemente, die historische, soziale oder kulturelle Veränderungen der jüngeren Zeit widerspiegeln. Märchen erweisen sich daher nicht selten als vielschichtige Gebilde, und gelegentlich sind uns Motive, Vorgänge oder Vorstellungen unverständlich, weil ihre historisch bedingte Bedeutung verblaßt ist oder gar vergessen wurde. Das trifft auch auf den Sinn einiger Lieder in den Märchen unseres Bandes zu. Erinnern wir uns an den Gesang, mit dem sich die Brüder Sudika-Mbambi und Kabundungulu im Märchen ›Sudika-Mbambi‹ nach ihrer Geburt vorstellen. Was Kabundungulu mitteilt, bleibt dunkel, während Sudika-Mbambis Lied wohl als poetische Umschreibung des Blitzes interpretiert werden kann, den er verkörpert. Ähnlich verhält es sich mit einer Reihe von Sprichwörtern, wobei hier allerdings die Sprachbarriere als zusätzliche Schwierigkeit hinzukommt. Oft leben sie von Wortspielen und Sprachbildern, für die es bei uns kein angemessenes Äquivalent gibt. Zum anderen liegen ihnen nicht selten Vorstellungen zugrunde, die nicht mehr recht nachvollziehbar sind. Im Märchen ›Die vier Uouas‹ haben wir auf eine Wiedergabe des Gesanges, mit denen sich der junge Mann den vier Schwestern vorstellt, verzichtet. Er besteht aus Sprichworten und Wortspielen, die in enger Beziehung zur Brautwerbung stehen, deren Bedeutung im einzelnen aber umfangreicher Erklärungen bedürfte.

Animistische Vorstellungen prägten das Weltbild der frühen Zeit und waren infolgedessen auch bestimmend für die ideelle Grundhaltung vieler Märchen. Nach ihnen besteht zwischen Mensch und Kosmos, zwischen Belebtem und Unbelebtem, Mensch und Natur eine Einheit. Nicht nur die in den zahlreichen Tiermärchen auffällige Gleichwertigkeit der Behandlung von Tier und Mensch und die Übertragung menschlicher Charakterzüge oder Verhaltensweisen auf Tiere hat letzten Endes ihre Wurzeln im Animismus, auch die Selbstverständlichkeit, mit der Tiere in menschlicher, Menschen in Tiergestalt auftre-

ten, sowie die Mühelosigkeit, Unbelebtes als lebendig erscheinen zu lassen oder Tote zum Leben zu erwecken, beruht auf solchen Vorstellungen. Die Erklärungsversuche vieler ätiologischer Märchen entstanden ebenfalls auf animistischer Grundlage. Sie versuchen herauszufinden, warum die Menschen sterben müssen (›Der undankbare Mensch‹), liefern Erklärungen für Naturerscheinungen (›Sonne und Mond‹), gehen dem Grund für die Feindschaft zwischen einzelnen Tieren nach, wie in dem Tschokwe-Märchen ›Dankbarkeit‹, das von der Feindseligkeit zwischen Biene und Honigvogel handelt, oder sie beschäftigen sich mit der Herausbildung einzelner Tierarten (›Warum es Hausschweine gibt‹) oder Tierlaute (›Der Frosch und seine zwei Frauen‹). Aber schon bei den beiden zuletzt genannten Beispielen oder in Geschichten wie ›Der Schmied und die Krähen‹ wird der oft genug rein spielerische, scherzhafte Umgang mit Ätiologien deutlich.
Alte Vorstellungen, archaischer Glaube oder animistische Auffassungen bilden auch die Grundlage für die in vielen Märchen verhängten harten Strafen. Der Held in ›Die Geschichte von Mpala‹ findet in einer Fallgrube den Tod. Sie symbolisiert den Untergang des Bösen. Endgültig beseitigt war das Böse im Sinne animistischer Auffassungen erst dann, wenn es auch in seiner Körperlichkeit vollständig zerstört war. Jeder Blutstropfen mußte von den Tieren aufgeleckt werden, jedes Knöchlein verzehrt (›Der junge Mann und die Kixis‹), aber auch die grausame Behandlung derer, die Schuld auf sich geladen hatten, ist so zu begreifen, zum Beispiel die Behandlung von Melodi im Märchen ›Die Lieblingsfrau‹.
Wie Tanz, Musik oder Plastik hatten auch die Märchen in der vorkolonialen Gesellschaft bestimmte soziale Funktionen zu erfüllen. Neben die ursprünglich überwiegende magische Zielsetzung trat bald eine didaktische Absicht. Das Märchen will nun auch belehren, Erfahrungen vermitteln, und es will nicht zuletzt die ungeschriebenen ethischen Gesetze der einzelnen Völker artikulieren. Geschichten wie ›Lügen ist häßlich‹, ›Die zwei Männer und die Geister‹ oder ›Zwei Männer und eine Frau‹ sind beredte Beispiele dafür. Sie fordern Ehrlichkeit, Verantwortungsbewußtsein gegenüber dem Nächsten, Hilfsbereit-

schaft, Verhaltensweisen, die unabdingbar sind in einer Gemeinschaft, in der einer auf den anderen angewiesen ist. In anderen Märchen wird der Verstoß gegen rituelle Festlegungen bestraft. In ›Nianga und seine Hunde‹ unterläßt es der Held, die Auflagen, die ihm vom Medizinmann erteilt worden waren, zu erfüllen, und gerät daraufhin in eine ausweglose Lage, aus der ihn seine Hunde befreien. Nachdem er auch das von ihnen erteilte Verbot übertritt, verliert er sein Leben. Auch der Jäger in ›Unbedachte Liebe‹ hält sich nicht an die Forderung, seine Frau niemals an ihre Herkunft zu erinnern, und muß das mit ihrem Verlust büßen. Eine Konsequenz solchen Denkens ist aber auch, daß am Ende nicht immer – wie es uns geläufig ist – das Gute triumphiert. Der Nimmersatt Mukongwa-Ndumba im gleichnamigen Märchen bleibt einsam zurück, weil er ein Verbot übertrat, und auch der Sklave in ›Der Sklave und das Vögelchen‹ muß seine früheren Leiden erneut ertragen, und nun bis an sein Lebensende, weil er noch mehr Reichtum gewinnen wollte, als ihm von dem zauberkräftigen Vögelchen zugeteilt worden war. Im Märchen ›Der Leopard und die Gazelle‹ gelingt der Gazelle mit Hilfe einer Lüge der Sieg.
Lebensweise und Brauchtum vergangener Zeiten in naiv-realistischer Widerspiegelung finden wir auch in der Vielzahl von Tiermärchen, in denen die Welt nach dem Vorbild der menschlichen Gesellschaft geordnet ist. Die Charaktere der Tiere sind mehr oder weniger festgelegt. Der Elefant gilt als weise und, wohl wegen seiner Größe und seiner Kraft, als respekteinflößend. Wir begegnen ihm zum Beispiel als Richter in Streitfällen (›Der Streit zwischen Leopard und Gazelle‹) oder als – allerdings nicht sehr mächtigen – Herrscher in ›Der Elefant, die Schildkröte und die anderen Tiere‹. Übrigens liegt dieser Geschichte ein Erzählprinzip zugrunde, das sich bei vielen Völkern Afrikas außerordentlicher Beliebtheit erfreut und das auch bei uns in Scherzerzählungen vom Typ ›Da schickt der Herr den Jockel aus . . .‹ recht bekannt ist. Eine einfache Grundsituation wird in immer neuen Varianten durchgespielt, und die Zuhörer sind um so begeisterter, je häufiger und geschickter es dem Erzähler gelingt, etwas Neues hinzuzufügen. Sieger in dieser Geschichte ist die Schildkröte, die nicht nur

den Elefanten an Klugheit übertrifft, sondern als eines der klügsten Tiere überhaupt aufgefaßt wird; Geschichten wie ›Die Kröte und der Milan‹ oder ›Die Schildkröte und die Menschen‹ sind dafür Belege. Den Ruf der Klugheit teilt sie sich mit dem Hasen (›Der Löwe und der Hase‹ oder ›Der Hase und der Leopard‹) und mit dem Frosch (›Der Frosch und der Elefant‹). Im Märchen ›Wie der Frosch Kimanauezes Sohn zur Frau verhalf‹ ist er der einzige, der es vermag, zu außerirdischen Machten in Verbindung zu treten. Möglicherweise ist dies als Relikt totemistischer Vorstellungen zu erklären.
Die Antilope, noch mehr aber die Hyäne werden meist als dumm oder mindestens als einfältig geschildert, während man dem Leoparden, dem Schakal und dem Fuchs, eigentlich ist es der Mukenge, eher ein schlau-listiges Verhalten zubilligt. Der Löwe, in den europäischen Märchen zum König der Tiere erhoben, wird in afrikanischen Geschichten als beschränkt gekennzeichnet. Oft handelt er nicht gerade fair und, was vor allem in einigen Verwandlungsmärchen der Ambundu auffällt, beispielsweise in ›Der Löwe und Kimona-Ngombe‹, er erweist sich als äußerst raubgierig. Aber nicht immer vermag er, seine räuberischen Absichten auch in die Tat umzusetzen. In der eben genannten Geschichte gelingt ihm das nicht, aber auch im Märchen ›Der Löwe und der Hase‹ unterliegt er. In vielen Tiererzählungen tragen die physisch Schwachen ob ihrer Klugheit den Sieg davon, so die kleinen Vögel in ›Der Streit zwischen dem Kafifi und der Hyäne‹ oder der Papagei in der Geschichte vom ›Papagei und der Gazelle auf Brautschau‹, deren Erzählsituation uns ja von unserem ›Wettlauf zwischen Hase und Igel‹ wohlbekannt ist.
Natürlich erzählt man in Angola auch Märchen, in denen Magie und Zauber im weitesten Sinne handlungsbestimmend sind. Sie unterscheiden sich aber mitunter von dem uns geläufigen Typ. Während dem Helden unserer Zaubermärchen der verdiente Lohn gewöhnlich erst dann zuteil wird, wenn er eine Reihe von Bewährungsproben bestanden hat, verfügen die Helden in den Märchen angolanischer Völker oft schon von Geburt an über außerordentliche magische Kräfte, zum Beispiel Nambaisita im Märchen ›Nambaisita, der sich selbst er-

schuf‹, Mfumu Mbele in ›Das Zauberkind‹ oder die beiden Brüder in ›Sudika-Mbambi‹. Die Proben, die auch ihnen abverlangt werden, sind somit weniger eine Bewährung, sondern eher der Beweis für ihre außergewöhnlichen Fähigkeiten. Daneben gibt es aber auch viele Geschichten, deren handelnde Personen sich in dem uns geläufigen Sinne beweisen müssen, denken wir an Nzuá in ›Nzuá dia Kimanaueze‹, an den jungen Mann in ›Der Junge und die Kixis‹. Am häufigsten wird von ihnen gefordert, daß sie älteren oder kranken Menschen, gelegentlich auch Tieren oder gar einem Dämon Hilfe leisten oder einen Dienst erweisen müssen. Wie in vielen unserer Märchen stehen dem Helden Tiere bei, Hunde (›Nianga und seine Hunde‹; ›Die treuen Hunde‹) oder ›alle Tiere des Waldes‹ wie in ›Nzuá dia Kimanaueze‹ oder ›Der junge Mann und die Kixis‹. Auch als Retter der in Bedrängnis Geratenen treten Tiere, vor allem Vögel, in Erscheinung. Im Märchen vom ›Undankbaren Leoparden‹ bewahrt der Hase den Jäger vor dem sicheren Tod; der Habicht bringt die Mädchen vor den Kixis in Sicherheit (›Die Mädchen und die Kixis‹). Oft genügen auch schon Vogelfedern, um sich in Vögel zu verwandeln und so die Gefahrenzone verlassen zu können (›Der Dummkopf und die Ungeheuer‹).

Eines der wichtigsten magischen Mittel, das in den hier publizierten Märchen benutzt wird, ist die Kalubungu. Die Herkunft des Wortes sowie seine genaue Bestimmung ist ungewiß. Aus dem Kontext der verschiedenen Geschichten geht hervor, daß es sich um eine Art Gefäß oder Kästchen handelt, dessen Größe und Gestalt von der jeweiligen Situation bestimmt wird, in der davon Gebrauch gemacht werden soll. Die Benutzung der Kalubungu vermag auf jeden Fall das Gewünschte herbeizuschaffen, sei es Haus und Sklaven (›Kianda und die junge Frau‹) oder die eigene Ehefrau (›Der Mann, die Frau und die Schlange‹), und Dämonen wie Kianda bedienen sich ihrer ebenso wie gewöhnliche Sterbliche.

Die bekanntesten Gegner aus dem nichtmenschlichen Bereich, mit denen sich die Helden unserer Märchen auseinanderzusetzen haben, sind die Kixis. Auch die Vorstellungen, die mit ihnen verknüpft werden, sind verhältnismäßig vielfäl-

tig. Gewöhnlich treten sie in menschlicher Gestalt auf, wenn auch ins Riesenhafte gesteigert, sie besitzen aber nicht selten mehrere Köpfe, die nachwachsen, wenn sie abgeschlagen werden. Auch andere abschreckende oder furchteinflößende Merkmale werden ihnen zugeschrieben, etwa lange, das Gesicht bedeckende Haare und ein ungewöhnlich großer Appetit, der auch vor Menschen nicht haltmacht. Aber trotz ihrer Fähigkeit, sich in kämpferischen Auseinandersetzungen ständig zu reproduzieren, können sie schließlich doch besiegt werden, entweder trifft der Held die verwundbare Stelle – das Herz des Kixis in ›Die vier Kinder‹ – oder es gelingt ihm, den oft nur begrenzten Herrschaftsbereich der Kixis zu verlassen – den Wald in ›Der Dummkopf und die Ungeheuer‹ und ›Die Mädchen und die Kixis‹ –, oder er ist ihnen infolge seiner wunderbaren Geburt von vornherein ein überlegener Gegner, wie Sudika-Mbambi im gleichnamigen Märchen.
Viele Märchen ermöglichen uns Einblicke in Lebensgewohnheiten und Sitten aus vergangener Zeit. Daß in Streitfällen der Ältestenrat befragt wurde, berichten nicht nur eine ganze Reihe von Tiergeschichten, im Märchen ›Die zwei Brüder‹ wird auf die Praktiken der Urteilsfindung in einer solchen Verhandlung Bezug genommen, und daß auch in anderen, für den einzelnen wie die Gemeinschaft wichtigen Fällen die Ältesten um Rat gebeten wurden, ist der Geschichte ›Zwei Männer und eine Frau‹ zu entnehmen. Von der Brautwerbung, dem Brautpreis, der als Besiegelung des Heiratsvertrages galt, bis hin zu den Hochzeitszeremonien berichten Geschichten wie ›Die vier Uouas‹ oder ›Wie der Frosch Kimanauezes Sohn zur Frau verhalf‹. Eine bei den Ambundu verbreitete Art der Begrüßung wird in ›Nzuá dia Kimanaueze‹ beschrieben.
Während Kitamba kia Xiba, von dem das Märchen ›Der Medizinmann im Reich des Kalunga‹ berichtet, als Herrscher aus der Dynastie der Kasanji nachweisbar ist, kann bei Kimanaueze kia Tumb'a Ndala, der uns in vielen Märchen der Ambundu begegnet, nur noch vermutet werden, daß es sich auch hier um eine historische Gestalt handelt. Sie ist inzwischen völlig in die ›Märchenwelt‹ übernommen worden. Ist der Verzicht auf eine exakte Wiedergabe bestimmter historischer Fakten,

insbesondere Namen, Orte oder Daten, für das Märchen auch kennzeichnend, bedeutet das aber keinesfalls, daß Veränderungen der gesellschaftlichen Wirklichkeit unberücksichtigt blieben, im Gegenteil. Zum Beispiel ist der Einfluß, den fremde Herrschafts- und Lebensformen auf die Stammesgesellschaften ausübten, auch in den Märchen gespiegelt. Vergleicht man die Stellung des Sklaven in ›Der junge Mann und der Fluß‹ mit seiner Rolle in ›Der Sklave und das Vögelchen‹, ist schon ein Unterschied spürbar. Ganz deutlich aber ist das Nebeneinander von alten und jüngeren Herrschaftsformen sowie animistischen Anschauungen und neu hinzugekommenen christlichen Vorstellungen in ›Nzuá dia Kimanaueze‹.

Schriftsteller des heutigen Angola erkannten frühzeitig die Notwendigkeit, in ihrem eigenen Bemühen um eine originale, eigenständige Prosa und Lyrik, die sich von europäischen und brasilianischen Vorbildern oder Modellen befreit, auch auf den gedanklichen Reichtum und die ästhetische Vielfalt der Volksliteratur zurückzugreifen. Zunächst hieß das, Vorhandenes zu sammeln. So sammelte und publizierte Oscar Ribas (geb. 1906) unter dem Titel ›Missosso‹ (Geschichten) in den Jahren 1961, 1962 und 1964 drei Bände Märchen, Sprichwörter und Lieder der Ambundu. Darüber hinaus aber knüpfen Dichter und Schriftsteller in ihren eigenen Werken bewußt an im Volk bekannte Elemente der Kommunikationsstruktur an. Die Vorliebe für eine uns aus den Märchen bekannte, breit angelegte Erzählweise, die auch dort beliebte Häufung von Dialogen sowie der Rückgriff auf die traditionelle Motiv- und Figurengestaltung sind markante Merkmale der Gegenwartsprosa. José Luandino Vieira (geb. 1935) ist in dem Zusammenhang zu nennen, aber auch andere, die seinem Beispiel, aus der traditionellen Erzählweise zu schöpfen, gefolgt sind; Pepetela (geb. 1941) etwa mit seinem Roman ›Mayombe‹ (1979). Nicht nur, daß er seinen Helden Namen mit symbolischer Bedeutung gibt, ist ein Verfahren, dessen sich auch das Märchen häufig bedient, die Wiedergabe der Berichte von verschiedenen Kämpfern als inneren Monolog weist ebenfalls auf Formen des traditionellen Märchenvortrages hin. Besondere Kunstfertigkeit, Altes mit Neuem zu verbinden, bewies Uanhenga Xitu (geb. 1924). Die Einbeziehung von Legenden, Liedern und Sprichwörtern sowie die für die Erzählweise des Märchens so charakteristische Lautmalerei geben seinen Erzählungen ›Maka na Sanzala‹ (Ereignisse im Dorf, 1979) und ›Mestre Tomoda e Outros Contos‹ (Meister Tomoda und andere Erzählungen, 1974) ein eigenartig bildreiches Kolorit. Auch die moderne angolanische Lyrik übernimmt Charakteristika des traditionellen Gedichtes oder Liedes. Wiederholungen von Wörtern, Wortgruppen oder ganzen Verszeilen, was zum Teil auch in den Liedern der vorgestellten Märchen geschieht, häufig benutzte Wortspiele oder der synkopierte Rhythmus zeichnen die moderne Lyrik aus.

Schon in den Jahren des bewaffneten Kampfes gegen die portugiesische Kolonialherrschaft hatte sich die MPLA, die sich bewußt als eine alle Völkerschaften Angolas einigende Befreiungsbewegung begreift, unter Führung des Arztes und Dichters Agostinho Neto (1922–1979) nachdrücklich für eine Überwindung des Tribalismus und die Förderung einer nationalen Kultur in einem zukünftigen freien Angola eingesetzt und innerhalb der Befreiungsarmee zielstrebig dafür gearbeitet. Obgleich seit der Gründung der Volksrepublik Angola im Jahre 1975 mit schier unlösbaren ökonomischen Problemen konfrontiert, die durch den nahezu vollständigen Abzug der portugiesischen Fachkräfte, die Zerstörung der Infrastruktur, die militärischen Aggressionen seitens der Republik Südafrika und die forcierte Unterstützung für konterrevolutionäre tribalistische und separatistische Kräfte durch imperialistische Kreise hervorgerufen wurden, hat der junge Staat eine für ganz Afrika vorbildliche kulturpolitische Strategie entwickelt, in der die Bewahrung des kulturellen Erbes, der Märchen und Lieder, der Tänze, der Schnitzkunst, die Verbreitung dieses künstlerischen Reichtums über die jeweiligen ethnischen Grenzen hinaus und die bewußte Einbeziehung der volkstümlichen kulturellen Traditionen in die gesamtstaatliche Bildungs- und Erziehungsarbeit von Anfang an, neben der Überwindung des Analphabetentums, die wichtigste Rolle spielte.

Daß die vielfältigen schöpferischen Beziehungen zur Volksüberlieferung zum Beispiel in der portugiesisch geschriebenen angolanischen Literatur ihre Spuren hinterlassen haben, wurde schon erwähnt. Über Motivik und stilistische Aspekte hinaus gibt die spezifische Haltung von Erzähler und Zuhörer, ihr Aufeinanderbezogensein, auch der modernen angolanischen Kunst ein ganz besonderes, unverwechselbares Gesicht, von dem auch wir Fernstehenden tief berührt werden. Auf diese Weise sind die angolanischen Märchen mittelbar und, mehr noch, ganz direkt lebendig.

Christa Serauky

Ahrensfelde, Juni 1984

WORTERKLÄRUNGEN

Fuba: scharf gewürzte Soße.
Galange: Stamm der Ovimbundu.
Iphupu: bösartiger Dämon.
Kafifi: sehr kleiner Vogel.
Kalubungu: magischen Zwecken dienendes Gefäß, oft Kalebasse, gelegentlich auch Kasten oder Kiste. Art und Größe wechseln je nach Situation, in der es verwendet wird.
Kalunga: bei einigen Völkern im Süden und Südosten Afrikas Bezeichnung für das höchste göttliche Wesen (den Schöpfer) oder für ein mythisches, nichtmenschliches Wesen oder Prinzip.
Kawewe: Engpaß am Kasai.
Kianda: Dämon der Flüsse und Lagunen, eine andere Bezeichnung ist Kituta.
Kituta: Vgl. *Kianda.*
Kixi: in menschlicher Gestalt auftretender, menschenfressender Dämon.
Kuta: alte Währungseinheit.
Mahamba: allgemeine Bezeichnung für die Geister der Ahnen, die Dämonen oder Naturgeister.
Mbanza: Saiteninstrument.
Mpala: hier der als Person gedachte Haß.
Mukaka: Nagetier mit rotbraunem Fell, etwa von der Größe eines Eichhörnchens.
Mukenge: dem Fuchs verwandtes Raubtier mit langem, grauem Haarkleid.
Muzondo: zur Familie der Sumachgewächse zählender, Früchte tragender Baum.
Ngunza Kilundu kia Ngunza: Name, dessen Bedeutung den

Sinn der Geschichte bereits enthält; etwa: Held, der einen Feind im Kampf überwand und sich in einen Dämon verwandelte.

Njinji: dem Leoparden ähnliche, kleinere Wildkatze.

Nzambi: Gottheit, Gott.

Puku(ia dixinji): Nagetier, dessen Fleisch als Delikatesse gilt.

Soba: höchster Häuptlingsrang.

Sobeta: dem Soba untergeordneter Würdenträger.

Teleji: Zauberformel.

Tshambamba: zur Familie der Ziegenmelker gehörender Vogel, der in der Balzzeit wegen seiner bis 80 cm langen Schmuckfedern schlecht fliegen kann.

Tshela: Musikinstrument.

Tshota: Versammlungsraum.

Xinji: Vlg. *Puku(ia dixinji).*

LITERATURAUSWAHL

Basset, R.: Contes populaires d'Afrique. Paris 1903.

Chatelain, H.: Folk-Tales of Angola. Boston and New York 1894.

Hauenstein, A.: Proverbios, Contos E Fábulas Dos Ovimbundus. Luanda 1965.

Matta da C.: Ensaio de Diccionario do Kimbúndu–Portuguez (Versuch eines Wörterbuches Kimbundu–Portugiesisch). Lisboa 1893.

Seidel et Struyf: La Langue Congolaise. Paris 1910.

Valente, José Francisco: Paisagem Africana. Uma tribo angolana no seu fabulario. Luanda 1973.

Weiterführende Literatur

Anpetkovoj-Scharovoj, G.: Skazki narodov Angoly (Märchen der Völker Angolas). Moskau 1975.

Duffy, J.: Portuguese Africa. Cambridge 1961.

Gersdorff, R. von: Angola. Bonn 1961.

Kivouvou, P.: Angola. Vom Königreich Kongo zur Volksrepublik. Köln 1980.

Kotljar, E. S.: Mif i Skazka Afriki (Mythos und Märchen in Afrika). Moskva 1975.

Olderogge, D. A./Potechin, I. I.: Die Völker Afrikas. Bd.II. Berlin 1961.

Schachtzabel, A.: Im Hochland von Angola. Dresden 1923.

VERZEICHNIS DER ABBILDUNGEN

191 Holzstöpsel für Kalebassen-Gefäße der Mabunda
201 Geflochtene Korbschale der Ambundu
209 Tabakspfeifen und Reinigungspinzette, vermutlich aus der Gegend von Benguela

INHALT

MÄRCHEN DER BAKONGO

MÄRCHEN DER TSCHOKWE UND LUNDA

MÄRCHEN DER AMBUNDU

MÄRCHEN DER OVAMBO UND OVIMBUNDU

Die Abbildungen zeigen Kult- und Gebrauchsgegenstände aus Angola, die einen Eindruck vom materiellen und geistigen Leben der Völker dieses Landes in der vorkolonialen Zeit vermitteln sollen. Sie stehen nicht in unmittelbarem Zusammenhang mit einzelnen Märchen. Wir danken dem Museum für Völkerkunde in Leipzig und dem Staatlichen Museum für Völkerkunde in Dresden für die freundliche Bereitstellung der Objekte.

ISBN 3-378-00020-1

Zweite Auflage
Lizenz Nr. 396/265/32/88 LVS 7378
Gesamtherstellung: Druckhaus Aufwärts, Leipzig III/18/20-118/88
Schrift: Times
Gesamtgestaltung: Hans-Jürgen Keßler
Fotos: Wolfgang G. Schröter, Eva Winkler
Printed in the German Democratic Republic
Bestell-Nr. 812 024 7
01080